웰컴 투 더 언더그라운드

제12회 한겨레문학상 수상작

웰컴
투 더 언더그라운드

WELCOME TO THE UNDERGROUND

PROF · Access Solutions

서진 장편소설

한겨레출판

용어 일러두기

Rewind ◀◀: 되감기

Fast Forward ▶▶: 빨리감기

Record ●: 녹화하기

Pause ❚❚: 일시정지

Stop ■: 정지

Skip: 건너뛰기

Fade In: 점점 밝아짐

Fade Out: 점점 어두워짐

차례

1부

1

Fade In.

Rewind,

Rewind,

Rewind······.

덜컹덜컹, 덜컹덜컹, 저 멀리서 들리는 지하철이 움직이는 소
리. 마치 살아 있는 생명처럼 두근거리는 심장 소리.

'어이. 일어나.'

누군가 나를 깨우고 있다. 규칙적으로 덜커덩거리다 끼익하는,
불규칙적인 쇳소리가 끼어든다. 브레이크를 밟는 소리. 이대로 잠
들어 있다가는 영원히 깨어나지 못할 것이라는 경고. 그 경고의
목소리가 내 귀를 파고든다.

'일어나. 바로 다음이 자네가 내려야 할 곳이라고.'

당신은 악몽에서 깨어나기 위해 노력해본 적이 있는가? 고함을 지르려고 해도 소리가 제대로 나오지 않는다. 꿈속에서 지르는 목소리 말고 성대를 울리는 진짜 목소리 말이다. 그뿐인가? 겁에 질려서 도저히 눈도 뜰 수 없다. 두 눈꺼풀은 합해봐야 13그램일 뿐인데, 젓가락 하나보다 가벼운데도 눈을 뜰 수가 없다. 여기서 진짜란 당신의 목청을 울리는 목소리 같은 것. 젓가락 한 개보다 가벼운 13그램의 눈꺼풀, 당신의 몸 그 자체, 그리고 당신을 통해 일어나는 모든 행위. 그 밖의 것들은 모두 가짜다.

당신은 이렇게 두 눈으로 글을 읽고 있다. 그것은 진짜로 일어나는 행위다. 하지만 글을 읽으면서 당신의 머릿속에서 모락모락 피어나는 상상력은 과연 진짜일까? 당신이 잠을 자고 있는 것은 진짜다. 꿈속에서도 비명을 지르고 동시에 침대에서도 비명을 지른다면 그것은 진짜일까, 가짜일까? 진짜와 가짜의 경계는 어디쯤 될까? 픽션과 논픽션은 어떻게 정확하게 나뉠 수 있을까? 지금 당신이 꾸는 악몽은 진짜일까, 가짜일까?

악몽 신 #1.

당신은 회사에서 프레젠테이션을 앞두고 있다. 일명 '프로파일 G 프로젝트'. 이제 인터넷에 접속하면 일일이 검색어를 넣지 않아도 된다. 자동으로 자신이 관심 있어 하는 것을 찾아주는 최신 알고리즘 프로파일 G가 있으니까. 개인화, 자동화, 인공지능만이 살길이다. 이메일을 읽을 때, 신문 기사를 읽을 때, 댓글을 달 때, 모니터의 뒷면에서 당신이 만든 프로그램은 그 정보들을 차곡차곡 프로파일 G에 담아놓는다. 그걸 어디에 적용할지 사람들은 몰라도 된다. 사람들이 필요로 하는 것을 저절로 찾아주는 대가로 자그마한 광고가 따라오리라는 것도 기억할 필요가 없다.

프로젝터의 빛줄기가 어두운 회의실을 영화관처럼 밝히고 있고, 당신은 그 무대 위에 서 있다. 레이저 포인터를 잡은 당신의 손이 흔들리기 시작한다. 당신이 100년 동안 모을 월급보다도 더 큰 금액의 투자를 받을 프로젝트 발표를 앞두고, 당신은 어떤 말도 입에서 나오지 않는다. 그냥 한마디만 시작하면 되는데, 그 한마디가 도저히 입에서 떨어지지 않는다. 그저 바지에 오줌을 지리고 있을 뿐. 혹시 모른다, 실제로 침대에 오줌을 쌌을지도.

Rewind.
악몽 신 #2.
열네 살 중학생 때로 돌아가보자. 다음 시간은 체육 시간이라 다들 옷을 벗고 시퍼런 줄무늬가 그어진 하얀 체육복을 갈아입고 있다. 당신이 멍하게 서 있는 이유는 체육복을 가지고 오지 않았기 때문이다. 불공평하다고? 꿈속이니까. 당신은 이미 체육복을 가지고 있지 않기로 정해져 있다. 당신이 어떻게 해볼 수 있는 문제가 아니다. 악몽은 언제나 불공평하다. 따지고 보면 당신의 인생은 또 얼마나 공평한가? 부자 아빠와 가난한 아빠를 고를 권리는 당신에게 주어지지 않는다. 당신의 아이큐, 키와 몸무게, 성격, 그리고 수명까지. 자, 이제 찬 바람과 먼지가 휘날리는 운동장에 당신은 팬티만 입고 서 있다. 불행히도 당신의 체육 선생님은 변태다. 여학생들의 굴러가는 눈동자. 다른 친구들은 공놀이를 하며 당신 주위를 맴돈다. 갑자기 날아온 공이 머리를 툭, 치며 멀어져간다. 그 아이의 얼굴과 이름을 꼭 기억해둬라. 깨어나는 즉시 메모지에 적어두는 것도 좋다. 다음 날 아침 졸업 앨범에서 전화번호를 찾아내어 통화를 해보자.

'너, 꿈속에서 날 놀렸지?'

Fast Forward.

악몽 신 #3.

당신은 이제 슈퍼컴퓨터 같은 기계들에 둘러싸여 있다. 소독약 냄새가 진동하는 이곳은 응급실이다. 당신은 이미 손쓸 수 없을 정도로 몸이 망가졌다는 것을 알 수 있다. 거울이 없어도, 고통이 없어도 안다. 어떻게 아느냐고? 꿈의 편한 점은 이미 모든 게 완벽한 세트로 준비되어 있어서 대본도 필요가 없다는 것이다. 당신은 영양 결핍, 약물 중독에다가 수면 부족. 그리고 햇볕을 제대로 쬐지 않아 피부가 푸석푸석하다. 왜, 어떻게 되었는지는 알 필요 없다. 악몽 속에서 의심을 갖지 말 것. 더 무서운 일이 생길 테니까.

커튼 뒤에서 누군가 나타난다. 수염에 가려 입을 볼 수도 없다. 주위를 두리번거리는 것으로 보아 병문안을 온 것 같지는 않다. 그는 당신의 입과 코, 그리고 온몸에 연결되어 있던 전선과 튜브를 가위로 자르기 시작한다. 당신은 그를 저지하지 못한다. 기계에 의존할 정도로 쇠락해진 몸뚱이를 가지고 있으니까. 싹둑싹둑 전선을 자르다 말고 그는 당신에게 다가온다.

'나를 때려눕히고 도망가서 살 수 있을 것 같았니?'

그는 당신의 머리를 한 손으로 받치고 당신의 입을 벌린다. 알약 하나가 들어온다. 삼키지 않으려고 발버둥 쳐보지만 그가 누르는 손의 힘을 감당할 수 없다. 그리고 꿀꺽. 알약이 입에서 오도독 깨지고 작은 알갱이와 가루가 되어 목구멍으로 들어간다. 동공이 커진다. 아드레날린이 증가한다. 혈액이 펌프질한다. 뇌가 흐물거린다. 이제 당신의 생명선은 더 이상 지렁이처럼 꿈틀거리지 않고 정확하게 수평선을 긋는다. 효과음 등장. '삐—'.

그러나 걱정할 건 없다. 이건 악몽일 뿐이니까. 그는 어디론가 도망쳐버렸고 카메라는 이제 동공이 열리고 일그러진 당신의 얼굴을 잡는다. 서서히 당신의 얼굴, 당신의 침대, 당신이 누워 있던 병원을 비추며, Fade Out.

그런데 당신의 악몽과 나의 악몽엔 큰 차이가 있다. 아무리 Rewind, Fast Forward 버튼을 눌러보아도 나의 악몽은 검은 화면

뿐이다. 도무지 기억나는 것이 없다. 누가 초강력 자석을 가져와서 비디오테이프를 지워버린 것처럼 말이다. 모든 것이 기억나지 않더라도 프레젠테이션에서 오줌을 지릴 뻔했던 느낌이라든지, 황량한 운동장에서 팬티만 입고 서 있던 서늘함이라든지, 병원에서 들은 삐— 하는 신호음이라도 귓가에 맴돌아야 하는 것 아닌가? 그런데 모든 것이 검은 화면과 깊이를 알 수 없는 적막뿐이다.

자, 기억나지 않는 악몽은 진짜 악몽일까?

탐색 버튼을 아무리 눌러보아도 검은 화면뿐이던 나의 악몽에 점점 소리가 들리기 시작한다. 덜컹덜컹, 덜컹덜컹, 지하철이 움직이는 소리가 들린다. 나는 사방이 어두운 그 상태, 덜컹거리는 지하철 소음만이 들리는 그 상태에서 기억을 더듬어보지만, 무섭게도 기억나는 것이 아무것도 없다. 자, 이제는 악몽에서 깨어나기 위해 비명을 지를 차례다. 엄마가 어느 날 알려준 비밀 하나. 악몽에서 벗어나고 싶으면 속으로 셋을 센 뒤 소리를 질러라. 하늘에서 떨어지더라도, 총알을 맞더라도, 괴물이 덮치더라도 셋을 센 뒤 고함을 지를 수 있다면 꿈에서 깨어날 수 있다. 목청에 집중하라. 떨리는 목젖을 떠올려라. 호흡을 가다듬고 '꺄—악'이라고 소리쳐라.

물론 소리가 나지 않는다. 어쩌면 입술을 달싹거렸는지도 모르겠다. 집중하라. 상상하라. 나는 걸을 수 있다. 관객의 박수 속에서 멋지게 스텝을 밟으며 런웨이를 활보하라. 못 쓰게 된 다리도 감동의 의학 다큐멘터리 프로그램처럼 집중력과 상상력 훈련으로 걷게 만들 수 있다. 떨리는 목젖, 만화영화의 고양이가 소리를 지를 때 사정없이 흔들리던 그 목젖에 집중하라. 모든 것이 집중력의 문제다. 자, 이제 셋을 세겠다. 셋을 센 뒤 아무 소리도 지르지 못한다면 악몽에서 영영 깨어나지 못할 것이다.

하나,

둘,

호흡을 가다듬고,

셋.

2

"아."

짧은 탄성과 함께 눈을 떴다. 13그램의 눈꺼풀이 이렇게 무거울 줄은 몰랐다. 목청을 울리기가 이렇게 힘들 줄은 몰랐다. 내가 뱉은 '아' 소리는 목청이 덜덜 떨릴 만큼의 소리가 아니라 집 열쇠를 두고 나온 것이 생각났을 때 터뜨리는 소리에 더 가깝다.

검은 화면이 점점 밝아진다. 초점을 맞추기까지 한참을 기다려본다. 그리고 눈꺼풀을 깜빡거려본다. 눈꺼풀이 내 의지대로 움직인다. 다행이다. 여기는 지하철 안이다. '코니아일랜드(Coney Island)와 아스토리아(Astoria Ditmars Blvd) 사이를 왕복하는 N 트레인.' 맞은편 까만 표지판에 하얀 고딕체로 적혀 있다. 나는 그 표지가 어디를 의미하는 것인지 알 수 없다. 귀로 전철의 소음을 들을 수 있고 눈으로는 이 전철이 어디로 가는지 알 수 있지만 왜 내가 여기에 앉아 있는지는 알 수 없다. 전철 안이지만 창밖에서 환한 빛이 들어온다. 지상 구간을 지나고 있는가 보다. 빛바랜 붉은 벽돌로 지은 허름한 아파트들과 그라피티가 휘갈겨진 빈 공장들이 지나간다. Prove Yourself(당신을 증명하시오)라고 휘갈겨진 낙서가 보인다. 짙은 오렌지색 플라스틱 의자에 사람들이 몇몇 앉아 있다. 대부분 흑인들이고 개중에 백인 노인과 동양인 소년도 보인다.

눈이 다시 스르르 감긴다. 나는 어디로 가는 중이었더라? 행선지가 떠오르지 않는다. 내가 어느 역에서 지하철을 탔지? 그것도 생각나지 않는다. 잠에서 금방 깨어난 탓일지도 몰라. 나는 머리를 흔든다. 뭔가 떠오르기를 기다린다. 지금쯤 모든 기억이 돌아와야 하는데⋯⋯. 잠을 깨우던 덜컹거리는 소음은 더 이상 내게 말을 건네지 않는다. 감은 눈꺼풀 위로 획획하며 지나가는 오후의 햇살이 느껴질 뿐이다. 나는 이를 악물고 눈을 더 세게 감는다. 내가 왜 지하철에 앉아 있는지 알아내려고 힘을 써본다. 어둠 속에서 단서를 끄집어내고 싶지만 더욱 깊은 어둠뿐이다. Rewind,

Fast Forward. 흔들리는 목젖. 13그램의 눈꺼풀.

눈을 감고 있는 것이 힘들어서 다시 눈을 떴을 때, 기차는 막 다리를 건너고 있었다. 반짝이는 물결 너머로 브루클린 브리지가 보인다. 나는 어디로 향하고 있는가? 행선지가 기억나지 않는다. 그건 그렇고 내 이름은 뭔가? 왜 지하철에 앉아 있는지, 어디로 가고 있는지보다 이건 더 큰 문제다. 나는 누구인가?

기차는 다리를 건너 어두운 터널로 들어간다. 그때까지도 아무런 기억이 나지 않자 온몸에 식은땀이 흘러내린다. 뭔가 대책을 세워야 한다. 어디로 가는지 아는 척하면서 언제까지 전철 안에 앉아 있을 수는 없다. 차라리 관광객이라면 좋겠다. 지하철 노선도를 뒤적거리며 어디에서 내려야 하는지 살펴보거나 옆 사람에게 물어볼 수 있게. 나는 바지의 호주머니를 뒤져본다. 왼쪽 호주머니에 가죽 지갑이 있다. 빙고. 지갑을 열자 10달러짜리 지폐 세 장과 신용카드, 사진 몇 장이 나온다.

'KIM HA JIN'

신용카드에 금박으로 이름이 박혀 있다. 돌출된 부분의 금박은 닳아 없어져버렸다. 김하진이라……. 길거리에서 주웠거나 친구의 신용카드는 아닐 텐데, 이름이 낯설다. 나는 옆 사람에게 들리지 않을 정도로 소리를 내어 내 이름을 불러본다. '김하진'. 옆에서 졸고 있던 흑인이 흘끔 나를 쳐다본다. 내 이름이라기보다는 한인 업소 주소록의 이혼 전문 변호사 이름처럼 들린다.

'500달러면 충분합니다. 당신의 새 출발을 김하진 변호사 사무실에서 시작하세요.'

자, 이제 기억 상실증에 대해 이야기해보자. 시나리오 작가들이 뭔가 떠오르지 않을 때 단골로 이용하는 장치, 악몽만큼 자주 등장하는 기억 상실증 말이다. 도대체 영화나 드라마에서 왜 그토록 많은 사람들이 기억 상실증에 걸리는 것일까? 당신은 주변에서 기억 상실증에 걸린 친구를 단 한 명이라도 본 적이 있나? 이쯤에서 당신은 이야기가 너무 진부해진다고 생각할지도 모른다. 그러나 걱정 말길. 다음 이야기는 갑자기 죽을병에 걸린 샐러리맨 이야기는 아니니까. 그래도 걱정이 된다면 Skip, Skip. 다음 챕터를 읽으시오, 책을 덮고 티브이를 켜시오, 채널을 돌리시오, 컴퓨터를 켜시오, 인터넷 뉴스의 댓글을 읽으시오, 컴퓨터 게임을 하시오. 어차피 당신은 책하고는 담쌓은 사람이니까 불평은 하지 않겠다. 이 책을 읽든 말든 간에 당신의 의지와는 상관없이 시간은 낭비된다. 당신이 마지막으로 읽은 소설은 김용의 《영웅문》, 마지막으로 읽은 실용 서적은 《부동산의 귀재에게서 듣는 성공의 비밀》. 그러나 당신은 티브이를 보다가, 인터넷 뉴스의 댓글을 보다가, 컴퓨터 게임을 하다가, 꼭 다시 돌아와서 나의 이야기를 들어줘야 한다. 왜냐하면 당신은 나를 본 적이 있으니까. 우리는 만난 적이 있다. 당신이 이 책을 읽게 된 것은 결코 우연이 아니다. 당신은 이 책의 일부고, 중요한 역할을 담당하고 있다. 당신 없이 이 소설은 완성되지 않는다. 독자 없는 책은 250그램의 폐품, 똥을 닦는 화장지만도 못한 종이. 고로 이 이야기에 당신이 등장하는 부분을 꼭 읽어봐야 한다. 그 부분만 읽고 싶다면 Skip, Skip. 어느 페이지냐고? 내 이름도 확신할 수 없는 사람에게 뭘 기대하는가?

영화에서, 기억 상실에 걸리는 사람은 미모의 여자다. 약하고 아름다운 사람일수록 사람들은 동정심을 가질 테니까. 나 같은 구닥다리 남자가 기억 상실증에 걸렸다고 해서 걱정해줄 사람은 별로 없다. 좀 더 매력적인 캐릭터로 수정 요망. 기억 상실증에 걸린 아름다운 여인은 죽을 때까지 사랑하기로 맹세했던 남자를 알아보지 못한다. 당신, 누구세요? 매일 이렇게 꽃을 가져다주고 정말 친절하신 분이군요. 남자는 눈물을 흘리며 절망한다. 네가 기억이 돌아올 때까지, 끝까지 지켜줄게. Fade Out. 여기서 해피엔드가 되려면 여자가 사고를 한 번 더 당해서 기억이 돌아와야 하고, 좀 더 슬프게 만들려면 기억이 돌아오는 찰나에 남자가 사고로 죽어버려야 한다. 둘이 같은 차에 타고 있다면 더욱 좋다. 단, 한 사람은 살고 한 사람은 죽게 만들 것. 이런 통속적인 이야기는 더 이상 안 먹힌다고? 사람들은 당신이 생각하는 만큼 쿨하지 않다. 통속적일수록 사람들의 신경을 쉽게 건드릴 수 있다. 티브이를 켜서 아침 드라마를 볼 것, 웹소설을 읽을 것, 친구의 외도 이야기를 떠올릴 것.

그리고 당신은 벌써 내 이야기를 읽고 있지 않은가? 악몽과 기억 상실. 두 가지 B급 장치가 처음부터 나온다. 여기엔 약간의 트릭이 있다. 독자가 계속 책을 읽게 만들되 왜 그런지 의심을 갖게 하지 말 것. 창피하지만 자신도 모르게 눈물을 흘리게 만들 것.

자, 보다 현실적인 티브이 가족 드라마 버전의 기억 상실증을 살펴보자. 치매에 걸린 노모는 어떤가? 손자들의 이름을 하나씩 잊어버리다가 나중에는 아들의 이름마저 잊어버리는 노모 말이다. 어이 잘생긴 젊은이, 누구 아들인지는 모르겠지만 참 잘생겼네. 잘생긴 아들은 한때 오토바이를 몰던 폭주족이었으나 이제는 과거의 모든 잘못을 참회하고 꽃다운 나이에 수절한 노모를 위해 효도를 하려던 찰나였다. 참한 예비 며느리도 생겼다. 그러나 노모는 아들을 알아보지 못한다. 이건 단지 이름을 까먹은 정도가 아니다. 아들의 존재는 노모의 머리에서 깨끗하게 지워져버렸다. 그래서 아들은 눈물을 흘린다. 후회해봤자 이미 늦어버려 소용이 없다. 닭똥같이 굵은 눈물. 티브이를 보는 당신의 눈에도 흐르는 눈물.

Close Up.

화면은 병원을 떠나고 도시를 떠나고 우리나라를 떠난다. 익숙한 우리나라의 모양이 지구 중심에 고스란히 새겨져 있다. 아름다운 지구가 축구공처럼 뱅글뱅글 돈다. 그리고 초고속으로 푸른 태평양을 지나 미국으로 전진, 캘리포니아 서부 해안까지 닿는다. 곧이어 로키산맥과 대평원을 지나 동부의 뉴욕까지 단 3초 만에 움직인다. 구름이 걷히면서 점점 도시는 확대되고 높은 건물이 보이기 시작한다. 저기 아래 점처럼 보이는 것이 자유의 여신상이고, 뾰족 튀어나온 건물은 엠파이어 스테이트 빌딩, 파란 축구장 같은 것은 센트럴 파크다. 화면은 이제 노란 택시, 버스와 승용차가 뒤범벅인 브로드웨이를 비추고 땅속으로 들어간다. 도시의 지층은 아스팔트와 철근, 뭔지 도통 알 수 없는 환기구와 전깃줄로 이루어져 있다. 그 지층을 통과해서 마침내 큼직한 터널에 다다른다. 그 터널을 막 N 트레인이 관통하고, 그 전철 안에 한 사내가 타고 있다. 이 가련한 사내는 자신의 지갑을 마치 어디서 훔쳐 온 지갑인 양 이리저리 뒤지고 있다. 마침내 지갑 속의 사진을 꺼내 든다.

사진은 너덜너덜하게 닳아 있었다. 한 장은 스태튼아일랜드로 가는 페리 위에서 찍은 사진이다. 자유의 여신상과 푸른 바다를 배경으로 남자와 여자가 어깨동무를 하며 포즈를 취하고 있다. 죽을 때까지 행복하게 같이 살겠다는 표정이다. 나는 고개를 돌려 검은 유리창에 비친 내 얼굴을 확인한다. 쌍꺼풀이 두껍게 가라앉아 있고, 코 왼쪽에 작은 점이 나 있다. 그리고 사진 속의 남자를 쳐다본다. 그는 우스꽝스러울 정도로 큰 선글라스를 끼고 있다. 그의 옷도, 하늘도, 바다도 빛이 바래 보인다. 유리창에 비친 내 모습보다 젊게 보이기는 하지만 분명 내가 틀림없다. 그럼 옆에 있는 여자는 누구인가? 여자 친구? 혹은 내 아내?

검은 생머리를 뒤로 묶은 날카로운 눈매를 가진 이 여자가 내 아내라면 수백 번이고 섹스를 했을 텐데 전혀 기억이 나지 않는다. 사진 속의 커플은 사진을 찍기 위해 억지로 어깨동무를 한 것처럼 부자연스럽고 어색한 미소를 짓고 있다.

나머지 한 장의 사진은 네댓 살로 보이는 남자아이다. 태권도 도복을 입고 금방이라도 발차기를 할 것처럼 폼을 잡고 있다. 허리에는 노란 띠가 둘러져 있다. 절로 웃음이 나온다. 두 눈 사이가 보통 사람들보다는 약간 넓다. 아이의 얼굴은 표정 없이 굳어 있다. 나는 지하철 창문을 거울 삼아 다시 쳐다본다. 컴컴한 터널 속에서 간간이 붉은빛이 휙휙 지나간다. 내 눈 사이는 그 아이처럼 넓지는 않지만 자세히 들여다보니 나와 닮은 구석이 있다. 내 아들일지도 모른다. 나는 사진 두 장을 보물처럼 소중하게 다시 지갑으로 밀어 넣는다.

다음 역이 카날 스트리트라는 안내 메시지와 함께 지하철이 천천히 다음 역에 선다. 검은 먼지로 가득한 승강장, 철제빔이 그대로 기둥으로 드러나 있다. 기둥의 검은 표지판에 "Canal St(카날 스트리트)"라는 글자가 박혀 있다. 나는 자리에서 일어선다. 이곳이 내가 내려야 할 역이라는 확신은 전혀 없지만 어디선가 내리지 않으면 계속 전철 안에 있어야 할 것 같기 때문이다. 게다가 머리가 검은 사람들이 보여 일단 안심했다. 사람들을 밀쳐내며 가까스로 닫히는 문을 통과해 승강장에 내린다. 그리고 가장 가까운 계단으로 올라가 개찰구를 빠져나온다. 검은 머리를 한 사람들 몇몇이 입구 계단으로 내려온다. 나는 사람들을 비집고 밖으로 나선다. 어디든지 도착해야 한다. 그곳이 병원이든, 감옥이든, 뒷골목이든.

비키라고요. 제가 제일 바쁘거든요? 저는 이름도 모르고 갈 곳도 모르고 내가 어디서 탔는지도 모르거든요? 경찰서에도 가봐야 하고 정신병원에 가봐야 할지도 몰라요. 나는 밀려오는 사람들을 밀치고 언더그라운드를 탈출한다. 빛이 보이기 시작한다. 햇살이 기울어 그림자를 더욱 짙게 만드는 때다. 어머니가 저녁을 만들기 위해 시장으로 가는 시간이다.

그러나 지하철이 아닌 지상의 세계로 첫발을 내딛자마자 앞이 갑자기 캄캄해진다. 철퍼덕, 시궁창 냄새가 나는 골목에 넘어진다. 사람들이 지나가는 발소리가 들린다. 뉴욕에서 그렇게 흔하게 들을 수 있는 앰뷸런스 소리는 아직 들리지 않는다. 햇볕이 재빨리 사라지고 어둠이 찾아온다. 이건 악몽일까? 바들바들 사지를 떨면서 나는 곰곰이 따져본다. 다시, 이건 악몽일까? 알 수 없다.

진짜 악몽은 기억나지 않는 악몽이다.

3

Fast Forward.

"자네, 이 음악을 굉장히 좋아하는가 보군."

앤디가 건반을 두드리면서 말한다. 곳곳에 먼지가 끼어 있어 소리가 날지 의심스러운 야마하 키보드지만 그의 주름진 손가락은 키보드 위에서 춤춘다.

"뭔가 생각이 나는 듯해서. 이 음악, 어디에서 많이 들어본 것 같아."

대답하는 것도 힘들다. 온몸이 축 늘어져 지하철 통로에 몇 시간을 이렇게 주저앉아 있었는지 모르겠다.

"지하철 안에서만 20년을 연주했으니 당연히 한 번쯤은 들어봤겠지. 내 이름이야 모르겠지만 42번가 지하철 통로에서 폴카를 연주하는 사람, 이라고 하면 다 알아듣는 명물이라고. 승강장에서 싸구려 첼로를 켜는 중국인하고는 차원이 다르지, 암 그렇고말고."

앤디는 말을 하면서도 자동 반주와 드럼에 맞추어 건반을 연주한다. 낡은 호텔의 엘리베이터에서 들을 법한 처량한 음악이다. 소리에 반응해 인형이 춤을 춘다. 사람들의 시선을 붙잡기 위해 춤을 춘다. 자신의 의지와는 상관없이 음악 때문에 어쩔 수 없이 춤을 춘다는 슬픈 표정으로, 껌 자국 때문에 지저분해진 바닥에서 춤을 춘다. 인형 옆의 흰 플라스틱 바구니에는 지폐 몇 장과 동전이 차 있다. 앤디는 내게 눈짓을 보낸다. 나는 바구니의 동전과 지폐를 쓸어 담는다. 그리고 얼마 정도가 되는지 헤아려본다. 15달러 75센트.

"15달러 75센트. 내가 말했지? 그 정도 될 거라고. 연주에 집중하고 있는 것처럼 보이겠지만 눈 감고도 두세 시간의 레퍼토리는 연주할 수 있지. 결국 바구니에 얼마의 돈이 모이는가가 가장 중요한 거야. 바닥이 약간 보여야 사람들이 좀 더 동정심을 갖게 되거든. 수고스럽더라도 내가 연주하는 동안 바구니를 가끔씩 날라다 줘. 원래는 난쟁이 조수가 했는데 갑자기 사라져버렸어. 난쟁이 조수는 춤을 춰서 훨씬 좋았는데 말이야."

"그는 어디로 갔어?"

"글쎄. 아내가 도망이라도 간 걸까? 찾으러 다녀봤자 헛수고일 텐데……. 돈이 더 필요했나? 자기 몫이 적다고 생각하지는 않았을 텐데……. 어느 나라에서 왔는지 나도 몰라. 고개를 흔드는 것 빼고는 말을 한 적이 없으니까. 사실 빨간 모자를 쓰고 수염을 기른 난쟁이는《백설 공주》같은 동화책에서만 봤지, 실제로 있는 줄은 몰랐어. 한창 연주를 하고 있던 어느 날 생전 처음 보는 난쟁이가 내 앞에 나타나 춤을 추기 시작하더군."

난쟁이는 폴카 음악에 맞추어서 마치 멋진 파트너가 있는 듯이 춤을 추었다. 그 짧은 다리가 믿기지 않을 정도로 유연하게 춤을 추면 사람들은 못 믿겠다는 듯 멈춰서 한참을 구경하곤 했다. 관광객들은 사진을 연신 찍어댔고, 어린아이들은 난쟁이와 어깨동무를 하면서 사진을 찍어달라고 엄마를 보챘다. 사진을 찍으면 으레 바구니에 동전과 지폐가 쌓였다. 주로 25센트 동전과 1달러짜리 지폐였지만 때론 20달러짜리 지폐가 들어가 있기도 했다. 난쟁이가 아니었다면 20달러는 어림도 없는 일이었다. 지금은 자동인형이 그 자리를 대신한다. 자세히 보니 그 인형도 난쟁이를 닮아 빨간 모자를 쓰고 흰 수염을 달고 있다.

앤디는 주름이 뒤덮인 얼굴에 새하얀 이를 드러내며 웃는다.

"이게 오늘 마지막 연주야. 밤 10시가 되면 철수해야 하거든. 이래 봬도 교통국의 허가를 얻어서 하는 정식 공연이야."

"표도 팔지 않는 무료 공연이 더 정확한 말이겠지."

앤디는 한 번 더 웃는다. 인형을 주섬주섬 챙기고, 그의 보물 1호인 야마하 키보드를 검은 악기 가방에 집어넣는다.

"가방을 좀 들어줄 수 있겠어? 코끼리처럼 무거워서 말이야. 처음 만난 기념으로 저녁이라도 살게. 보통 사람하고 대화를 나눠본 지도 오래되었고. 자네는 뭔가 사연이 많아 보이는 것 같아."

Rewind. 악몽에서 깨어나 신용카드의 이름을 발견했을 때. KIM HA JIN. 이혼 전문 변호사 같은 이름. 그때만 하더라도 10분이 지나면, 한 시간이 지나면 모든 기억이 돌아올 것 같았다. 사진 속의 사람들이 누구인지 기억날 줄 알았다. 카날 스트리트에서 내려 수상쩍은 냄새가 나는 거리로 첫 발자국을 내딛는 순간 그 자리에 쓰러져버렸다. 눈앞의 세상이 밝기 100, 명암 100으로 환하게 변하더니 천천히 그 레벨이 내려가 밝기 -100, 명암 -100으로 어두워졌다. 다시 아무것도 없는 어둠. 기억나지 않는 악몽. 13그램의 눈꺼풀.

얼마쯤 흘렀을까. 눈을 떴을 때, 나는 전철에 다시 앉아 있었다. 어디로 가는 전철인지는 사람들에 가려 표시를 볼 수 없었다. 덜컹거리는 그 불규칙적인 진동은 꽤 익숙한 것이었다. 기뻤다. 왜냐하면 그 전의 모든 일들이 악몽이었고 그제야 현실로 돌아왔다고 생각했기 때문이다. 잠깐 지하철에서 졸고 있는 사이 악몽을 꾼 거야. 이젠 다 끝났어. 밤늦게까지 일을 하다가 집으로 돌아오는 평범한 사람이었던 내가 잠깐 지하철에서 잠이 든 것뿐이야. 그러나 다시 눈을 떴어도 어디로 가고 있는지 생각나지 않았다. 내 이름이 김하진이라는 것은 알고 있었지만 그것은 꿈에서 알아낸 것뿐이다. 지갑을 꺼내보았다. 꿈속에서 본 것과 똑같은 신용카드, KIM HA JIN이라는 똑같은 이름, 똑같은 사진 두 장을 발견했다. 꿈이 아니었구나. 카날 스트리트에서 쓰러진 것이 맞구나.

설상가상으로 왼쪽 다리 정강이에서는 진득한 액체가 흘러내리고 있었다. 검붉은 액체는 피였다. 피를 보자 정강이에 깊게 팬 상처가 아려왔다. 날이 선 칼에 베인 것처럼 시큰거렸다. 전차 바닥에 핏자국이 작은 웅덩이처럼 나 있었지만 아무도 내게 무슨 일이 있었냐며 말을 건네지 않았다. 내가 밖으로 나간 사이에 내겐 무슨 일이 있었던 것일까. 아무것도 기억나지 않는다. 가장 무서운 악몽은, 기억나지 않는 악몽이다.

Fast Forward. 펜스테이션 지하철역의 피자 카페테리아.

"당신이 난쟁이라면 좋겠는데 말이야. 저 멀리 중국에서 온 난쟁이가 음악에 맞춰 춤을 추면 사람들이 좋아할 거야. 부채 같은 것도 들고 있으면 더 좋지."

앤디가 커다란 페퍼로니와 올리브가 들어간 피자를 꾸역꾸역 입에 집어넣는다.

"사람들이 좋아하는 것보다는 돈이 많이 모이는 거겠지. 그리고 난, 중국에서 온 것이 아니라 한국에서 왔다고."

"내 눈엔 다 똑같은데 뭐. 한국인이나 일본인이나 중국인이나 검은 머리에 노란 얼굴을 하고 있잖아. 넌 얼굴만 가지고 구별할 수 있어?"

"어느 정도는. 그런데 확실히 다른 특징이 있긴 있어. 설명하기는 힘들지만."

"나머지 조각 내가 먹어도 될까?"

거대한 피자의 남은 한 조각을 두고 앤디가 입맛을 다신다.

"물론이지. 난 별로 배고프지 않아."

트라이앵글 모양의 마지막 피자가 그의 입 속으로 들어가고 치즈가 셔츠로 뚝뚝 떨어진다. 그리고 콜라를 벌컥 들이켠다. 그는 어떻게 지하철에서 연주를 하는 신세가 되었을까. 그의 사연을 듣고 싶다.

"이렇게 지하철에서 헤매지 말고 경찰서에 가보지 그래? 혹시 알아? 가족들이 벌써 신고를 했을지도 몰라."

"그게……. 밖으로 나가기가 두려워."

앤디는 고개를 끄덕이며 말한다.

"혹시 그런 생각해본 적 없어? 기억나지 않는 것이 아니라 기억하고 싶지 않은 게 아닌가 하고……. 나도 다음 날 아침에 일어나면 이전의 모든 일들을 잊어버리고 싶을 때가 많거든. 부럽군. 어찌 되었든 새로운 삶을 살아갈 수 있을 테니까."

"그런 연극을 왜 하겠어? 지금 당장이라도 이런 어둡고 지저분한 곳에서 나가 바깥 공기를 맘껏 쐬고 싶어."

앤디는 콜라를 벌컥 들이켠다.

"가질 수 없는 것은 노력한다고 가질 수 있는 게 아냐. 가질 수 없는 것을 계속 바라다 보면 병에 걸려. 위장병이든, 심장마비든, 기억 상실이든. 자넨 사람을 찾아주는 경찰서가 아니라 병원에 가야 돼. 머리에 커다란 상처가 있을 거야. 커다랗게 구멍이 뚫려 있거나 시커멓게 타버렸을 거라고."

나는 대답하지 않고 발걸음을 급하게 옮기는 사람들을 쳐다본다. 지옥이더라도 갈 곳이 있는 사람들은 행복하다.

"그래서 네가 좀 도와줬으면 해. 경찰도 의사도 필요 없어. 여기서 나가지를 못하는걸. 난 다시는 기억나지 않는 악몽을 꾸기 싫어. 나 대신 밖으로 나가서 가족을 찾아줘."

앤디의 두 눈을 똑바로 쳐다보고 말한다.

"그 다리는 어떻게 된 거야, 어디서 다치기라도 한 거야?"

나는 한숨을 쉰다. 왼쪽 정강이와 허벅지가 아려온다. 기억을 되살려 내가 겪은 이야기를 들려준다. 내가 기억하고 있는 모든 것을 말이다.

"이야기가 좀 길어. 들어줄 수 있겠어?"

4

당신은 술을 마시며 시계를 흘깃 쳐다본다. 지하철 막차가 끊긴다면 택시를 타야 하고 할증까지 물어야 한다. 술 취한 친구의 한탄을 10분 더 듣는 것이 할증 붙은 택시비보다 가치가 더 있는지 머리를 굴려보는 것이다. 물론 그런 한탄은 가치가 없다. 택시 할증 요금만 한 가치도 없고, 지하철표만큼의 가치도 없다. 왜 사는지 모르겠다는 푸념부터 시작해, 당신의 친구를 괴롭히는 상사 이야기, 연락이 없는 애인 이야기, 그 애인의 의심스러운 새로운 상대, 슬프게 늙어가는 부모님의 이야기는 다음 날 술이 깨면 기억나지 않을 것이다. 그리고 다음 술자리에서 그 이야기는 반복된다. 떨어지는 주식, 솟아오르는 아파트 가격도 빠지지 않는다. 당신은 건성으로 듣다가 시계를 쳐다보는 것이다. 그런데 그걸 아는지 모르겠다. 친구 이야기도, 당신의 이야기도 사실은 비슷비슷하다는 것을. 술집에 모여 있는 다른 테이블에 앉아 있는 사람들의 이야기도 거기서 거기다. 일찍 집에 가서 다운받은 동영상을 보는 것이 더 속 편할 일일지도 모른다. 혹은 컴퓨터 게임, 인터넷 뉴스의 댓글, 어제도 오늘도 비슷한 티브이 드라마.

그러나 당신은 외롭다. 당신의 친구도, 술집에 앉아 있는 모든 사람들도 외롭기는 마찬가지다. 애인이 있든 없든, 좋은 직장이든 나쁜 직장이든 상관없다. 그래서 당신은 친구의 이야기를 듣는다. 친구가 외로워 보여서, 당신도 외롭기는 마찬가지라서. 시간은 12시가 넘어버렸고, 어차피 늦을 바에 더 이상 나올 이야기가 없을 때까지 친구의 이야기를 들어볼 참이다.

뉴욕에서는 시계를 쳐다볼 필요가 없다. 12시가 넘어도 스물네 시간 지하철이 운행된다. 자정이 지나면 배차 간격이 길어지고 서지 않는 역도 있겠지만 지하철은 사람들이 잠든 사이에도 살아 움직인다. 당신은 브로드웨이 12번가의 지하철역, 승강장의 낡은 의자에 앉아 있다. 시간은 벌써 12시가 넘었다. 그러니 맘 편하게

31

이야기를 펼쳐놓아도 된다. 괴롭히는 상사, 의심스러운 애인, 늙어가는 부모님, 그것도 아니면 반려견이나 고양이의 이야기도 좋다. 당신의 외로움을 덜 수 있는 그 어떤 이야기를 내게 해도 좋다. 당신은 혼자가 아니니까. 내게 당신의 이야기를 해달라. 단, 나에 대해서는 묻지 말길. 나는 기억하는 것이 별로 없다. 뇌에 기억을 담당하는 부분이 텅텅 비었으므로 스펀지처럼 당신의 이야기를 흡수할 자신이 있다. 그 어느 누구보다 정성을 들여 당신의 이야기를 들어줄 자신이 있다. 남들과 비슷비슷한 이야기라도 나는 처음 듣는 이야기일 테니 걱정 말고, 머릿속에 떠오르는 대로 내게 이야기해도 된다. 어차피 나는 지하철 안에 갇혀 있을 것이고, 지하철은 밤새도록 움직일 테니까. 당신은 이야기가 끝나면 좀 더 가벼워진 몸으로 지하철을 타고 집으로 돌아갈 수 있을 것이다.

Rewind. 카날 스트리트에서 쓰러진 뒤, 두 번째로 지하철에서 깨어났을 때.

하염없이 전철 안에서 무슨 일이 내게 일어났는지 파악하려고 노력하다가 밤 12시를 넘겨버렸다. 누군가와 이야기하고 싶은데 내 이야기를 들어줄 만한 사람은 보이지 않는다. 전차에서 내리기도, 출구 밖으로 나가기도 두렵다. 그래서 마냥 전차 안에 앉아 있었다. 속이 울렁거려 토할 것 같으면 전차에서 내려 다음 전차를 탔다.

전차 안의 전광판에 다음 역의 이름과 시간이 빨갛게 빛나고 있다. 덜컹거리며, 침침하고, 딱딱하다. 할렘으로 향하는 2번 트레인이다. 대여섯 명의 흑인과 한 명의 백인 청년이 커다란 스테레오 카세트를 크게 틀어놓고 있다. 구겨진 누런 종이봉투 안에 숨긴 맥주를 마시고, 담배를 피우면서 말이다. 베이스와 드럼이 쿵쾅거리며 스테레오로 울리고, 래퍼의 중얼거림에 맞추어 춤을 춘다. 몇몇은 알아들을 수 없는 말로 손동작을 해가며 뭔가를 지껄인다. 왼쪽 다리가 아프다. 다리에서 피가 흘러내린다.

"하이, 아임 빌리. 그리고 여긴 제 친구들이에요. 좀 시끄럽더라도 참아요."

옆자리에 앉아 있던 아이가 말했다. 머리를 끄덕이고 발장단을 맞추면서.

"여기서 무슨 파티라도 여는가 봐."

"하하. 네. 맞아요. 지하철 파티. 이 시간엔 경찰도 없고, 사람들도 없어서 괜찮아요. 그런데 지금 아저씨는 어디로 가세요?"

"음…… 그게."

나도 그걸 알고 싶단다. 곱슬머리에 시원하게 튀어나온 이마가 초콜릿 빛으로 번들거린다. 신기할 정도로 검은 피부 사이로 커다랗고 하얀 눈자위가 껌뻑인다. 96번가 역에서 문이 열리자마자 빌리는 문밖으로 고개를 내밀어 사람들이 오는지 확인한다. 그리고

33

오케이 사인을 친구들에게 던지지만 그들은 사인에 개의치 않고 흥에 겨워 춤을 춘다.

"아저씨도 지하철에서 시간을 죽이는구나."

"너도 그러니? 지금이면 집에서 자야 할 시간이 아닌가?"

"잠이야 언제든지 하루 종일 잘 수 있는데요. 이렇게 지하철을 타는 게 좋아요. 밤이고 낮이고 끝에서 끝까지 왕복하면서 시간을 죽인다고요. 별의별 사람들도 다 만나고, 친구들도 만나고 말이에요."

"학교는? 부모님은 뭐라고 안 하셔?"

"이 시간에 무슨 학교 타령이에요? 아빠는 집을 나가버렸고 엄마는 길거리에서 돌아가셨죠. 집에 있어봤자 어차피 할 것도 없어요."

나는 문득 지갑 속의 아이 사진이 생각난다. 그는 지금쯤 무얼 하고 있을까. 빌리처럼 지하철을 헤매고 있지는 않겠지. 시원하게 냉방이 되는 침실에서 착한 꿈을 꾸면서 잠들어 있을 것이다. 그것이 내 바람이다.

"잠에서 깨어나 보니 지하철에 있는걸. 이게 벌써 두 번째야. 어디로 가는지 기억도 못 하겠어."

이 아이가 친근하게 느껴진다. 기억을 잃어버리기 전, 어디선가 만난 것 같다. 125번가를 알리는 안내 방송이 흘러나온다. 그들은 문으로 우르르 몰려간다.

"저도 그럴 때가 많은걸요. 아저씨도 어차피 할 게 없으면 같이 나가지 않을래요? 밖에도 재밌는 것들이 많아요. 할렘에는 한 번도 가본 적이 없죠?"

"글쎄. 그냥 여기 있을 거야."

문이 열리자 춤추고 떠들던 이들이 우르르 함께 내린다. 나는 빌리의 손에 이끌려 허둥지둥 전차 문을 나섰다. 승강장을 지나, 성긴 빗을 세로로 세워놓은 것 같은 회전 철제문을 우르르 통과한다. 빌리의 손목을 잡고 저지해보지만 빌리는 재미있다는 듯 내 손을 놓지 않는다. 유리 부스 안의 뚱뚱한 역무원은 한쪽 턱을 괴고 쳐다보지도 않는다. 나는 어정쩡하게 빌리를 따라간다. 껌이 덕지덕지 붙어 있는 바닥, 시커먼 벽과 복도, 이윽고 계단이다. 나에겐 엄청난 장애물처럼 보인다.

그들은 계단을 껑충껑충 뛰어 올라간다. 나도 빌리를 따라 한 계단, 한 계단 올라간다. 하지만 계단을 오를 때마다 발이 무거워지고 머리가 어지러워진다. 빌리를 제외한 무리들은 벌써 지상으로 올라가 스테레오 카세트를 크게 틀어놓고 흥에 겨워 떠들어대고 있다. 어디선가 시궁창 썩는 냄새가 난다.

"사실 갈 곳이 따로 있어. 손을 좀 놔주지 않을래?"

빌리는 나를 돌아본다. 사실 빌리와 함께 밖으로 나가 거리를 쏘다니고 싶다. 흑인들이 길거리에서 춤을 추다가 총질을 하더라도 자유롭게 뛰어다닐 수만 있다면 말이다. 그러나 나는 그의 손목을 풀고 계단을 내려간다. 무슨 일이 일어날지 두렵다. 다시 기절할지도, 몸의 어딘가가 찔려 있을지도 모른다.

"다음에. 다시 만나면 꼭 할렘을 같이 뛰어다니자. 바이."

빌리는 고개를 갸웃거리며 나를 한번 쳐다보더니, "그래요, 집까지 안전하게 가세요"라고 말하며 계단 위를 뛰어 올라간다. 나는 계단을 터벅터벅 내려온다. 역무원은 아직도 졸고 있다. 표를 사야 할까 망설이다가 출입구의 봉을 껑충 뛰어넘는다.

칸막이가 쳐져 있는 오래된 나무 의자에 털썩 주저앉아, 물끄러미 지하철 트랙을 바라본다. 이마에 식은땀이 줄줄 흐른다. 몇몇 웅덩이에 시커먼 물이 고여 있고 종이컵과 메트로 카드, 휴지 따위가 널브러져 있다. 그들 사이로 찍찍거리며 쥐가 지나간다. 아직도 시큰거리는 정강이.

한참을 기다려도 전차는 오지 않는다. 승강장 기둥에는 주말에 바뀌는 지하철의 변동 상황이 붙어 있지만 정확하게 무엇을 의미하는지 알 수 없다. 나를 제외한 모든 세상이 정상이다. 나는 내가 누구인지도, 여기서 무얼 하고 있는지도 모른다. 가족이 있다면 그들은 애타게 나를 찾고 있을지도 모른다. 기억은 더 이상 돌아오지 않을 수도 있다. 어떤 수를 쓰더라도 이곳을 빠져나가야 한다.

낡은 의자에 앉아 머리를 감싸며 나는 이런 생각에 빠져 있다. 바로 그때 당신은 칸막이 옆자리에 앉는다. 이렇게 늦은 시간에 길을 잃었나? 혹은 잠자는 시간마저 아까워 관광을 나선 것인가? 내가 묻지 않았는데도 당신은 나에게 이야기를 하기 시작한다. 경상도 사투리가 섞인 한국말이다. 당신이 살아온 이야기, 고등학교 이름과 좋아했던 선생님, 군대 이야기와 헤어진 첫사랑, 직장에서 당신을 괴롭히던 상사와 친구의 소개로 만난 당신의 아내, 전세방과 부부 싸움, 그리고 당신의 첫 아들, 부모님의 환갑잔치와 아들의 돌잔치……

"그런데, 지금 그런 이야기를 왜 내게 하는 겁니까?"

당신은 나의 질문에 이야기를 멈춘다.

"전차를 기다리기가 심심해서요. 휴대폰도 데이터가 간당간당하고요. 그나저나 당신은 왜 내 이야기를 들어줬어요?"

그때 까마득한 터널 끝에서 불빛이 보인다. 저 멀리서 덜커덩덜커덩거리는 소음이 점점 커진다. 모든 사람이 잠들어 있는데도, 지하철은 절대로 잠들지 않는다.

나도 당신에게 뭔가를 이야기하고 싶은데, 이야기할 것이 머릿속에 남아 있지 않다. 당신은 익스프레스 열차를 기다린다고 했다. 그래서 내가 먼저 전철에 탄다. 이 시간에 익스프레스 열차는 없을 거라고 말해줘도 당신은 막무가내다. 가이드북에는 그런 말이 없다며 내 말을 듣지 않는다.

5

　당신은 생전 처음 뉴욕에 발을 내딛었다. JFK, 라구아디아 혹은 뉴어크 공항. 하루하루 똑같은 일만 반복해야 하는 직장을 그만두고 적금 통장을 털털 털어 여행을 왔는지도 모른다. 혹은 돈을 넉넉히 버는 부모님 덕택에 어학연수를 왔을 수도, 토익 점수가 높다는 이유로 회사에서 당신을 보냈을 수도 있다. 아무튼 당신에겐 뉴욕이 처음이다. 시차에 적응하지 못해 머리가 멍하고 귀가 벌겋게 달아올랐는데도 택시 안에서 창밖을 보며 눈을 떼지 못하고 있다. 오래되고 높은 거대한 빌딩 숲. 어쩌면 당신은 실망했을지 모른다. 컴퓨터 바탕화면에서 매일 보아왔던, 티브이나 영화에서 보는 것처럼 뉴욕은 화려하지 않으니까. 〈섹스 앤 더 시티〉는 잊어라. 브로드웨이는 싸구려다.

　그런데 당신은 아는지 모르겠다. 그 좁은 맨해튼섬에서 그렇게 많은 사람들이 일하고 살아나갈 수 있었던 것은 높은 빌딩 때문이었다는 것을. 그 빌딩들은 1970년대에 지어진 것이 아니라 1900년대 초반부터 지어진 것들이다. 그래서 서울의 테헤란로에 있는 건물들처럼 번쩍거리는 반사 유리로 빽빽하거나 기하학적 모양이 아니다. 당신이 태어나기 전, 당신의 부모님이 태어나기 전. 어쩔 수 없이 창문도, 벽돌도, 외부 장식도, 엘리베이터도 오래되어 보일 수밖에 없다. 철골 구조의 건축 기술이 발전하고 엘리베이터가 설치됨에 따라 빌딩들은 점점 높아져갔다. 희망의 땅을 찾아 독일에서, 영국에서, 이탈리아에서, 멀리 러시아와 중국에서까지 사람들은 뉴욕으로 몰려들었다. 그 많은 사람들이 살기 위해, 일하기 위해, 때로는 자신의 은행이 세계 최고의 은행임을 과시하기 위해 건물은 점점 높아져갔다. 이번 여행에 당신이 반드시 들르게 될 102층 엠파이어 스테이트 빌딩은 1931년에 지어졌다는 것을 잊지 마라. 당신이 태어나기 전, 당신의 부모님이 태어나기 전.

지하철도 빌딩만큼 오래되었다. 지하철과 고층 빌딩 사이에는 긴밀한 관계가 있다. 맨해튼의 높은 빌딩에서 일하는 그 수많은 사람들을 브루클린과 퀸스, 할렘에 이르기까지 실어 나를 수 있었던 것은 지하철이 있었기 때문이다. 지하철은 뉴욕의 동맥이다. 당신은 뉴욕에 처음 왔으므로 타임스 스퀘어, 브로드웨이, 센트럴 파크, 자유의 여신상, 엠파이어 스테이트 빌딩을 찾아갈 것이다. 그리고 쓸데없이 지붕 열린 버스를 타고 시내 투어를 할지도 모른다.

명심할 것. 그 모든 것을 뒤로하고 당신은 지하철을 타야 한다. Fun Pass 7달러면 하루 종일 무한정 뉴욕을 누빌 수 있다. 언제나 추가 비용 없이 버스로 갈아탈 수도 있다. 투어 버스는 잊어라. 서울의 지하철보다 훨씬 어둡고, 지저분한 지하철을 타야 한다. 뉴욕의 동맥을 타고 진정한 뉴요커들을 구경해야 한다. 어디에서 내릴지 몰라 연신 허둥대는 관광객, 이어폰을 끼고 머리를 흔들거리는 젊은이들, 뚱뚱한 흑인 엄마와 마른 딸아이, 잡지를 읽으며 한눈팔지 않는 샐러리맨⋯⋯. 지하철 안에 너무 오래 앉아 있어서 기분이 우중충해진다면 지하철을 빠져나와 걸어라. 두 발로 직접 뉴욕을 활보하라. 뉴욕은 생각보다 넓지 않다. 가로로 세 시간, 세로로 센트럴 파크까지 네댓 시간이면 도착할 수 있다. 절대로 당신은 뉴욕에서 길을 잃어버릴 수가 없다. 가로 세로 정확하게 주소는 번호로 매겨져 있을 테니까. 주소를 모른다고 하더라도 32번가의 엠파이어 스테이트 빌딩은 언제나 당신의 표지판이 되어준다.

아침 6시가 되면 지하철은 슬슬 붐비기 시작한다. 브루클린, 할렘, 퀸스 집에서 잠을 자고 다들 맨해튼에 있는 일터로 발길을 옮기는 것이다. 42번가 타임스 스퀘어는 그중 가장 많은 지하철을 갈아탈 수 있는 환승역이다. 할렘에서 서쪽 센트럴 파크를 지나오는 1, 2, 3번 기차와 퀸스에서 다리를 건너온 N, R, W, Q가 만나고, A, C, E 노선도 약간 걸어가면 갈아탈 수 있다. 그랜드 센트럴에 서는 4, 5, 6번 기차를 갈아타려면 셔틀을 이용하면 되고 B, D, F, V도 한 블록 정도 떨어져 있다. 퀸스의 플러싱에서 오는 7번 기차의 종착역이기도 하다. 그리고 그곳은 내가 쪼그리고 앉아 지나가는 수많은 사람들을 구경한 곳이기도 하다. 그 속에 혹시 나를 알아보는 사람이 있을까 싶어서 말이다. 당신은 나를 봤어도 모른 척하며 지나간다. 어차피 나 같은 사람들은 사람들이 애써 보려 하지 않거나, 투명 인간처럼 여기니까 당신을 탓하지는 않겠다. 하지만 앤디가 연주하는 모습을 당신의 디지털카메라에 담았다면, 그 사진을 SNS에 올려 친구들에게 자랑하겠다면 최소한 1달러의 팁이라도 줬어야 하지 않을까?

Rewind. 지하철에서 두 번째로 깨어난 날, 2번 전차에서 빌리와 만났지만 할렘으로 나가지 않고 밤새도록 지하철을 탄 그날. 나는 맨해튼을 통과하는 거의 모든 지하철을 탈 수 있는 42번가에서 내려 지나가는 사람을 구경한다. 사진에 나온 사람과 닮은 사람이 있는지 살펴본다. 나의 아내, 여동생, 친구, 아들, 옆집 아이 혹은 조카. 양복을 입은 회사원이나 커리어 우먼이 갈아탈 기차를 타기 위해 뒤도 돌아보지 않고 계단을 오르락내리락하며 사라진다. 아직 당신은 호텔에서 깨어나지 않았다. 공짜 커피와 빵은 10시가 넘으면 제공되지 않는다는 것을 잊지 말길.
42번가 환승역에는 화장실이 있기 때문에 언제나 사람들이 줄을 지어 서 있다. 줄에 서 있는 사람들의 얼굴도 확인한다. 다행히 피부가 노랗고 머리가 까만 동양인만 체크하면 된다. 내 눈은 점점 뻑뻑해진다. 가끔 지갑을 꺼내 사진 속의 얼굴을 머리에 기억시키는 것도 잊지 않는다. 바쁜 오전이 지나가면 슬슬 관광객들이 나오기 시작한다. 그 속에 당신이 있다. 같은 외국 사람이라도 관광객과 뉴요커의 차이는 확연히 드러난다. 관광객들은 한 손에 지하철 노선도나 관광 안내 책자를 들고 주위를 두리번거리며 어디서 지하철을 타야 할지 허둥거린다. 체크무늬의 플란넬 셔츠를 입고 있는 노부부라면 중부 어디에서 온 사람들일 것이고, 반바지에 티셔츠 차림이라면 캘리포니아에서 온 사람들일 것이다.

동양 사람은 외모 때문에 확연히 차이가 나서 금방 알아볼 수 있다. 차이나타운에 살고 있는 사람이 아니라면, 유학생이 아니라면, 대부분의 동양 사람들은 관광객이다. 특히 여자들은 메이시스나 블루밍데일스의 쇼핑백을 메고, 커다란 선글라스를 쓰고, 깜찍한 슬리퍼를 신고 다닌다. 나는 그런 동양 사람들을 볼 때마다 다시 한번 사진을 쳐다보고 그들의 얼굴을 살핀다. 그러나 사진 속의 그녀는 이곳을 지나치는 사람들과는 달리 지극히 평범하게 생겼다. 화장도 하지 않았고, 뭔가 꾸미려고 한 구석도 없다.

그렇게 42번가 환승장에서 쪼그리고 앉아 사람들을 유심히 지켜보고 있을 때, 앤디가 나타났다. 뒤뚱거리며 걸을 정도로 비대한 몸집, 머리에는 더러운 양키스 모자를 쓰고 있었다. 그리고 그 커다란 야마하 키보드를 들고 '무료 스트레스 테스트'라는 테이블 옆에 떡하니 자리를 잡았다. 그 자리 위의 기둥에는 '지하철 음악 폴카 프로젝트'라는 교통국의 플래카드가 걸려 있었다. '무료 스트레스 테스트' 테이블에서는 지나가는 사람들을 붙잡아

맥박이나 혈압을 재어주고 책이나 의료 기구 따위를 팔았다. 뉴욕에서 무료는 공공 도서관과 센트럴 파크밖에 없다는 것을 깜빡 잊어버린 사람들이 걸려들고 있었다. 그런 것에 개의치 않고 앤디는 싸구려 전동 인형을 놓아두고 폴카를 연주하기 시작했다.

나는 모퉁이에 쪼그리고 앉아 음악을 들었다. 앤디의 레퍼토리는 한 시간쯤 앉아 있으면 모두 들을 수 있다. 모든 곡이 연주되면 순서 없이 똑같은 곡들이 뒤섞여서 반복된다. 그 속엔 어떤 규칙이 있을지도 모른다. 자세히 듣지 않으면 모든 곡이 비슷비슷하게 들리겠지만 나처럼 하염없이 음악을 듣고 있으면, 들려오는 처량한 폴카 음악의 레퍼토리는 쉽게 파악할 수 있다. 관광객들은 발걸음을 멈추고 사진을 찍는다. 앤디는 좀 더 과장된 몸짓으로 키보드를 연주한다. 그리고 관광객들은 1달러나, 쿼터 코인, 기분이 좋으면 5달러짜리 지폐를 던진다.

그 여자는 5달러짜리 지폐를 바구니에 던졌다. 온몸이 얼어붙는 것 같았다. 사진 속의 여자와 똑같이 생겼기 때문이다. 어깨만치 내려오는 새까만 머리, 갸름한 턱과 쌍꺼풀이 없는 도톰한 눈. 그녀는 종종걸음으로 다운타운 방향의 전철을 타기 위해 계단으로 내려갔다. 나는 재빨리 그녀를 따라갔다. 그녀의 머리카락이 짙은 감색 원피스 위로 리드미컬하게 찰랑거렸다. 나는 사람들을 밀치며 그녀를 따라잡았다. 그녀는 승강장에서 잡지를 보며 전차를 기다리고 있었다. 그녀에게 한 발자국 다가갈 때마다 가슴이 두근거렸다.

마침내 그녀 바로 앞이다. "여보세요"라고 한국말로 말을 건넸다. 그녀는 나를 한번 쓱 쳐다보더니 길거리의 홈리스를 발견한 것처럼 눈을 피했다. 전차가 굉음과 바람을 일으키며 다가왔다. 그녀는 눈길도 마주치지 않은 채 일부러 멀리 있는 입구로 사라졌다. 나는 그녀와 같은 차량의 떨어진 입구에서 전철을 탔다. 그녀를 놓치지 않기 위해 힐끔힐끔 전철 안을 살피다가 창문에 비친 내 모습을 보았다. 헝클어진 머리, 때가 낀 얼굴, 깊어진 주름, 더러운 티셔츠. 나는 정말 홈리스인 것이다.

그녀는 타임스 스퀘어에서 단 한 정거장 떨어져 있는 34번가 펜스테이션에서 내렸다. 나도 그녀를 따라 내렸다. 그녀는 갈 길이 정확히 정해져 있는 듯이 급히 걸음을 옮겼다. 개찰구를 빠져나와, 카페테리아와 신문 가판대를 지나, 지상으로 통하는 출구로 걸어갔다. 제길, 그녀가 출구로 빠져나가기 전에 멈춰 세워야 했다. 미행에 신경 쓰다 보니 지상으로 나가면 안 된다는 생각을 깜빡 잊어버렸다. 전날 다쳤던 왼쪽 정강이가 쑤셔왔다. 그녀를 따라가면 나는 어떻게 될까? 또다시 정신을 잃어버리게 될까? 그녀가 사라진 계단 입구에서 나는 서성거렸다. 어쩌면 다시는 이런 기회가 오지 않을지도 모른다.

나는 심호흡을 한 번 하고 그녀가 빠져나간 출구를 향해 뛰었다. 이번에는 숨을 가득 참고 두 계단, 세 계단을 껑충껑충 뛰며 올라갔다. 너무 숨을 꾹 참고 서너 계단을 한꺼번에 올라갔기 때문이었을까? 지상에 다다르자 세상이 하얗게 변했다.

6

'What's It All About?(이게 다 무슨 이야기인가?)'

눈을 뜨니 당연히, 나는 전철 안에 앉아 있었다. 업타운 D 트레인. 그녀를 따라가기 위해 펜스테이션에서 내려 34번가를 빠져나왔지만 또다시 정신을 잃었다. 맞은편 광고판의 문구처럼, 이게 다 무슨 이야기인가?

'하이테크 열차와, 청정 연료 버스, 지하철 주차, 2번가 지하철 건설. 이 모두가 교통 채권을 통해 이루어진 사업입니다.'

지하철 공공광고를 한참 동안이나 멍청하게 쳐다보았다. 왼쪽 허벅지에서 피가 스며 나오고 있는 줄도 모르고 말이다. 아하, 다음 순서는 어디인가요? 갈비뼈가 드러나는 가슴? 튀어나온 배? 내 몸이 무슨 다트 판인가. 서커스에서 회전 원판 위에 나를 묶어놓고 칼이라도 던진단 말인가. 42번가의 지하철 환승역으로 돌아와 화장실에 간다. 지하철에서 주의할 것 또 하나. 모든 지하철에 화장실이 있는 것은 아니다. 없는 역이 훨씬 더 많다. 지하철을 타는 사람들이 화장실에서 무슨 일을 저지를지는 아무도 모른다.

화장실 입구엔 경찰이 서 있다. 내가 화장실로 들어갈 때 경찰은 코를 틀어막는다. 나는 얼굴을 씻는다. 손을 씻는다. 팔을 씻는다. 깨끗하게. 부득부득 소리가 나게 씻는다. 바지를 걷어 정강이와 허벅지의 상처를 살핀다. 세상의 먼지를 다 흘려보내라. 더러운 피도 하수구로 흘려보내라.

자, 이제 뭘 하지? 42번가 지하철 환승장에서 몇 시간을 쪼그리고 앉아 있었는지 모르겠다. 사람들의 발길은 점점 잦아들고 서늘한 바람이 지하 깊은 곳에서 불어왔다. 나는 반쯤 졸다가 깨다가를 반복했다. 다시 아침이 찾아오고, 직장으로 향하는 사람들이 나타났다. 그리고 관광객들이 등장하고 수백 개의 다리들이 눈앞에서 사라졌다가 나타났다가를 반복했다. 야, 다들 갈 데가 있구나. 나는 누군가가 내게 말을 걸어주기를 기다렸다. 더 이상 사진 속의 여자를 찾기 위해 사람들을 관찰하기도 귀찮다. 이제는 숨을 쉬기도, 일어서서 걷기도 귀찮다. 이윽고 익숙한 폴카 음악이 연주되었다. 다시 그의 차례인가? 전날 들었던 음악이 또 들리고 사람들은 다시 멈춘다.

"자네, 이 음악을 굉장히 좋아하는가 보군."

고개를 들어보니 앤디가 내게 말을 걸고 있었다. 누런 이빨을 보이며 활짝 웃고 있었다.

"내 이름은 앤디야. 자네 이름은 뭔가?"

Fast Forward.

앤디와의 첫 번째 식사. 펜스테이션의 피자 카페테리아. 말라비틀어진 치즈와 페퍼로니. 내게 김치와 된장국을 달라. 단무지 몇 조각이라도 좋다.

앤디가 나를 도와주기로 한다. 대신 매일 아침 11시에 집 근처의 역에서 42번가의 일터까지 야마하 키보드를 들어주는 조건이다. 물론 저녁 9시에 집으로 돌아가는 방향도 포함해서. 코끼리처럼 무거운 그의 제1호 보물을 매일 옮기기엔 그는 너무 지치고 늙었다.

"네 말을 다 믿는 건 아냐. 모든 이야기에는 메타포가 있지. 일어나 보니 자기가 누구인지 모르겠고, 두 번씩이나 다시 지하철에서 깨어나도 그대로이고, 깨어날 때마다 몸에 상처가 생겼다⋯⋯. 그대로 받아들이기엔 이상한 이야기지만 뭐 어때. 네가 날 돕는다면, 나도 널 도울게."

"믿든 안 믿든 아무래도 좋아, 여기서 빠져나갈 수만 있다면."

밖으로는 더 이상 나가기 싫다. 더 이상 찔리기는 싫으니까. 기억나지 않는 악몽. 13그램의 눈꺼풀. 그리고 다트 판과 메타포.

"전단지를 붙여보는 건 어때?"

그의 말에 따르면 이 복잡한 도시 어디에서인가 흔적도 없이 사라진 사람들이 많단다. 사라진 개, 집을 나간 아내, 잃어버린 아이. 그중 하나가 바로 나, 김하진이 될 것이다. 나는 피자 가게

냅킨에 종업원에게 빌린 펜으로 전단 문구를 적어 내려간다.

'이름 김하진, 한국인, 나이……'

"내가 몇 살로 보여?"

앤디는 눈을 찌푸리고 나를 자세히 들여다본다.

"스물다섯으로는 안 보여. 마흔이 넘게도 안 보이고. 동양인들의 나이를 알아보기는 힘들지만 대충 적어."

'나이는 35세. 키는 약 175센티미터, 몸무게는 70킬로그램. 맨해튼에서 실종됨. 그를 아시는 분이나 본 적이 있는 사람은 아래 전화번호로 연락 바람.'

그리고 아래에 앤디의 전화번호를 적었다.

"이걸 어디에 붙이지?"

앤디는 잠깐 생각에 잠기는 듯하더니 내게 말했다.

"당연하잖아. 코리아타운의 슈퍼마켓이지. 32번가에 코리아타운이 있어. 퀸스에는 더 큰 코리아타운이 있고. 몇 번 지나가본 것이 다지만. 수상쩍은 음식점이 많더라고."

나는 냅킨에 삐뚤삐뚤하게 적힌 글자를 쳐다본다. 영어가 아닌 한글이다. 나는 한국인이다. 그건 절대로 잊지 않고 있었구나. 그리고 앤디가 말한다.

"이제, 내 이야기를 들어줄 수 있겠어?"

메타포가 아니라면, 이라고 나는 답한다. 나의 길고 긴 이야기를 그가 들어주었으니, 이젠 그의 이야기를 들을 차례다. 다행히 나는 시간이 많고, 지하철은 24시간 움직인다. 내가 기억하는 이야기는 별로 없으니 이제 들을 일만 남았다. 뇌에 기억을 담당하는 부분이 텅텅 비었으므로 스펀지처럼 앤디의 이야기를 흡수할 자신이 있다. 그 어느 누구보다 정성을 들여 앤디의 이야기를 들어줄 자신이 있다. 그가 처음에 어떻게 뉴욕에 오게 되었는지 들을 준비가 되었다. 설마 나처럼 지하철에서 깨어나지는 않았겠지. 어떻게 지하철에서 폴카를 연주하게 되었는지도 듣고 싶다. 자, 이제 버튼을 눌러보자.

Record.

7

앤디는 배우가 되고 싶었다. 여느 연기 지망생처럼 브로드웨이와 대형 스크린에서 자신의 꿈을 펼치기 위해 뉴욕으로 왔다. 뉴욕에서 연기자 지망생으로 살아남기는 쉽지 않았다. 수없이 오디션을 보는 것은 기본이고, 출연진이 관객보다 많은 연극의 보조역도 맡았다. 앤디는 그토록 많은 사람들이 연기자가 되고 싶어 하는지 몰랐다.

주연감은 아니야, 얼굴이 너무 평범해, 살을 좀 빼보는 건 어때요, 목소리에 더 감정을 실어봐요, 리얼하게 더욱 리얼하게…….

저기 눈물은 흘리지 않아도 되거든요?

저축한 돈은 바닥이 났고 방세를 내기 위해, 주린 배를 채우기 위해 일을 해야만 했다. 무거운 음식을 나르며 잔심부름을 하는 웨이터보다는, 유유히 생각나는 대로 귀에 익숙한 곡들을 치는 피아노맨이 훨씬 쉬운 일자리였다. 우연히 53번가를 지나가다가 피아노맨을 구한다는 구인 광고를 보지 않았다면 그는 어떻게 되었을까? 웨이터로 일하다가 유명 감독의 눈에 띄어 영화배우가 되었을까, 다시 피츠버그로 돌아가 슈퍼마켓에서 일하게 되었을까? 53번가 타운하우스 레스토랑 앤 바에서 팁으로만 살아가는 앤디의 생활은 그렇게 시작되었다. 모든 것이 임시라고 생각했다. 이스트 빌리지의 작고 허름한 아파트도, 매번 떨어지는 오디션도, 〈카바레〉나 〈오버 더 레인보우〉를 밤새도록 연주하는 파트타임 피아니스트의 생활도 더 나은 미래로 가기 전 잠시 거치는 단계에 불과하다고 말이다.

당신이 잊어버리지 말아야 할 것이 하나 있다. 잠시, 라고 생각할 때 시간은 멈춰주지 않는다. 그 잠시 동안 한 사람의 인생이 뒤바뀔 만한 일이 생길 수도 있다. 당신에게 필요한 것은 현실을 직시하는 용기일 뿐이다. 변화해야 한다. 그러지 않으면 당신은 아래로 밀려 내려간다. 인생은 오르막길이다. 막연한 미래를 기대하며 잠시 다른 일을 하기엔 인생은 너무 짧다. 하지만 당신은 변화하지 않는다. 당신은 잠깐 미래에 대해서 생각하기를 그만둔다.

그런 사이 시간은 순식간에 지나가버리고 당신에겐 더 이상 기회가 오지 않는다. 버스는 떠났다. 기차도 택시도 오토바이도 모두 떠났다. 인생에 시간표 따위는 없다. 인생은 오르막길이다. 멈추면 자기도 모르는 사이에 미끄러지며 내려간다.

저녁이 무르익어 피아노 바에 사람들이 몰리기 시작하면 앤디는 반주에 맞춰 손님들과 함께 노래를 부르기 시작한다. 손님 중의 한 명은 언제나 다른 사람보다 목청을 높여 노래를 부르게 마련이다. 기회를 놓치지 않는 앤디는 손님의 목소리에 화음을 넣어주고 피아노로 더욱 흥이 나게 도와준다. 앤디가 바라는 것은 손님의 호주머니에서 나올 팁이다. 처음엔 손님과 노래를 부르는 것이 즐거웠지만 나중에는 즐거워서 노래를 부르는 것인지 팁 때문에 노래를 부르는 것인지 알 수가 없어졌다. 그때부터 앤디는 팁을 넣는 검은 모자에 돈이 정확히 얼마가 들어 있는지 파악하는 버릇이 생겼다. 자주 들르는 손님의 이름을 불러주는 것도, 그 손님이 좋아하는 노래를 기억하는 것도, 생일 축하 노래를 부르는 것도 생존 수단이었다. 손님들은 가끔씩 그 바에 와서 흥겨운 노래를 듣는 것이 다지만, 앤디는 일주일에 네 번, 하루에 여섯 시간 동안 즐겁게 피아노를 치고 노래를 불러야 했다. 방세가 밀려 있더라도, 지독한 감기에 걸려 있더라도, 오디션에 합격했다는 전화가 걸려오지 않더라도 하루는 24시간이고 한 달은 30일이고 방값은 매달 나온다. 그 잠시는 그렇게 흘러갔다. 순간은 영원이다. 인생에 시간표 따위는 없다.

피아노맨으로 일하면서 늘어난 것은 피아노 연주 실력이 아니라 주량이었다. 손님이 사주는 공짜 술은 연주가 끝날 때까지 멈추지 않고 계속되었다. 술을 잘 받아 마실수록 손님은 좋아하게 마련이다. 사람들은 자신이 술을 마시기 위해 남에게 술을 권한다. 그들에게 앤디는 술을 권할 수 있는 가장 부담 없는 상대다. 앤디는 노래가 끝날 때마다 손님이 피아노 위에 놓아둔 칵테일을 마셔댔다. 결국 일이 끝날 때가 되면 몸을 가눌 수 없을 정도로 취해 있었다. 다음 날 아침엔 늘 후회하게 마련이지만 술에 취하면 모든 고민들이 하찮게 여겨졌다.

언제 배역을 따게 될지도 모르고, 언제 똑바른 직장을 갖게 될지도 모르고, 언제 피츠버그로 돌아가 교외에 집 한 채를 살지도 모를 일이지만 말이다. 더 이상 오디션에 나가지 않았고, 바에서 더욱 열심히 피아노를 치고 술을 마셔대며 모든 것을 하찮게 여겼다. 소리 없이 흘러가는 시간까지 말이다. 바에서 간혹 추파의 눈길을 던지는 늙은 여자나 남자 손님들이 있었지만 앤디는 그것을 팁으로 전환시키는 이상의 노력은 하지 않았다. 손님 이상으로 친해지면 언제나 웃고 있는 자신의 모습뿐만 아니라 그 뒷면의 모습까지도 보여주게 마련인데, 앤디는 그것이 내키지가 않았다. 언제나 웃고 있는 스마일 앤디, 그 모습으로 기억되고 싶었다. 그러나 혼자서 삐걱거리는 문을 열고 흐트러진 작은 침대에 털썩하고 누우면 몇 번이고 한숨이 나왔다. 몇 잔이나 마셨는지도 모를 알코올의 뜨거운 입김이 방 안 전체를 점점 메웠다.

앤디는 지하철에서 그녀를 만났다. 여느 때처럼 바에서 일을 마치고 늦게 집으로 돌아가는 중이었다. 유난히 술에 많이 취해 6번 트레인을 타고 집으로 돌아오는 새벽, 맞은편에 앉은 한 여자가 앤디를 뚫어지게 쳐다보았다. 우유를 조금 넣은 커피 빛깔 피부에 커다란 눈이 반짝거리는 여자였다. 멕시코의 어느 작은 마을에서 갓 상경한 듯, 먼지와 기름때투성이의 스웨터를 입고 있었다. 추운 겨울인데 외투도 걸치지 않았고, 스웨터도 구멍이 숭숭나 있었다. 그녀는 앤디를 보며 수줍게 웃었다. 앤디는 주위를 돌아봤지만 긴 의자에는 자기밖에 앉아 있지 않았다. 지하철에서 내려 집으로 가는 중에도 그 여자는 앤디의 뒤를 따라왔다. 가끔 술이나 약에 취한 마약 중독자들이 뒤를 밟곤 했지만 멀쩡한 여자가 어깨에 커다란 가방을 지고 따라오자 왠지 무서워졌다.

앤디는 발걸음을 멈춰 뒤를 돌아보았다.

"저기, 집이 이 근처예요? 아니면 날 미행하는 거요? 혹은 당신 머리가 어떻게 된 사람이 아니오?"

그녀는 멈춰 서서 울먹거렸다.

"갈 곳이 없어서…… 그래요."

발음이 엉망인 영어로 그녀는 대답했다. 앤디는 긴 한숨을 쉬었다. 모락모락 나는 입김에서 보드카 냄새가 진동했다. 인생은 순간, 기회를 잡아라. 앤디가 전철 한 대를 놓쳤더라면, 다른 길로 집으로 돌아왔더라면, 술만 좀 덜 취했더라면, 홈리스라고 여겨 그녀를 피했더라면 어떻게 되었을까. 앤디는 앞으로 그녀와 어떤 일이 생길지 상상도 못 한 채 이렇게 대답했다.

"우리 집으로 와도 좋지만 어떤 일이 생길지는 몰라요. 당신이 책임져요."

그녀는 묵묵히 앤디의 뒤를 따랐다. 그날부터 그녀는 앤디의 집에 그대로 머물렀다. 두 사람이 살기에는 좁은 집이다. 그러나 그는 잠만 편안하게 자면 그만이었으므로 개의치 않았다. 그녀는 집안 곳곳에 박혀 있는 쓰레기를 치워 정돈했다. 쓰레기장을 방불케 했던 그의 집은 어느새 편안하고 아늑한 공간으로 변했다. 싱크대에 처박혀 있던 접시와 냄비들도 제자리를 찾아갔다. 그녀는 거실의 낡은 소파에서 잠을 자고, 정오가 되면 일어나는 앤디를 위해 커피와 아침을 만들어주었다. 언제든지 갈 곳이 생길 때까지 있어도 좋다고 말한 건 앤디였다. 그런데 집으로 돌아오며 4층 맨 꼭대기 창의 불이 켜져 있는 것을 볼 때면 오늘도 그녀가 있구나 하는 생각에 마음이 따뜻해졌다. 동시에 마음이 무거워지기도 했다. 굳이 새벽에 집으로 돌아오는 자신을 기다릴 필요가 없다고 말했지만 그녀는 고개를 저었다.

"어둠 속에서 혼자 잠드는 것이 무서워서 그래요."

그녀는 좀 더 능숙해진 영어로 말했다. 앤디는 그녀의 눈을 똑바로 쳐다보았다. 그녀가 어떻게 이곳으로 오게 되었는지, 왜 자신을 따라와 이렇게 함께 지내게 되었는지 눈동자를 뚫어지게 바라보며 알아내고 싶었다. 그러나 머리는 술 때문에 멍했고, 다음 날에는 꼭 제정신에 물어보리라 다짐했다. 그날 앤디는 평소 때보다 술을 더 마셨다. 그날따라 생일 축하가 세 번이나 있어서 그랬는지도 모른다. 앤디는, 어둠 속에서 혼자 잠드는 것이 무섭다는 그녀의 손을 이끌고 자신의 침실로 향했다.

기회를 잡아라. 순간은 영원이다. 언제 기회가 다시 올지 아무도 모른다.

8

중국인, 한국인, 일본인들이 우르르 지하철에 탄다. 나는 한국말을 듣기 위해 귀를 쫑긋 세운다. 짧은 치마를 입은 두 여자는 중국말로 자기네끼리 떠들고 있고, 남자아이는 귀에 이어폰을 꽂고 고개를 흔들거린다. 이윽고 내 오른쪽 자리에 흰머리가 듬성듬성 난 할아버지가 앉는다.

"혹시 한국 사람이슈?"

한국말을 언제 마지막으로 들었는지 기억나지 않는다. 눈물이 나올 뻔했다.

"네. 네."

그는 전단 하나를 내게 건넨다.

'천국의 비밀. 요한 계시록 특별 세미나. 계시록에 기록된 재앙
은 정말 인류의 종말을 알리는 것인가? 성경의 마지막 예언서, 요
한 계시록. 이제 모든 것을 밝혀드립니다. ○○ 신학 교육원.' 나
는 분명 신도 믿지 않았고 교회도 다니지 않았을 것이다. 한 번도
들어보지 못한 이야기들이다. 아차, 나는 기억 상실증에 걸렸었
지. 아무것도 장담할 수 없다.

"헌금 같은 건 낼 거 없어. 그냥 일주일에 한 번, 세 시간, 한 달
만 투자하슈. 그럼 인생의 모든 비밀을 알 수 있지. 언제 이 세상
이 멸망하는지도. 요즘엔 워낙 이단이 많아서 말이야. 이걸 제대
로 알면 구원을 받게 돼. 무너지는 하늘의 실체, 일곱 머리 열 뿔
짐승의 실체, 짐승의 표 666의 실체. 이런 것 들어본 적 있어요,
젊은이?"

"아, 아뇨."

그는 챙 모자를 만지작거리며 웃는다. 인생의 커다란 비밀을
자신만이 알고 있다는 듯이.

"아무튼 꼭 오라고."

"그런데, 할아버지. 여기 큰 한국 슈퍼마켓이 어디 있죠?"

"으음. 잭슨 하이츠에도 몇 군데 있고, 플러싱에도 있지."

그는 전단지 뒷면에 한글로 거리 이름을 몇 개 적어주었다.

Rewind. 앤디와 피자로 저녁을 먹은 다음 날. 나와 앤디의 이야기가 맞교환된 다음 날. 그가 연기자 지망생이었다는 것을 알게 된 다음 날.

앤디는 한글로 냅킨에 적은 전단을 여러 장 복사해 왔다. A4 용지에 냅킨 테두리까지 복사되어 있었지만 글자는 그럭저럭 읽을 만했다.

"중국 사람들하고 일본 사람들, 한국 사람들의 글자는 다른 거야?"

"당연하지. 기본적으로 중국 한자를 같이 쓰기는 하지만, 나라마다 발음도 다르고 저마다 쓰는 언어도 달라."

"흐음. 동양 사람들이 같은 말을 쓰면 참 편할 텐데."

"전 세계 사람들이 같은 말을 하면 더 좋지."

우리는 먼저 32번가에 있는 코리아타운에 가기로 했다. 정확히 말하자면 나는 지하철 출구에서 기다리고 앤디가 올라가서 슈퍼마켓 게시판에 전단지를 붙이기로 했다. 나는 승강장을 어슬렁거리며 동양 사람이 지나가는지 살펴보며 앤디가 오기를 기다렸다. 전차가 다섯 번 지나가고 나서 앤디가 돌아왔다.

"이게 끝이야?"

내가 물었다.

"아니지, 코리아타운이 여기에만 있는 줄 알아? 7번을 타고 퀸스 끝까지 가야 해. 한국 사람이 나보다 코리아타운을 더 모르다니. 참, 넌 기억 상실증에 걸렸지."

나는 어깨를 으쓱거린다.

"정말 못 믿겠어. 네가 배우 지망생이었다면 기억 상실증에 걸린 남자의 역할을 굉장히 잘 해내고 있는 거야. 리얼하다고. 퍼펙트."

7번 열차는 42번가 타임스 스퀘어를 출발해 코리아타운이 있는 플러싱의 메인 스트리트까지 동서로 왕복하는 전차다. 그랜드 센트럴 역을 지나고 동쪽 강 아래를 통과해 맨해튼을 빠져나가자마자 전차는 지상으로 올라왔다. 며칠 동안 컴컴한 지하에만 있다가 눈부신 하늘을 보니 눈이 시렸다. 혹시나 또다시 정신을 잃게 되는 것은 아닌가 했지만 전차 안에서는 다행히 정신을 잃지 않고 멀쩡했다. 나는 창가에 바짝 얼굴을 대고 따뜻한 햇볕을 온몸으로 받았다. 내가 정신을 잃어버리게 되는 진짜 이유는 무엇일까? 무슨 공식이라도 있는 것일까? 맨해튼의 높은 빌딩들이 만들어내는 스카이라인을 바라보며 나는, 미치도록 그것이 궁금해졌다.

Fast Forward.

요한 계시록 특별 세미나를 홍보하는 한국 할아버지. 그가 건네준 전단과 한국 슈퍼마켓 주소.

전단을 보며 나는 생각한다. 신이 있다면 나를 구원해달라. 나를 시험에 더 이상 들지 말게 하라. 한 달이 아니라 평생 교회에 다니겠다.

기차는 또 다른 강을 건너고 있다. 더 이상 맨해튼의 빌딩은 보이지 않는다. 그 대신 커다란 야구 경기장이 보이고 고속도로가 나타났다. 만약 내가 이 근처에 살았다면, 저 야구 경기장에 아들과 함께 야구를 보러 갔을지도 모른다. 가슴이 두근거린다. 이윽고 기차는 지하로 빨려 들어갔다. 종착역인 플러싱, 메인 스트리트라는 안내 방송이 흘러나왔다. 나는 한국 할아버지가 준 전단지를 천국에 가는 티켓처럼 손에 꼭 쥐고 있다. 앤디는 옆자리에서 꾸벅꾸벅 존다. 악몽은 꾸지 말았으면 좋겠는데.

9

당신은 지하철에서 얼마 동안 오래 있어봤는지 모르겠다. 한 시간 정도면 충분히 견딜 수 있을 것이다. 승강장에서 전차를 기다리고 갈아타고를 반복하더라도 세 시간은 넘지 않을 것이다. 삼겹살 냄새, 소주 냄새, 싸구려 화장품 냄새, 땀 냄새가 뒤범벅인 밀폐된 공간에서 그나마 견딜 수 있는 것은 당신이 가야 할 곳이 있기 때문이다. 하기 싫은 일을 해야만 하는 직장, 잘못 선택된 전공을 배우는 대학교, 비자율적으로 자율 학습을 해야 하는 고등학교, 의무감으로 만나는 애인이 기다리는 커피숍.

뉴욕의 지하철 승강장에서는 오줌 냄새, 시궁창 냄새가 난다. 전차 안은 더 심하다. 바쁜 출퇴근 시간에 전철 속은 외국인 특유의 땀 냄새 때문에 머리가 돌아버릴 지경이다. 그리고 나에겐 목적지마저 없다. 전철이 갑자기 고장 나거나 지하철 테러가 일어난 것도 아닌데 나는 지하철 안에 갇히게 되었다.

뉴욕의 지하철에서 48시간 정도는 그런대로 견딜 만했다. 전철을 타면 빨갛게 표시되는 전광판의 날짜와 시간을 기억하려고 애썼다. 그것마저 기억 못 하면 지하철을 벗어나려다 길바닥에 쓰러져 몇 시간이 흘렀는지 알 수 없으니까. 목표가 있으면 참는 건 훨씬 쉬워진다. 〈대탈주〉의 스티브 맥퀸도 〈빠삐용〉의 더스틴 호프먼도 탈출하려는 목표가 있었다. 나의 목표는 사진 속의 가족들을 찾는 것. 내가 누구였는지를 알아내는 것.

그런데 48시간이 지나자 점점 나는 지하철 밖으로 나갈 수 있을까 하는 의문이 생겼다. 앤디가 나를 도와준다고 하더라도, 우여곡절 끝에 가족을 찾는다고 하더라도 지하철 밖으로 나갈 수 있을까? 카날 스트리트, 펜스테이션으로 나갔다가 정신을 잃은 것은 우연일까? 정강이와 허벅지의 상처는 또 뭔가? 나도 모르게 파르르 떨리는 눈꺼풀. 정신을 잃은 사이에 무슨 일이 생겼을까? 내가 지하철을 벗어난 뒤 어떤 일이 생겼을까? 지난번에는 아무것도 모르고 당했지만 다음번에는 두 눈을 부릅뜨고 정신을 똑바로 차릴 것이다. 다음번에는 내 두 발로 똑바로 지상으로 나가 거리를 활보할 것이다. 그곳이 한국인이 살고 있는 슈퍼마켓이든, 병원이든, 경찰서이든, 브로드웨이 42번가이든, 32번가 펜스테이션이든 상관없다. Prove Yourself.

Rewind. 앤디의 길고 긴 이야기를 들은 뒤, 약속대로 코끼리처럼 무거운 키보드를 들어준 후. 블리커&2Av. 지하철역.

"자네만 좋다면 우리 집에서 묵어도 좋은데, 지하철에서 빠져나올 수 없다니 유감이야."

"고맙지만 사양하겠어. 당분간 지하철 밖은 사양이야."

"혹시 그거 알아? 지하철역에 따라 괜찮을지도. 어느 역은 저주가 내린 역이고 또 어느 역은 신의 은총이 내린 역일 수도 있잖아. 음…… 어디가 좋을까. 14번가 유니온 스퀘어 역은 어때? 조지 워싱턴 동상이 널 지켜줄지도 몰라. 반전 집회가 열리기도 한 곳이니까. 왠지 괜찮을 것도 같은데……."

나는 대답을 하지 않고 고개만 끄덕인다. 그는 두 손으로 키보드를 질질 끌다시피 하며 위로 올라간다. 위로, 사람들이 살고 있는 거리로 그렇게 사라진다. 그리고 지하철엔 나 혼자만 남는다.

나는 14번가 유니언 스퀘어 역에 서 있다. 전철은 나를 남겨두고 떠났다. 바보같이 앤디의 말을 듣고 언더그라운드 탈출을 시도하기 위해서 이곳에서 내렸다. 과연 워싱턴 장군이 나를 도와 줄 것인가? 자정이 넘어서인지 사람들은 별로 보이지 않는다.

정신을 똑바로 차릴 것. 집중할 것. 절대로 정신을 잃지 말 것. 맘이 바뀌면 다시 승강장으로 내려갈 수 있지만 맘이 바뀌기 전에 나는 출구로 뛴다. 그리고 빗살 모양의 개찰구를 빠져나온다. 이제 지상으로 올라가는 계단 아래다.

차가운 바람이 지상에서 불어 내려온다. 낡은 티셔츠 차림이라 몸이 오들오들 떨린다. 16번가 북서쪽 게이트. 멀리서 자동차가 지나가는 소리와 바람이 부는 소리가 들린다. 나는 입을 꽉 다물고 계단을 세 개 정도 올라간다. 머리가 어지럽다. 눈을 부릅떠라. 걷지 말고 뛰어라. 나는 계단을 성큼성큼 뛰어 올라간다. 심장이 뛰는 소리가 귓가에 들려온다. 고개를 드니 건물의 불빛과 자동차 불빛이 어른거리기 시작한다. 차가운 공기도 지하철 안의 시큼한 냄새보다는 훨씬 상쾌하다. 뛰어라!

다다닥, 마지막 세 계단을 뛰어 올라온다.

그리고 깊은 호흡. 자동차의 매연 냄새와 근처 공원의 나무 냄새가 동시에 폐로 파고든다. 지상에 발을 내딛자마자 기침이 나온다. 쿨럭이는 기침은 가슴에 뭐라도 걸린 듯 멈춰지지가 않는다. 나는 거리를 바라본다. 아, 이제 괜찮은 것인가? 그러나 순간, 다리에 뭐라도 걸렸는지 균형을 잃고 그대로 바닥에 쓰러진다. 퍽, 내 몸이 길바닥에 부딪치는 소리. 당신은 새벽 3시까지 티브이를 본 적이 있나? 다음 날 걱정 때문에 잠이 오지 않아서 티브이를 보다가, 새벽 3시가 되면 당신도 어떻게 할 수 없는 힘으로 눈꺼풀이 무거워진다. 온몸이 너무 무거워져 화장실에 가고 싶어도, 물을 마시고 싶어도 침대에 그대로 누워 잠이 들어버린다. 바로 그런 기분이다. 바닥은 차갑고 거리엔 아무도 지나가지 않는다. 차들만이 부르릉거리는 소리를 내며 지나간다.

눈꺼풀은 천천히 감기기 시작한다. 눈을 떠야 한다. 정신을 집중해야 한다. 〈대탈주〉의 스티브 맥퀸, 〈빠삐용〉의 더스틴 호프먼. 여기서 정신을 잃으면 어느 지하철에 다시 타고 있을지 모른다. 어딘가 몸을 다칠지도 모른다. 그러나 나의 불쌍한 13그램의 눈꺼풀은 나의 의지와는 상관없이 감기기 시작한다. 그리고 모든 것이 검고, 포근해지는 것이다. 누군가 칼을 들고 내게 다가와도 나는 더 이상 어떻게 할 수가 없는 것이다. 내 몸을 사정없이 찔러대도 나는 어쩔 수가 없는 것이다. 차라리 지하철 안에 있을 걸 그랬다. 48시간이고 일주일이고 한 달이고 1년이고……. 희망과 목표도 없이 그냥 처박혀 있을 걸 그랬다. 인생에 기회 따위는 없을지도 모른다.

10

Record.

"어쩌면 그것이 마지막 기회였을지도 몰라. 내 인생이 이렇게 추락하기 전의 마지막 기회 말이야. 믿어져? 난 사랑스러운 딸까지 갖게 되었다고. 주말에는 남들처럼 공원에 나가기도 했어. 난 거대한 밀림 같은 센트럴 파크보다는 작은 워싱턴 스퀘어 파크가 좋거든. 집에서 더 가깝기도 하고. 주말에는 광장에서 길거리 악사들이 공연을 하잖아. 그런 것들이 예전에는 바보처럼 느껴졌는데 새삼스레 그런 것들을 찾게 되는 거야. 혼자였을 땐 그런 걸 일부러 보러 갈 필요는 없었으니까. 침대에 누워 있기가 일쑤였지. 하지만 아내와 딸은 워싱턴 스퀘어 파크에 가는 걸 자지러질 정도로 좋아했어. 그런 하찮은 것들이 열리는 주말이 기다려지는 거야. 어디에선가 꼭 뭔가 재미있는 게 일어날 것만 같은 주말 말이야. 그런 면에서는 뉴욕은 우리를 절대로 실망시키지 않아. 사람이 가족이 생기면 얼마나 달라지는 줄 알아? 넌, 상상도 하지 못할 거야. 참, 너도 아내와 아들이 있다고 했지."

그러나 앤디의 행복은 오래가지 않았다. 그는 더 이상 피아노 바에서 받는 팁으로 세 식구를 위한 빵과 아이의 병원비 등을 감당할 수 없었다. 아파트 렌트와 공과금, 간단한 식사와 술값으로 나가던 자신의 팁이 세 사람의 생계를 책임지기엔 턱없이 부족했던 것이다. 아내도 일을 하겠다고 나섰지만, 아이를 남에게 맡기는 비용을 댈 바엔 집에 있는 게 더 나았다. 그리고 아내는 멕시코 어디에선가 건너온, 영어가 서툰 히스패닉일 뿐이었다. 정식으로 앤디와 결혼을 하고, 아이를 가지면서 영주권을 갖게 되었지만 한 발자국만 문밖으로 나서면 그녀는 달라진 것이 하나도 없었다.

"고향으로 돌아가지 그랬어? 피츠버그로 말이야. 도와줄 부모님도, 형제들도 있었을 텐데⋯⋯."

"그래, 왜 그 생각을 못 했을까? 글쎄⋯⋯. 뉴욕이 날 잡고 있었어. 이곳에서 뭔가 대단한 일을 한 건 아니지만 뉴욕을 떠난다면 과연 그 심심한 동네에서 살 수 있을까 머리가 아파오는 거야. 아무 일도 일어나지 않았다고 하더라도 가능성이 숨어 있는 곳과 가능성조차 없는 곳은 다르지."

앤디는 공사장 인부, 주유소 직원, 뉴스스탠드 점원, 슈퍼마켓 캐셔 등 이것저것 닥치는 대로 일했다. 저녁에는 타운하우스에서 여전히 피아노를 쳤다. 그러나 고된 일과를 마치기 위해서 술은 점점 늘어났고, 아침엔 일어나기가 점점 힘들어졌다. 자연스레 낮의 일은 건너뛰기 일쑤였다. 잠시 동안이라고 생각했던 일이 주업이 되어버리고 연기자가 되겠다던 애초의 계획은 기억나지도 않았다. 인생은 오르막길이다. 변화하지 않으면 내려갈 수밖에 없다. 당신은 변화하지 않는 쪽을 선택한다. 앤디도 마찬가지다. 자신의 처지를 일부러 잊기 위해, 원래의 계획을 잊기 위해 술을 더 마실 뿐이었다. 그리고 아내가 술을 좀 줄여보지 않겠냐고 말했을 때, 그들의 사이는 멀어지기 시작했다. 새벽에 우는 아이를 향해 앤디가 고함을 지르기 시작했을 때, 그들의 사이는 더욱 멀어졌다.

앤디는 손님들에게 화가 나기 시작했다. 생일 축하 노래를 부르면 거리낌 없이 10달러를 던져주는 고마운 손님에게 화가 났다. 그 돈이면 끼니를 해결할 수 있는데 고작 노래를 불러준 대가로 고맙게도 10달러를 내미는 사람이 같은 뉴욕에 산다는 것이 화가 났다. 그리고 저녁마다 흥청망청 술을 마시는 사람들과 그들을 쫓는 여자들, 그리고 남자들에게도 화가 났다. 왜 나만 이렇게 억지웃음을 지으려 얼굴을 찡그리고 있는 것인가. 말리부 브리즈, 희망을 지워라. 블랙 리시안, 분노를 지워라. 마가리타, 미래를 지워라. 테킬라 선라이즈, 기억을 지워라……. 세상의 모든 술은 있는 대로 마셔버려라. 어떻게 집으로 들어갔는지 기억이 나지 않는다. 가구가 부서지고, 아이는 지독하게 울고, 아내는 울부짖는다. 옆집에 사는 사람은 문을 두드리고 창밖에는 사이렌 소리가 밤새도록 울린다.

그리고 어느 날 그녀가 사라진 것이다. 하나뿐인 아이와 함께.

"마이 스윗 베이비, 스텔라. 내 딸의 이름은 스텔라야. 이름이 너무 귀엽지 않아? 넌 사진이라도 있지만 난 머릿속의 기억밖에 남아 있지 않아. 그것도 너무 오래전 일이라 점점 희미해져서, 거리에서 스텔라를 본다면 난 알아보지 못할 것 같아."

앤디는 아내를 찾기 위해 지하철을 헤매기 시작했다. 그녀가 멕시코로 다시 돌아가지만 않았다면, 뉴욕 지하철 어디엔가 딸과 함께 있을 것만 같았기 때문이다. 그가 그녀를 처음 만났던 곳이 지하철이었던 것처럼, 다시 만날 곳도 지하철일 것만 같았다. 지하철에 그녀가 꼭 타고 있을 거라는 보장은 없었지만 지하철을 타지 않으면 그녀를 놓쳐버릴 것만 같았다. 그래서 최소한의 잠자는 시간만 빼고는 지하철을 타고 돌아다녔다. 밥 먹는 시간을 줄이고 지하철에서 햄버거나 피자 조각을 먹으면서 지하철을 헤맸다. 지하철 안에서 꾸벅꾸벅 졸며 잠을 자기도 했다.

1번을 타고 할렘에서 트라이베카로, 다시 6번을 타고 할렘으로, R을 타고 브루클린으로, 7번을 타고 퀸스로……. A, C, E, B, D, F, R, V, W, N, Q, J, Z, 1, 2, 3, L. 이름만 대라. 모든 전철과 420개의 모든 지하철역을 뒤졌다. 낮에만 지하철을 돌아다니고 저녁에는 타운하우스에서 피아노를 쳤지만 더 이상 흥겹게 피아노를 칠 기분이 나지 않았다. 팁이 얼마나 쌓이는지 체크하는 것도 시들해졌다. 점점 바에 가는 시간이 늦어지고, 결국 일을 그만두게 되었다. 기다렸다는 듯이 젊은 피아니스트가 그 뒤를 차지했다. 사람들은 세련되고 활기찬 젊은 피아니스트를 더 좋아했고, 더 많은 팁을 주었다. 그리고 앤디는 술을 끊게 되었다.

당신은 아는지 모르겠다. 근거 없는 확신에 매달리는 사람들의 심정을. 죽었을 확률이 99퍼센트인데도 자신의 딸을 납치한 유괴범과 협상을 한다. 도무지 손을 쓸 수 없을 정도로 암이 전이되었어도 수술을 한다. 돈을 잃는데도 계속 도박을 한다. 인간은 이성의 동물이 아니다. 사람은, 자신이 믿고 싶은 것에 희망을 걸고 매달린다. 그것이 비이성적이라도 상관없다. 어처구니없어도, 미신이라도 상관없다. 자신이 납득할 때까지 비이성적인 행동은 계속된다. 자신만의 신호, 그것이 오기까지는 멈출 수 없다. 당신은 바람을 피우고, 도박을 하고, 상습적으로 거짓말을 한다. 술을 마시고, 담배를 피우고, 늦잠을 잔다. 헤어진 사람에게 전화를 걸고, 부모에게 화를 내고, 배우자에게 화를 내고, 자식들에게 화를 낸다. 선생님은 학생들을 괴롭히고, 학생들은 다른 학생을 괴롭힌다. 마지막 남은 학생은 결국 자신을 괴롭힌다. 그리고 알 수 없는 이유로 그 모든 것은 끝을 맺는다. 신호, 당신은 당신만의 신호를 기다려야 한다. 그 신호가 언제 어디서 올지는 아무도 모른다. 앤디도 마찬가지였다. 강한 펀치와 자신의 피가 앤디에겐 그 신호였다.

출근 시간에 51번가에서 6번 기차를 타다가 아내를 발견했다. 혹은 아내라고 착각했을지도 모른다. 아기를 등에 업은 긴 머리의 여자. 그들을 본 순간 허둥지둥 전철로 뛰어갔다. 앤디는 막 열린 문으로 사람들을 비집고 들어가다가 퍽 하는 소리와 함께 눈이 번쩍할 정도의 강한 펀치를 맞았다. 큰 몸집에도 불구하고 승강장으로 내동댕이쳐졌다. 코와 입에서는 피가 줄줄 흘러나왔다. 앤디는 손으로 흘러내리는 피를 막으며 바둥거렸다. 전철 문을 막았던 앤디를 누가 쳤는지는 모르겠지만 문은 벌써 닫혀 저 멀리로 가버린 뒤였다. 흐릿한 유리문 안의 여자와 아기도 점점 멀어져갔다. 피를 줄줄 흘리며 그 광경을 멍하니 지켜보면서 앤디는 이제 지하철을 헤매는 일은 그만두어야겠다고 생각했다. 그것이 신호였다.

"지하철에선 별의별 일이 다 생긴다고."

참을 수 없을 정도의 악취가 나는 홈리스 때문에 전차 한 량이 완전히 비어버린다. 병원으로 가는 중에 아이가 태어난다. 당신이 상상할 수 있는 모든 일은 지하철에서도 생길 수 있다.

"예전에 지하철은 지금보다 훨씬 와일드했어. 전차 전체가 낙서로 뒤덮여 있었다니까. 전차 밖뿐만 아니라 안에도 말이야. 지금은 너무 깨끗해서 불편할 정도야."

지하철을 헤매지 않게 되자 딱히 할 것이 없어졌다. 술을 끊자 정신이 지나치게 맑아졌다. 다시 바를 찾아 피아니스트가 되기는 싫었다. 인생은 오르막길. 그래서 앤디는 키보드 연주를 지하철에서 하기 시작했다. 전철 안에서, 승강장에서, 사람들이 붐비는 통로에서. 그 커다란 야마하 키보드를 가지고 연주했다. 바에서 연주하는 것보다 팁은 적었지만 술을 마시지 않아도 되고 억지로 웃음을 짓지 않아도 되었다. 지하철 안에서, 앤디는 자신만의 연주를 시작하게 된 것이다.

"그녀는 폴카를 좋아했어. 왜인지는 나도 잘 몰라. 내가 폴카를 연주하면 신이 나서 춤을 추기 시작했지. 그 순간만큼은 우리도 모든 걱정을 잊었던 것 같아. 스텔라도 울기를 멈추고 까르르 자지러지게 웃을 정도였으니까. 이렇게 폴카를 연주하고 있으면 어디선가 아내와 딸이 나타나 내 앞에서 춤을 출지 모르지."

앤디는 폴카를 연주한다. 그의 귀여운 딸 대신에, 소리에 반응하는 인형들이 춤을 춘다. 앤디는 지하철에서 다시 구원받는다. 하늘은 스스로 돕는 자를 돕는다. 당신은 남을 돕기 전에 자신을 도와야 한다. 그것이 구원을 받는 길이다. 〈대탈주〉의 스티브 맥퀸, 〈빠삐용〉의 더스틴 호프먼. 앤디는 아내와 딸을 찾겠다는 희망을 버렸다. 그리고 자기 스스로를 구원하기 시작했다.

"그래서 자네 일이 남의 일 같지 않아. 이렇게 나서서 누군가를 도와준 적은 없어. 자네가 어떤 사연으로 기억을 잃어버리게 되었는지는 잘 모르겠지만, 꼭 아내와 아들을 찾았으면 좋겠어. 찾게 되면 팁을 잊지 말라고. 이곳에서 폴카에 맞춰 춤을 추는 것도."

11

Rewind.

유니언 스퀘어에서의 대탈주. 떨리는 눈꺼풀. 새벽 3시의 졸음.

눈을 뜨고 다시 봐도 왼쪽과 오른쪽이 똑같이 닮은 쌍둥이 자매다. 얼굴 모양과 앉은키는 물론이고 뒤로 묶은 머리도, 청바지와 빨간 신발도 똑같다. 다른 것이 하나 있다면 티셔츠에 새겨진 글자. 왼쪽 아이는 'Lucky', 오른쪽 아이는 'Baby'라는 글자가 흰 티셔츠에 새겨져 있다. 그들의 엄마는 시선을 그들에게 고정시키고 있다. 일부러 흔드는 다리를 제지하면서 말이다. 분명 그 둘은 그들의 부모에게 Lucky Baby(행운의 아기)일 것이다. Lucky를 입은 꼬마 아이가 손으로 나를 가리키더니 엄마의 귀에 대고 뭐라고 속삭인다. 아마도 '이상한 중국 사람이 나를 보고 있어요, 엄마'라고 말했을 것이다. 엄마는 Lucky를 입은 꼬마 아이의 머리를 쓰다듬는다. 그리고 나를 향해 살짝 웃는다. 피곤에 절어 지지봉에 기대 있던 엄마도, 미소를 지으니 아름답다. 두 아이의 엄마라서 아름답다. 세상의 모든 엄마는 아름답다. 그녀의 미소에 나도 미소를 지어본다. Baby는 부끄러운지 내가 흔들어주는 손짓에 대답하지 않는다.

나는 그랜드 센트럴 역으로 가는 7번 기차에 몸을 싣고 있다. 오른쪽 팔에 상처를 입은 채로. 상처 입은 살갗이 약간 벌어져 피가 줄줄 흘러내렸다. 나는 셔츠의 아랫단을 뜯어 팔을 감았다. 내가 가진 건 한 푼도 없는데 지상에서 사람들은 왜 나를 찔러대는 것일까. 인간 다트 판. 자, 5달러만 내면 저기 동양 사람에게 칼을 던질 수 있습니다. 자자, 한번 해보세요.

"괜찮아요?"

Lucky Baby의 엄마가 내게 묻는다. 내가 지금 괜찮게 보여요?

"아 네, 괜찮습니다."

제길, 한국인은 지나치게 겸손하다.

전차는 그랜드 센트럴 터미널에 선다. 뉴욕 관광객을 위한 투어 가이드 두 번째. 지난번에는 특별히 돈이 없는 당신을 위해서 지하철 투어에 대해 얘기했었다. 진정한 뉴요커를 만나기 위해서는 지하철을 타야 한다는 이야기. 제발 부탁이다. 뚜껑이 열린 2층 투어 버스는 타지 마라. 사람들은 관광객을 싫어한다는 점을 떠올릴 것. 두 번째로 추천할 곳은 그랜드 센트럴 역이다. 정신없는 전광판이 번쩍거리는 타임스 스퀘어에서 사진을 몇 장 찍었다면 그대로 42번가를 따라 동쪽으로 걸으면 된다. 그랜드 센트럴 역에 들어설 때 당신은 헉, 하는 신음이 나올 것이다. 최근에 수년간의 보수공사 끝에 완성된 이 역의 대합실은 축구 운동장만큼 넓어 보인다. 그 높이는 또한 어떠한가? 하늘만큼 높은 파란 천장에 촘촘히 박힌 별과 별자리 그림을 목이 아프도록 올려다볼 수 있다. 뉴욕의 하늘에서는 볼 수 없는 별자리를 말이다. 미로처럼 연결되어 있는 통로와 수십 개의 철도 트랙, 천장을 밝히는 커다란 샹들리에는 1900년대 초반과 달라진 점이 없다. 약간 달라진 점이 있다면 메인 홀에 커다랗게 드리워진 미국 국기 정도. 그래서 당신은, 영화에서만 보던 아주 오래되고 웅장한 역 한가운데에서 플래시를 터트리며 사진을 찍고 있다. 당신은 전문 사진가가 가질 법한 디지털카메라로 찍고 있지만 조언 하나, 생각보다 어두우니 노출 감도를 높게 잡을 것. 이렇게 어둡고 넓은 공간에서 플래시는 통하지 않음.

그랜드 센트럴 터미널은 어디서나 있는 개발의 열풍에 허물어질 위험에도 처했지만 재클린 케네디와 뉴요커들은 오래된 역을 보전하기 위해 싸웠다. 싸워서 보존할 만큼 가치가 있는 것을 가진 사람들은 행복하다. 남들이 뭐라고 하더라도 절대로 내놓을 수 없는 그 무엇이 있는 사람들은 행복하다. 어떤 사람들은 싸워서 지킬 만한 것이 없다. 어떤 사람들은 그게 무엇이었는지 기억하지도 못한다. 당신은 기억하는가?

그랜드 센트럴 역은 하루에 14만 명의 통근자들이 이용하므로 그들의 길을 막지 말길 바란다. 동료가 있다면 홀 가운데에 있는 티켓 부스에서 정확히 4시 15분에 만나자고 약속하는 것도 잊지 말길. 그 유명한 네 방향 모두에서 시간을 볼 수 있는 시계가 메인 홀 중앙의 티켓 부스에 떡하니 자리 잡고 있으니까. 좀 더 자세히 철도와 지하철의 역사를 알고 싶으면 2층에 있는 박물관에 가면 된다. 사실 나도 심심할 때 이곳을 서성거리며 이것저것 알게 된 것이 많다. 내가 이렇게 주절거리는 것도 다 그곳에서 주워들은 이야기다. 그리고 주머니에 남은 돈이 있다면 지하철 노선도가 그려진 티셔츠나 노트, 노선 번호가 커다랗게 쓰인 티셔츠를 사는 것도 나쁘지 않다. 단, 뉴욕에서는 절대로 입고 다니지 말 것. '5호선'이라고 등에 커다랗게 쓰인 티셔츠를 입고 서울을 누비는 동남아시아 노동자하고 비슷하니까.

혹시 배가 고프다면 지하로 내려가보자. 예전의 티켓 카운터와 역사를 개조해 만든 수십 개의 카페테리아가 모여 있는 푸드 코트가 나타날 것이다. 혼자 여행을 다니는 당신에게 푸드 코트는 구세주. 푸드 코트에서는 팁을 주지 않아도 되고 음식의 이름을 번호로 말해줘도 된다. 맥도날드에서처럼 메뉴판과 샘플을 보며 주문하면 된다. 그리고 무엇보다 레스토랑보다 훨씬 싸다. 아마도 당신은 샌드위치나 피자보다는 싸구려 중국 음식 혹은 그보다 조금 비싸지만 역시 맛없는 캘리포니아롤을 살 것이다. 그리고 테이블에 앉아 갈 길이 바쁜 사람들이 허겁지겁 샌드위치를 입에 집어넣는 것을 구경하면서 나무젓가락을 들 것이다. 치킨이 딱딱해도, 캘리포니아롤에 게맛살과 아보카도밖에 들어 있지 않아도 당신은 불평하지 않는다. 터미널에는 괜찮은 레스토랑도 있다. 하지만 나는 당신이 그곳에 절대로 가지 않을 것이라는 걸 안다. 당신

74

은 똑같은 음식점이 역에 있다는 이유로 더 비쌀 거라고 생각하니까. 어떤 음식을 시켜야 할지, 팁을 얼마나 줘야 할지 도저히 혼자서는 해결하기 힘들 테니까. 제길, 한국 사람들은 너무 계산적이다.

나는 그랜드 센트럴에서 멍하니 지나가는 사람들을 구경한다. 스케줄을 체크해가며 자신의 터미널로 사라지는 사람들이 제일 부럽다. 코네티컷, 스탠퍼드, 댄버리. 갈 곳이 있는 사람들이 제일 부럽다. 웨스트포트, 밀퍼드, 뉴헤븐. 자신이 내릴 역을 정확히 알고 있는 사람들이 제일 부럽다. 당신은 또다시 플래시를 터뜨리며 사진을 찍는다. 어쩌면 그 사진 속에 콩알만 한 나의 얼굴이 찍혀 있을지도 모르니 확인해보길 바란다. 그러나 제발 잠시라도 사진 찍는 것을 그만두고 의자에 앉아 제대로 감상해볼 수는 없을까? 당신이 찍은 사진보다 훨씬 나은 사진들을 엽서로 볼 수 있는데 굳이 그렇게 많은 사진을 찍을 필요가 있을까? 잠시라도 그곳에 존재하는 것, 그곳에 속해보는 것이 여행의 가장 소중한 체험이라는 걸 알고 있을 텐데……. 아, 다음 스케줄은 10분 뒤에 엠파이어 스테이트 빌딩으로 가는 것이라는 걸 깜빡했다.

나는 당신 말고도 특이한 사람을 발견했다. 빨간 모자를 쓴 난쟁이. 앤디가 말하던 그 춤추는 난쟁이와 비슷한 사람을 발견한 것이다. 난쟁이는 기차를 타기 위해 터미널을 찾아온 것 같지는 않았다. 기차 시간표를 살피거나 사진을 찍는 대신 사람과 사람 사이를 분주히 돌아다닐 뿐이었다. 마치 사람들 사이로 아이스 스케이트를 타는 것처럼 터미널을 돌아다녔다. 사람들은 그에게 눈길을 주지 않았다. 마치 장애인을 배려하기 위해 장애인을 쳐다보지 않는 것처럼 말이다. 하지만 나는, 그를 발견한 뒤로 도저히 그 빨간 모자에서 눈을 뗄 수가 없었다. 난쟁이는 고개를 갸웃거리며 사방을 둘러보더니 나를 쳐다보고 손까지 흔들어주었다. 나도 얼떨결에 손을 흔들었다. 난쟁이는 사람들 사이를 지나다니다가 북쪽 트랙 어디론가 사라져버렸다.

이제 뭘 해야 하지? 당연하지, 다시 7번을 타고 반대편 플러싱으로 가야 한다. 앤디의 말로는 동양 사람들이, 한국 사람들이 득시글득시글한 곳이라니까.

12

물을 틀어놓고 액체 비누통을 툭툭 친다. 흘러내리는 분홍빛 비누로 손과 팔을 박박 문지르고 틀어놓은 물에 흘려보낸다. 얼굴도 깨끗이 씻는다. 어디서 나왔는지 궁금한 더러운 물이 세면기로 흘러 내려간다. 거울을 보며 혹시나 이상하게 보이지 않는지 살펴본다. 머리는 귀밑까지 내려올 정도로 듬성듬성 자라났지만 물을 묻혀 정리하니 그렇게 나쁘지 않다. 앤디가 빌려준 면도기는 언제 사용했을까 싶을 정도로 뻑뻑하다. 얼굴이 데일 정도로 뜨거운 물을 적시고 비누를 바른 뒤에 면도를 하니 그나마 견딜 만하다. 면도를 한 첫날은 수염 때문에 세면기가 막힐 정도였다. 다음 날부터는 하루만큼 자란 수염만을 잘라내면 되었다. 앤디가 빌려준 티셔츠와 바지는 흘러내릴 정도로 크다. 코리아타운에 전단지를 붙인 뒤부터는 매일 펜스테이션의 화장실에서 이렇게 용모를 단정히 한다. 그리고 32번가와 퀸스의 플러싱으로 지하철을 타고 왕복하는 것이다.

어느 순간에 아내나 아들과 마주칠지 모른다. 그러므로 최소한 혐오감을 주지 않아야 된다. 머리를 감기 위해서는 세면기에 머리를 처박아야 한다. 물이 사방으로 튀어버린다. 앤디가 커다란 소다 컵을 이용하라고 힌트를 주기 전까지, 출근하던 사람들은 화장실에서 미끄러졌을지도 모른다. 그렇게 이른 아침마다 씻은 뒤에는 거울 속의 내 모습을 확인해본다. 좌우로 천천히 고개를 돌리며 누군가 나를 알아볼 수 있을지 궁금해하는 것이다. 그리고 지하철에 몸을 싣는 하루가 또 시작된다. 앤디가 아내와 스텔라를 찾기 위해서 지하철을 누빈 것처럼, 나도 지하철을 헤매고 있다.

Fast Forward.

더 이상 열차 안에서 내가 뭘 봤는지 당신은 궁금하지 않다. 음식을 구걸하는 얼굴에 흉터가 가득한 여자. 자신이 만든 CD를 나누어 주는 흑인, 심지어 자신이 쓴 단편소설을 파는 늙은 남자. 그러므로 빨리 지나가자. Skip, Skip. 나는 그랜드 센트럴에서 7번을 타고 종착역 플러싱, 메인 스트리트에 내린다. 모든 사람들이 내리고 맞은편 트랙에는 다시 타임스 스퀘어로 떠나는 기차가 기다리고 있다. 나는 플랫폼을 서성인다. 떠나는 사람들, 다시 이곳으로 들어오는 사람들 하나하나를 뚫어져라 바라본다.

지갑 속에 들어 있던 사진 속의 여자나 아이가 보일 거라는 기대를 하는 것이 지나친 기대라는 것쯤은 안다. 그러나 그렇게라도 하지 않으면 지하철에서 견딜 수가 없다. 앤디가 집을 나간 아내를 찾으러 매일 지하철을 탔던 이유를 알 수 있을 것 같다. 인간은 이성의 동물이 아니다. 희망이 있다면 지푸라기를 놓지 않는다. 게다가 아직 나에겐 신호가 오지 않았다. 이 짓을 그만둬야 할 신호가.

늦은 오후가 되면 앤디의 키보드를 들어주러 간다. 출구 계단의 중간쯤에서 그를 초조하게 기다린다. 내가 기다리는 것은 앤디가 아니라 앤디가 가져다줄 소식이다. 누군가 전단지를 보고 그에게 전화를 하지 않았을까 하는.

"쓸데없는 광고뿐이었어."

"집세를 내라는 협박 전화야."

"전기세를 내지 않으면 내일부터 전기를 끊어버린대."

Record.

플러싱, 메인 스트리트의 코리아타운에서 돌아온 앤디의 이야기.

"맨해튼의 차이나타운처럼 복잡하지는 않았지만 죄다 검은 머리의 사람들, 이상한 글자의 건물들이 가득한 거리였다고. 종이에 적힌 거리의 방향을 싸구려 티셔츠를 파는 중국인에게 물었어. 알 수 없는 말로 뭔가를 말해주는데 대충 방향은 손짓으로 알 수 있겠더라고. 종이에 적힌 거리 이름이 노던 스트리트에 있는 H마트 맞지? 지하철에서 만난 할아버지가 제정신이었다면 맞겠지.

지나가는 노인에게 한국 사람이냐고 물어봤더니, 그냥 웃으며 고개를 끄덕이더군. 예스라는 말이었겠지? 나는 길을 물어보려고 했는데, 그는 '노 잉글리시'라고 먼저 손을 내저었어. 영어로 영어를 못한다고 말하면 정말 영어를 못하는 거야? 길가를 지나가는 경관에게 물어서 제대로 길을 찾았지. 혹시 나를 홈리스로 보는 것은 아닐까 걱정했어. 그날은 나름대로 깨끗하게 입고 나와서 문제는 없었지. 나 괜찮게 입었던 것 맞지? 하얀 턱수염도 약간 정리했다고. 그리 멀지는 않았어. 약간 한적한 거리였지만 보통 사람들이 사는 퀸스의 거리처럼 이것저것 적당히 오래되고 빛이 바랜 가게가 나타났어. 중간에는 큰 식당도 몇 개 있고, 약국도 있고, 빵집도 있었어. 솔직히 말해서 지나가는 여자들이 모두 사진 속의 네 아내처럼 생겼더라고. 남자아이는 네 아들을 닮았고. 아무튼 동양인들은 분간하기 힘들어. 모두 다 비슷비슷해.

마침내 주소에 적힌 슈퍼마켓에 다다랐어. H라는 큰 글자가 간판에 달렸더군. 뭐, 다른 슈퍼마켓과 별다른 점은 없었어. 커다란 쌀을 산더미처럼 쌓아놓고 판다는 것밖에는……. 입구에는 게시판이 있었는데 거기에도 교회 전단지가 붙어 있더군. 전단지 옆에는 알 수 없는 글자로 쓰인 것들이 덕지덕지 붙어 있었는데, 영어로 몇 단어가 있는 것을 보면 룸메이트를 구하는 내용인 것 같았어. 나는 빈자리에 너를 찾는 전단을 붙였지. 지나가던 사람이 이상한 눈초리로 쳐다봤지만 뭐, 한글로 써진 거라 별말 안 했어. 오, 네가 꼭 가봤어야 하는데. 정말이라고, 너하고 똑같이 닮은 사람들이 거리를 활보하고 있다는 사실이 신기하지 않아? 네 가족도 그곳에 살고 있을 수 있어. 친구도 있을 수 있고. 아마 연락이 올 거야. 반드시 올 거야."

Fast Forward.

그러나 아무 일도 일어나지 않는다. 어느 누구도 나를 알아보는 사람이 없다. 어느 누구도 사진 속의 내 가족과 닮은 사람이 없다. 어느 누구한테도 전화가 오지 않는다. 사흘이 지나자 머리를 감지 않는다. 나흘이 지나자 면도를 하지 않는다. 닷새가 지나자 거울을 보지 않는다. Skip, Skip. 일주일이 지나자 앤디에게 더이상 전화가 왔는지 묻지 않는다.

나는 앤디가 열심히 내게 설명했던 코리아타운의 거리 바로 아래, 지하철역에 혼자 서 있다. 사람들이 바삐 올라가는 계단을 멍하게 바라보면서 말이다. 중간중간에 우리말로 고함을 치는 아이들도 있고, 경상도 사투리를 써가며 길을 재촉하는 할머니도 있다. 중국어로 말하는 사람들은 더욱 많고, 스페인 말도 들린다. 다음 기차가 곧 출발한다는 영어도 흘러나온다. 여기는 어디인가. 세계 방방곡곡에서 꾸역꾸역 모여들어 온 사람들이 사는 여기는 어디인가. 이 많은 사람들은 도대체 어디서 나와서 어디로 사라지는가. 그리고 나는 무얼 하고 있는가.

그때 나는, 매표 기계 앞에서 서성이는 한 아이를 보았다. 파란 야구 모자를 쓰고 있고 빨간 티셔츠 등에는 'KOREA'라고 하얗게 적혀 있었다. 나는 그 아이를 보자마자 가슴이 철렁 내려앉았다. 수첩 속의 그 아이와 꼭 닮았기 때문이다. 결정적인 순간은 언제나 포기할 때쯤 나타나는 것일까. 어느 영화에나 반전은 숨어 있는 법, 끝까지 보지 않으면 후회하게 된다.

나는 아이에게 천천히 다가갔다. 아이는 메트로 카드를 막 뽑아내고 고개를 돌리던 참이다. 미간이 넓은 눈과 시원스러운 이

마, 고집스럽게 보이는 입까지 사진과 똑같이 닮았다. 내가 바로 뒤에 있었기 때문에 아이의 머리가 내 팔에 살짝 부딪쳤다. 어딘가 익숙한 향기가 났다. 김치 냄새와 생선구이 냄새. 그 냄새가 아련히 기억난다. 그러나 아이의 이름은 기억나지 않는다. 나는 "안녕하세요"라고 한국말로 말했지만 아이는 나를 쳐다보지도 않은 채 출입구를 향해 종종걸음으로 걸어간다. 나도 황급히 발길을 돌려 그를 따라간다. 제발, 밖으로 급하게 나가지는 말란 말이야. 나는 홈리스가 아냐. 네 아빠야. 좀 더 깨끗하게 씻을 걸 그랬다. 옷이라도 바꿔 입을 걸 그랬다. 면도라도 할 걸 그랬다. 걸어가면서 아이의 어깨를 잡으려고 하지만 계속 허공에 손짓만 할 뿐이다. 아이는 계단을 올라간다. 지하철 밖의 환한 빛이 보인다. 나는 헐떡거리는 숨을 몰아쉰다. 아이를 따라 계단을 올라간다. 이렇게 되면 네 번째 지하철 탈출이다. 여기서 또다시 쓰러진다면 어디가 찔려서 어느 전철을 타게 될까? 어떻게 될지는 모르겠지만 아이를 놓칠 수는 없다. 아이는 계단을 다 올라가 살짝 뒤를 돌아본다. 아이의 등 뒤에서 눈부신 태양이 빛난다. 나는 손으로 얼굴을 가린다. 아이와 나는 지하철 계단에 그렇게 멈춰 서 있다. 아이가 손을 내밀었던가? 나는 계단을 오른다. 한 걸음 한 걸음 오를 때마다 그 빛은 더욱 환해지고 내 눈에 보이는 것은 그 빛 사이로 드리워진 내 아들의 그림자뿐이다.

"저기, 모자 쓴 애!"

아이는 뒤돌아서 나를 바라본다. 나는 잠시 망설인다. Fuck off. 다시 올라갈 수밖에. 내 몸이 갈기갈기 찢어지더라도 다시 올라갈 수밖에. 아직 내게 이 짓을 그만두라는 신호는 오지 않았다.

13

Fast Forward.

덜컹거리는 진동은 지하철이 만들어내는 자장가다. 그 소리가 너무나 익숙하고 규칙적이어서 그 소리가 들리지 않으면 잠이 오지 않을 정도다. 이제 당신도 슬슬 내가 지하철에서 헤매고, 지상으로 올라가다 몸이 찔리고, 다시 지하철에서 깨어나는 이야기가 질리기 시작할 것이다. 잠에서 깨어나는 전철의 노선이 바뀌고, 몸에 상처가 나는 부분이 바뀔 뿐, 나의 이야기는 그렇게 반복될 뿐이니까. 하지만 끝이 다가오고 있으니 걱정 말길. 나의 이야기가 어디선가 많이 들어본 이야기 같다고? 혹시 당신의 일상과 비슷하지 않은가? 매일 아침 똑같은 지하철을 타고, 버스를 타고, 승용차를 탄다. 학교에 가고, 직장에 나간다. 고등학교가 대학교로 변하고, 팀장에서 과장으로 승진하고, 애인이 바뀌고 결혼을 한다. 매일매일 비슷한 과정으로 약간씩 새로운 일이 생기며 반복된다. 하지만 모든 것의 끝은 있게 마련이다. 학교를 그만둔다.

직장에서 해고된다. 애인에게 버림받고 아내에게 이혼당한다. 자동차에 치어 갑자기 죽어버린다. 나도, 당신도 모르는 사이에 그 끝을 알리는 신호는 오게 마련이다. 난데없이 신호가 오는 이유를 알 수 없다고, 그건 우연일 뿐이라고 섣불리 말하지 말길 바란다. 단지 운이 좋지 않았을 뿐이라고 섣불리 말하지 말길 바란다. 어쩌면 그 모든 것에는 이유가 있을지도 모르니까. 전철에서 만난 한국 할아버지의 말대로 일주일에 한 번, 세 시간씩, 한 달만 투자한다면 그 이유를 알 수 있을지도 모른다.

Rewind.
"아저씨……. 일어나요."

누군가 내 어깨를 흔든다. 아내의 목소리도 아니다. 아들의 목소리도 아니다. 나는 플러싱 지하철역에서 아들을 만났다. 그리고 그를 멈추기 위해 계단을 올라갔다. 그 아이는 내 아들이었을까? 지금 내게 말을 거는 아이는 바로 그 아이일까? 나는 눈을 뜬다.

'Protect Your Baby(당신의 아이를 보호하세요).'

맞은편 광고판이 보인다. 고개를 돌려보니 빌리가 내 어깨를 흔들고 있다. 새까만 피부에 하얀 눈자위. 내가 보호해야 할 아이는 분명 7번 전차의 종점에서 밖으로 나가고 있었다. 파란 야구모자에 빨간 티셔츠. 다시 정신을 잃을 것도, 이렇게 다시 전철에서 깨어날 것도 알고 있었지만 그를 따라 밖으로 나갔다. 나와 비

슷한 동양 사람들이 활보한다는 플러싱의 거리로 나갔다. 그다음
은 기억나지 않는다.

나는 전기 충격을 받은 것처럼 벌떡 일어나 사방을 둘러본다.
갑작스러운 내 행동에 앉아 있던 사람들의 시선이 쏠린다. 역시,
지하철이다. 이번엔 다운타운으로 향하는 4번 트레인.

"Shit, Shit, Shit!"

지하철 출입문을 주먹으로 쾅쾅 친다. 사람들은 이런 일은 흔
히 일어나는 일이라는 듯이 애써 무시한다. 나는 분명 7번 트레
인 종점에서 내 아들을 만났는데, 지상으로 올라오자마자 이렇
게 다시 지하철에서 깨어났다. 도대체 무슨 일이 일어나고 있는
것일까. 나는 출입구 바닥에 한참 동안 고개를 파묻는다. 이런 거
구나. 나도 어떻게 할 수가 없는 거구나. 왼쪽 손목이 욱신거린다.
피가 소매에 가득 고여 있다. 왼쪽 정강이, 왼쪽 허벅지, 오른쪽
팔, 이제는 왼쪽 손목. 다음은 어디일까? 인간 다트 판. 눈에서 저
절로 주르륵 눈물이 나온다. 막을 힘도 없다.

"아저씨……. 초콜릿 드실래요? M&M도 있고, 트윅스도. 1달
러밖에 안 해요."

나는 고개를 들어 빌리를 바라본다. 새까만 피부, 하얀 눈자위.
빌리는 내게 지갑을 내민다.

"지갑을 잃어버려서 그렇게 화났다면 죄송해요. 아저씨가 자고
있는 동안에 살짝 열어본 것뿐이니까. 그런데 그까짓 것 가지고

울 필요는 없잖아요."

나는 지갑을 낚아챈 뒤 그의 멱살을 잡는다. 빌리의 등이 쿵하고 지하철 문에 부딪친다. 빌리가 들고 있던 초콜릿 바로 가득한 박스가 바닥으로 떨어진다. 내 손에는 점점 힘이 들어가고 빌리의 눈동자는 점점 커진다. 두 눈 사이가 넓다. 이마도 넓다. 입은 고집스럽게 보인다. 손목에 흐르는 피가 빌리의 셔츠에도 묻는다. 그의 멱살을 잡고 있는 내 팔과 내 팔을 잡고 있는 빌리의 손이 동시에 부들부들 떨린다. 곧이어 125번가를 알리는 안내 방송이 흘러나온다. 나는 손을 놓는다.

"휴우…… 그러다 사람 죽이겠는데요."

빌리는 주섬주섬 초콜릿 바를 주워 담는다.

"지금 너하고 말할 기분이 아니야. 난폭하게 굴어서 미안해."

제길, 한국 사람은 너무 관대하다.

"지갑을 훔친 게 아니고 살짝 들춰본 것뿐이에요. 돈은 한 푼도 없던걸요. 누구한테 벌써 털렸어요? 신용카드가 있긴 하던데……. 그거 사용 가능한 거예요?"

나는 지갑에서 신용카드를 꺼내 그에게 건넨다.

"나도 몰라. 네가 한번 사용해봐. 뭐가 필요한데? 대신 술이나 담배, 약은 안 돼."

"아빠처럼 말하지 말아요. 그냥 로또나 잔뜩 사려는 것뿐이니까. 만약 당첨되면 아저씨한테도 나눠 줄게요. 그런데 요즘 7번 트레인을 타고 다닌다면서요?"

등 뒤로 식은땀이 흐른다. 온몸이 땀으로 뒤범벅이다.

"어떻게 알았어? 가족을 찾고 있어."

빌리는 신용카드의 마그네틱 부분을 입김으로 불고 소매로 닦는다.

"저는 지하철에서 시간을 때우는 사람들 중 모르는 사람이 없어요. 도와드릴게요."

나는 지갑 속의 사진 두 장을 꺼내어 그에게 내민다.

"이 사람들을 찾고 있어."

빌리는 사진을 이리저리 훑어본다.

"아저씨의 아내와 아들?"

"아마도⋯⋯."

나는 피식하고 웃는다. 이러다간 평생 만나보지 못할 아내와 아들. 빌리는 사진을 뚫어지게 바라본다. 창밖에는 지하 터널의 전등과 그 불빛에 비친 그라피티가 재빨리 지나간다. Prove Yourself. 그리고 우리는 말이 없다. 단지 덜커덩거리는 기차 소리와 건너편 트랙에서 반대 방향으로 두 배의 속도로 달리는 지하철의 굉음이 들릴 뿐이다. 빌리는 이곳에서 뭘 하고 있는 것일까? 그를 보호해야 하는 사람들은 무얼 하고 있을까? 빌리와 나의 눈이 마주친다.

"아빠. 날 알아보지 못하는 거예요?"

이 아이가 뭐라고 말하는 것인가. 내가 아무 대답을 하지 않자 빌리는 사진을 죽 찢는다. 내가 가진 유일한 기억의 증거를 찢어 버린다.

"이 사람들이 당신 가족이 아니라, 내가 당신의 아들이에요. 기억나지 않아요? 사진 속의 사람들이 당신의 가족이라고 어떻게 확신할 수 있죠? 내가 아빠의 아들이에요. 우리가 함께 지낸 날들을 기억하지 못한단 말이에요?"

나는 빌리에게서 뒷걸음질 친다. 이게 무슨 소리인가. 네 피부는 까맣고. 내 피부는 노랗고. 네가 내 아들일 리가 없어. 등이 전철 문에 닿았다. 다음 정류장은 77번가입니다, 라는 안내 메시지가 빨간 전광판에 들어오고, 전차는 천천히 속도를 늦춘다. 문이 열리자 나는 그대로 뒤로 넘어졌다. 빌리는 내리지 않고 전철 안에서 나를 물끄러미 쳐다보았다. 그리고 형태를 알아볼 수 없을 정도로 조각난 사진을 나에게 뿌렸다. 나는 승강장에 주저앉은 채로 전차가 떠나는 것을 지켜보았다. 멍하니 그가 사라져가는 모습을 보면서, 사방으로 흩어진 사진 조각들을 보면서 이제, 아내와 아들을 찾는 것을 그만두고 싶다는 생각이 들었다. 그것이 신호였다.

Fast Forward.

42번가로 빌리의 키보드를 들어주러 가는 길. 빌리가 내 아들일 리가 없다. 왜 그런 장난을 치는 것일까.

"휴우. 하마터면 못 올 뻔했어. 또 기절했지 뭐야."

앤디에게는 빌리의 일을 말하지 않는다. 앤디는 말없이 인형을 챙긴다. 빨간 주머니에는 분명히 오늘 모은 팁이 들어 있을 것이다. 54달러 25센트? 나도 오늘은 귀신처럼 맞힐 수 있을 것 같다. 밧줄로 꽉 매인 그 주머니를 카트의 제일 깊숙한 곳에 넣고 그 위에 인형을 올려놓는다.

"늦어서 화났어?"

"아, 아니⋯⋯."

그는 내 눈을 쳐다본다. 아니 쳐다보고 싶지만 애써 피하는 눈길이다. 지하철에서 수많은 사람들이 나를 바라보는 눈길이다.

"어제 전화가 왔었어. 네 전단을 보고."

14

"150달러짜리 최신식 전기 오븐이 특별 세일을 합니다. 통닭구이는 물론 맛있는 폭찹을⋯⋯."

'다음 메시지, 뚜ㅡ.'

앤디가 늦은 밤, 집에 도착해서 맨 처음 확인하는 것은 자동 응답기다. 그의 아내가 떠난 이후부터 몸에 밴 습관이다.

"어드밴스 캐시, 현금이 필요하세요? 지금 당장 전화 주세요."

'다음 메시지, 뚜ㅡ.'

혹시나 하는 심정으로 파리가 날리는 식탁 의자에 앉아 다음 버튼을 누르는 것이다. 김하진을 찾는다는 전단을 붙이고 나서는 더욱 신경이 쓰였다.

"밀린 방세를 이번 주 안에 내지 않으면 당장 쫓겨날 줄 알아."

'다음 메시지, 뚜ㅡ.'

"저…… 슈퍼마켓에 붙은 전단지를 보고 전화드렸어요. 누구신지는 모르겠지만 그런 식으로 장난은 치지 말았으면 해요……."

앤디는 황급히 자리에서 일어난다.

'다시 듣기, 뚜ㅡ.'

의자가 바닥으로 쿵 소리를 내며 쓰러진다.

앤디는 나의 어깨를 붙잡는다.

"내 눈을 똑바로 봐."

나는 그의 눈을 똑바로 쳐다본다. 주름진 눈가, 드문드문 흰 눈썹이 보이고 눈의 흰자위에 실핏줄이 몇 가닥 보인다. 그리고 앤디의 검은 눈동자. 미세하게 흔들리는 그의 눈동자. 그 눈동자 속에 내 얼굴이 비친다.

"그녀의 말이 맞는지 아닌지는 나도 잘 모르겠지만, 그녀가 아는 김하진이라는 사람은 그녀의 남편이래."

사진 속의 그녀는 내 아내구나. 이제 놀랄 것도 없다. 나는 한숨을 내쉰다.

"그런데……."

그는 머뭇거린다. 나는 그의 팔을 뿌리친다. 왼쪽 손목의 통증이 찌릿하게 느껴진다. 왼쪽 손목뿐만 아니다. 오른쪽 팔, 왼쪽 다리. 지하철 밖에서 기절한 뒤 찔렸던 온몸의 상처가 욱신거린다.

"제길, 전화 응답기에 뭐라고 녹음되어 있었던 거야? 정확하게 말해봐."

'다시 듣기, 뚜―.'

"내 남편은 3개월 전, 사고로 죽었어요. 그러니 그런 장난 치지 마세요. 혹시 찾고 있는 그 김하진이라는 사람이 제 남편이 아니라면 죄송해요. 연락처를 남깁니다."

다리가 후들거린다. 나는 1, 2, 3번 다운타운 방향의 지하철 입구로 저벅저벅 걸어간다. 뒤에서 앤디가 나를 부르는 소리가 들리지만 개의치 않고 계단을 내려간다. 내가 죽었다고? 3개월 전에 죽어버렸다고? 하루에 수염이 정확히 하루만치 자라나는 내가 죽었다고?

"아아아아아악."

온몸을 짜내어 소리를 질러본다. 승강장 양쪽에서 전철을 기다리는 사람들 모두 나를 일제히 바라다본다. 나는 다시 계단을 재빨리 올라간다.

"이렇게 나는 살아 있어. 고함을 지르니 사람들이 모두 나를 쳐다보는걸. 죽은 사람이 어떻게 살아 있는 사람에게 말을 걸 수 있지?"

손목을 감싼 셔츠를 걷는다. 아직 아물지 않은 상처가 공기에 드러나자 시리다.

"앤디, 죽은 사람이 어떻게 상처가 날 수 있지? 보통 사람처럼 아파 죽겠어. 그 여자의 말은 거짓말일 거야. 전화번호, 전화번호를 줘. 그녀가 남겼다고 했지? 빨리 줘봐. 전화를 걸어야겠어."

앤디는 한 발자국 뒷걸음친다. 눈동자가 흔들린다. 빨간 실핏줄.

"마지막으로 뭔가를 먹어본 적은 언제야?"

앤디가 묻는다. 나는 대답을 하지 못한다. 배고픈 적이 별로 없었다. 기억나지 않는다.

"마지막으로 화장실을 간 적은 언제야?"

씻으러 간 적은 있다. 용변을 보러 간 적은? 그것도 기억나지 않는다. 제기랄, 기억이 나지 않는단 말이다. 내가 기억하는 것은 화장실이 있는 지하철역 이름뿐이다.

"지금 나를 유령 취급하는 거야? 그건 잘못 걸려온 전화라고. 그녀의 남편은 내가 아닐 수도 있어. 이 지갑은 내 것이 아닐 수도 있어. 나는 김하진이 아닐 수도 있잖아. 왜 그래? 날 못 믿어? 사진이나 신용카드 따위가 뭐가 중요해?"

앤디에게 한 발자국 다가간다. 그는 두 발자국 뒤로 물러선다.

"네가 지하철에서 깨어나기 이전을 기억하지 못하는 이유는 뭘까? 지하철 밖으로만 나가면 기절해서 또다시 지하철에 타고 있는 이유는 뭘까? 이상하지 않아? 설명할 수 있겠어? 이 모든 것이 거짓말이라고 하기엔 너무 이상해. 이해할 수가 없어."

"Fuck off! 그걸 알면 내가 여기 있을 것 같아? 이 지긋지긋한 지하철에 처박혀 있을 것 같아?"

앤디의 두 팔을 잡는다. 그는 꼼짝하지 못한다. 마치 나를 유령처럼 여기는 모양이다.

"방법이 있어. 왜 진작 그걸 생각하지 못했을까. 나하고 지금 당장 지하철 밖으로 나가보자. 네 말대로 지긋지긋한 지하철을 벗어나보자."

흔들리는 눈동자, 퍼지는 실핏줄.

"기절하고 말 거야. 그리고 온몸에 상처를 입을 테고. 그게 얼마나 무서운지 넌 모를걸. 어느 누가 내 몸에 칼을 댔는지 모른 채 지하철에서 깨어나는 기분을."

앤디의 팔을 잡은 손이 풀린다.

"내가 옆에 있어줄게. 기절한 다음 어떻게 되는지는 내가 바로 옆에서 지켜볼 수 있잖아. 증명해봐. 네가 살아 있다는 것을."

나는 침을 꿀꺽 삼킨다. 희망을 잃지 말 것. 〈대탈주〉의 스티브 맥퀸, 〈빠삐용〉의 더스틴 호프먼.

"좋아."

키보드를 두 손에 쥔다. 허리가 휘청거릴 정도로 무겁다. 앤디는 산타클로스처럼 인형과 팁이 들어 있는 자루를 메고 나를 따라온다. 우리는 42번가 브로드웨이 출구에 다가선다. 지상으로 올라가는 계단이 보인다. 차가운 바람이 불어온다. 앤디는 걱정스러운 눈길로 나를 바라본다. 한 계단 한 계단 위로 올라간다. 올라갈수록 주위는 점점 밝아지고 자동차가 지나가는 소리, 사람들의 발소리가 들리기 시작한다. 인생은 오르막길이다. 변화하지 않으면 내려간다. 나는 계단을 올라갈 수밖에 없다. Prove Yourself. 한 걸음 한 걸음 올라갈 때마다 머릿속이 점점 하얗게 변하기 시작한다. 한 발자국 한 발자국 올라갈수록 머리가 묵직해진다. 인생은 오르막길. 그녀의 말이, 내가 이미 죽었다는 말이 사실일지도 모른다. 이렇게 밖으로 나가면 나는, 어떻게 되는 것일까. 뒤를 다시 한번 돌아본다. 앤디는 나를 물끄러미 쳐다본다. 흔들리는 눈동자, 빨간 실핏줄.

마침내 나는 왼쪽 발을 지상으로 내민다. 세상이 너무나 환하게 밝아진다. 미국의 전 지역에서, 유럽에서, 아시아에서 온 사람들이 활기차게 걷고 있는 타임스 스퀘어다. 제각기 어디로 가고 있는지 정확히 알고 있는 사람들이다. 나는 그 사람들을 본다. 실

시간 나스닥 변동 상황이 전광판에 흘러간다. 걸어 다니는 보통 사람들이 부러워 미치겠다. 이윽고 손에 힘이 풀려 키보드가 바닥에 쿵 하는 소리를 내며 떨어진다. 이런, 앤디가 가지고 있는 최고의 재산을 땅바닥에 떨어뜨리다니. 스르르 다리에 힘이 풀리고, 앞이 새하얗게 변한다. 철퍼덕, 땅바닥에 쓰러진다. 사람들은 나 같은 홈리스는 신경도 쓰지 않고 걸어간다. 명도 100. 밝기 100. 눈이 스르르 감긴다. 13그램의 눈꺼풀. 그리고 Fade Out.

2부

15

덜컹덜컹, 덜컹덜컹, 저 멀리서 들리는 지하철이 움직이는 소리. 마치 살아 있는 생명처럼 두근거리는 심장 소리.

"아빠, 이제 일어나. 다 와간단 말이야."

옆에서 누가 쿡쿡 찌르는 바람에 눈을 떴다. 지하철 안이다.

'When you see something, Say something(당신이 뭔가를 봤을 때엔, 뭔가를 이야기해라).'

전철 맞은편의 공익광고가 보인다. 지하철 안에서 폭탄 같은 수상한 물건을 보면 신고하라는 광고다. 지하철에는 폭탄 말고도 수상쩍은 것들이 많다. 내 옆에 꼭 붙어 앉은 한 아이를 본다. 민규, 내 아들이다. 내 팔을 잡고 있는 그의 작은 손도, 흔들고 있는 그의 다리도 내 일부다. 그는 내 것이기도 하고, 내 것이 아니기도 하다. 그의 팔은 내가 만들어놓은 것이지만 그 팔을 내 마음대로 움직이게 할 수는 없다. 그의 몸속에는 나의 DNA가 조합되어 있지만, 그의 인생을 내 마음대로 조종할 수는 없다. 뭔가를 봤으니 뭔가를 말해야 할 것 같다.

"아주 나쁜 꿈을 꿨어."

"하늘에서 떨어지는 꿈이야?"

민규는 나를 뚫어지게 쳐다본다. 뭔가를 말해야 하는데 그것이 떠오르지 않아 민규의 머리를 쓰다듬는다. 파란 야구 모자가 까칠까칠하다. 이 아이는 내 몸의 세포와 아내의 세포가 결합되어 수만 가지의 조합으로 성장했을 것이다. 내 것이라고 하기에는 문득 이 아이가 낯설다. 그러나 남이라고 하기엔 우리는 너무 가깝다.

"글쎄……. 잘 기억이 나지 않아. 하늘에서 떨어지는 꿈은 굉장히 무섭지 않아? 특히 땅바닥으로 떨어지기 직전에는……."

민규는 새벽녘에 일어나 울먹거리며 하늘에서 떨어지는 꿈을 꾸었다고 말한 적이 있다. 나도 그 나이에는 꿈에서 몇 번이고 떨어졌다. 어머니는 키가 크는 꿈이라고 했고, 아버지는 단순한 악몽이라고 했다. 누구의 말이 맞는지는 모르겠다.

"오늘은 코니아일랜드에도 가고 굉장했어."

민규는 발을 흔든다. 아직 키가 작아서 지하철 의자에서 발이 바닥에 닿지 않는다. 키가 더 크기 위해서 민규는 하늘에서 떨어지는 꿈을 몇 번이나 더 꿔야 할까? 그는 내 것이기도 하고, 내 것이 아니기도 하다.

"원더 휠도 타고, 난쟁이가 나오는 쇼도 보고 말이야."

나는 쿡쿡 웃는다. 사람들은 때때로 울고 싶을 때 웃는다. 반대의 경우는 없다. 오늘 본 것 중에 가장 충격적인 것은 컴컴한 어둠 속에 숨어 있던 말라비틀어진 미숙아의 박제가 아니라, 아내가 다른 남자와 팔짱을 끼고 아이스크림을 먹는 장면이었다. 민규는 알아차리지 못했을 것이다.

유난히 오늘 7번 트레인의 창밖은 화사하다. 민규는 창밖의 야구 경기장을 물끄러미 바라보며 말한다.

"아빠, 또 언제 야구 경기장에 갈 거야?"

"날이 따뜻해지면……. 양키스 팀이 오는 주말엔 꼭 가야지. 지난주 야구 경기는 어땠니?"

"아빠도 봤잖아. 내가 안타 치는 것 아빠도 분명히 봤지?"

"그럼, 어떻게 그걸 놓칠 수가 있겠어. 2루와 3루 사이를 아슬아슬하게 가르는 안타였어. 사진을 찍어뒀어야 하는 건데 말이야."

공이 눈부신 하늘로 날아갈 때, 나는 자리에서 반사적으로 벌떡 일어나 환호성을 질렀다. 실로 오랜만에 목이 쉴 정도로 맘껏 질러보는 소리였다.

"다음 경기 때엔 엄마도 함께 갈 수 있는 거야?"

민규의 입김이 유리창을 뿌옇게 흐렸다. 거기에다 대고 뭔가를 끼적거린다.

"엄마는…… 바쁘잖아. 시간이 나면 꼭 같이 갈 거야."

이윽고 주위는 순식간에 어두워진다. 지상을 달리던 전차가 지하 터널로 들어선다. 종착역인 플러싱, 메인 스트리트다.

　아들의 손을 잡고 개찰구를 통과해 지상으로 가는 계단 앞에서 멈칫 섰다. 머리가 약간 어지러워졌다. 휘청거리는 몸을 난간에 기댄다. 바깥의 밝은 빛 때문에 눈을 제대로 뜰 수도 없다. 다리도 휘청거린다. 민규는 내 손을 이끌고 계단을 힘겹게 오른다. 내가 억지로 계단을 올라가지 않는 놀이라도 하는 줄 아는 모양이다. 버스가 지나가는 소리, 어디선가 들려오는 댄스 음악, 사람들의 웅성거림이 들려오고 주위는 점점 밝아진다. 민규는 내 팔을 잡고 한 걸음 한 걸음 거리로 나를 이끈다. 민규의 티셔츠 등에는 KOREA가 박혀 있다. 강렬하게 비추는 햇빛 때문에 그의 윤곽이 뚜렷하다. 눈을 뜰 수가 없다. 한 계단, 한 계단 언더그라운드를 벗어난다.

　"아빠가 쓰러져도 내가 업을 수 있어."

　마지막 계단. 아들의 팔에 이끌려 마침내 밖으로 나왔을 때엔 온 세상이 새롭게 보였다. 완전히 새로 태어나는 느낌이었다.

　일요일인데도 집에는 아무도 없었다. 아무도, 라고 해봤자 아내 미라를 말하는 것이다. 집에 도착하자마자 민규는 니켈로디언 채널을 틀어놓고 키득거리며 만화를 보기 시작한다. 민규는 엄마가 없어서 맘대로 티브이를 볼 수 있다. 그래서 더 행복할지도 모른다. 나도 아내가 없어서 행복한 것이 있으면 좋겠다.

침실로 들어가 응답기의 메시지를 확인한다. 세 개의 보이스 메시지.

"150달러짜리 전기 오븐이 있습니다. 통닭구이는 물론 맛있는 폭찹을……"

'다음 메시지, 뚜—.'

"어드밴스 캐시, 현금이 필요하세요? 지금 당장 전화 주세요."

침실로 들어가 미라에게 전화를 건다. 열 번 정도 신호가 울려도 받지 않는다. 보이스 메시지로 넘어가자 수화기를 내려놓는다. 그녀의 말대로라면 그녀는 휴대폰을 가방 속에 놓아둔 채로 사무실에 남아 열심히 일하고 있을 것이다. 그런데 왜 나는 이렇게 텅 빈 침실의, 텅 빈 침대에 앉아 몇 번이고 아내에게 전화를 해대는 것일까. 다시 한번 전화를 건다. 결국 내가 듣게 되는 것은 낯선 여자의 목소리.

"메시지를 남겨주세요."

'진정한 아메리칸 라이프 스타일은 가족과 함께 보내는 것이야'라고 미라는 말했다. 우습게도 그때는 내가 미라처럼 한창 바빠서 함께 있어주지 못했던 때다.

'진정한 아메리칸 라이프 스타일은 가족과 함께 보내는 것이야'라고 녹음하지 못한다. 그녀를 위해서도, 우리 가족을 위해서도 그녀는 일요일에도 일을 하고 있는 것이니까. 마치 예전의 나처럼 말이다.

'일은 잘돼가? 언제 올 거야? 응, 걱정하지 말고 천천히 와도 돼. 민규 정도야 뭔가 해 먹일 수 있으니까.'

라고 태연하게 말할 수도 있다. 그러나 그녀가 더 이상 변호사 사무실에서 일하고 있지 않다는 걸 알고 있다. 나는 보이스 메시지를 남기지 않고 전화를 끊는다.

거실에서 하하하, 자지러지게 웃는 아들의 목소리가 들린다. 아들은 모든 것을 잊고 영어로 흘러나오는 만화에 몰입하고 있다. 옆에 가서 함께 웃어줄 수도 있지만, 어린이를 위한 만화에서 흘러나오는 영어도 전부는 이해하지 못한다.

거실로 나가 한국 슈퍼마켓에서 산 냉동 만두를 몇 개 꺼내 전자레인지에 돌린다.

"민규야, 만두 먹을래?"

아차. 영어로 말하는 것을 잊어버렸다. 내가 집에서 한국말을 했다는 것을 알면 미라는 불같이 화를 낼 것이다.

민규는,

"Yes, Daddy."

라고 영어로 답한다. 땡 하고, 전자레인지가 멈춘다.

16

빌려온 비디오테이프가 다 감겨져 있지 않을 때가 있다. 당신은 게으른 비디오 가게 점원을 탓하지만 테이프를 되돌리지 않고 그냥 본다. Rewind 버튼을 누르기도 전에 흥미진진한 장면이 흘러나온다. 테이프를 넣자마자 튀어나온 주인공은 알 수 없는 이유로 지하철에서 깨어난다. 자신이 누구인지도 어디로 향하는지도 알 수 없다. 지하철에서 빠져나오기만 하면 정신을 잃어버리고 다시 지하철에서 깨어난다. 몸에 상처가 하나씩 생긴다. 지하철에서 알게 된 친구의 도움으로 전단지를 붙인다. 결국 주인공의 아내에게서 전화가 오고, 그는 이미 3개월 전에 죽었다고 한다. 주인공과 친구는 함께 지하철을 빠져나오며 주인공이 어떻게 되는지 알아보려고 한다. 그리고 끝. 엔딩 크레디트는 올라오지만 당신은 앞부분이 궁금하기 짝이 없다. 주인공은 왜 그렇게 고생을 해야 했을까? 무슨 일이 일어났던 것일까?

지금, 당신은 Rewind 버튼을 눌러야 하나 말아야 하나 하는 기로에 서 있는 것이다. 과연 그 앞의 이야기가 당신은 궁금한가? 그것도 테이프가 덜커덕거리며 멈출 맨 처음으로 돌려야 하는데 말이다. 위잉 하며 테이프가 감길 5분 동안의 적막을 당신은 참을 수 있을까?

당신은 여기까지 책을 읽고 머뭇거린다. 책 읽기를 포기할 수도 있다. 티브이를 켜시오, 채널을 돌리시오, 휴대폰을 꺼내시오, 동영상의 댓글을 읽으시오. 당신이 언제 마지막으로 소설을 샀는지 알고 있다. 부끄러워하지 말 것. 세상에는 좋은 소설책보다 형편없는 소설책이 더 많으니까. 그리고 세상에는 형편없는 소설보다 더 재미있는 게 널려 있다. 형편없는 소설은 지하철표 한 장보다 가치가 없다.

내가 당신과 한 약속을 잊지 마라. 당신이 이 소설에 등장하게 된다는 약속 말이다. 심야의 지하철에서 한 번, 그랜드 센트럴에서 한 번 카메오로 출연했지만 진짜로 중요한 역할이 남아 있다. 이제 얼마 남지 않았다. 이 이야기는 당신을 빼놓고서는 성립되지 않는다. 당신은 끝까지 읽어야 한다. 왠지 속는 기분이라고? 선택의 여지가 없다. 당신은 리모컨의 버튼을 힘겹게 누른다.

Rewind, Rewind, Rewind……

테이프가 돌아가는 소리,

검은 화면이 5분 지나고 철컥.

자, 이제 내가 어떻게 미국에 발을 디디게 됐는지 이야기를 풀어놓아야 한다. 그렇게 하려면 나를 미국으로 초대했던 선배 K가 내게 했던 이야기를 당신에게 그대로 해줘야 한다. 어떻게 한 사람의 말만 믿고 인생을 바꾸게 되었냐고? 당신은 대학교 전공을 어떻게 선택했는가? 직장은 어떻게 선택했는가? 아내는 어떻게 만

낳나? 인생은 생각보다 사소한 기회로 뒤바뀐다. 당신은 그것이 운명이었다고 믿겠지만, 단지 우연일 뿐이다. 당신의 인생에 큰 의미를 부여하지 말 것.

K는 돈 버는 놈들은 따로 있다고 했다. 인생을 다시 시작하고 싶다면 시간을 되돌려라. Rewind. 학창 시절로 돌아가보자. 당신도 죽도록 공부해서 판사나 의사가 될 수 있다. 남들보다 서너 배 많은 봉급을 저축하라. 땅값이 오르기 훨씬 전에 땅을 사라. 아파트가 재개발되기 훨씬 전에 아파트를 사라. 주식이 오르기 전에 시가총액 10위 안에 드는 우량주를 사라. 돈을 버는 방법은 따로 있다. 당신은 그것을 이미 알고 있다. 신문과 인터넷, 술자리에서 들은 그 모든 것만으로도 어떻게 돈을 버는 것인지 당신은 충분히 알고 있다. 그러나 당신은 실행에 옮기지 못한다. 맘속에 걸리는 뭔가가 있기 때문이다. 당신은 수많은 세월 동안 세뇌당했다. 도덕 교과서, 윤리 교과서, 정치 경제 교과서는 다 잊어라. 쓰레기통에 버려라. 불에 태워라. 역시 학창 시절에도 선동에 능하던 선배답다. 자, 이제 녹음 버튼을 누르고 마이크를 K 선배에게로 돌려볼까요?

Record.

내 이름은 K, 지금 내가 가지고 있는 것은 예전부터 내가 갖고 싶었던 것이다. 방이 다섯 개고 화장실이 세 개, 뒤뜰에 수영장이 딸린 2층 단독주택에 살고 있다. 집안일을 돕는 가정부도 있다. 나를 위한 BMW와 아내를 위한 렉서스. 담배를 피우기 때문에 키스할 때 재떨이 냄새가 난다는 것을 빼면 손색없는 아내와 그녀를 꼭 빼닮은 여섯 살짜리 딸이 있다. 다섯 장의 골드 멤버 신용카드와 든든한 은행 구좌, 더 이상 바랄 게 없다. 그래서 당신과 내 절친한 후배에게 약간의 조언을 해주는 것이다. 더 구체적으로 알고 싶다고? 흠 글쎄……. 뭐 여기까지 말했으니 성공하는 인생의 세 가지 법칙을 이야기해보겠다.

첫째, 세금은 되도록이면 안 내는 게 상책이다. 가짜 영수증을 만들고, 이중 장부를 만들고, 절친한 회계사를 구하라. 어떤 수를 써서라도 세금을 한 푼이라도 적게 내는 방법을 알아내라. 당신이 모르는 사이에 흘러 나가는 돈을 막으면 그것이 곧바로 당신의 주머니를 채운다. 가랑비에 옷 젖는 줄 모른다고 한 달에 몇천 원, 몇만 원씩 당신이 모르는 돈이 국가로, 통신 회사로, 신용카드 회사로 슬금슬금 빠져나간다. 그런 것들이 국가에게 충성하지 않는 것이 된다고? 도덕 교과서하고 정면으로 배치된다고? 헤이, 당신이 언제 모범 시민이 되는 것을 삶의 모토로 삼았나?

둘째, 부모에게 효도하지 마라. 당신은 부모에게 빚진 것이 없다. 당신이 태어난 건 그들의 선택이었지만, 이렇게 힘들게 살고 있는 것은 당신의 선택일 뿐이다. 당신이 지금 이렇게 된 건 부모님 탓이 아니라 당신 탓이다. 최고의 효도는 효도 관광이 아니라 당신이 행복하게 사는 것이다. 자신에게 충실하라. 부모, 형제, 친구, 아내가 아니라 자신에게 충실하라. 당신이 하고 싶은 일에 충실하라.

셋째, 행복은 성적순이 아니다. 당연하다. 행복은 당신이 남들과 비교했을 때 얼마만큼 더 가지고 있는지의 순이다. 아파트 브랜드와 평수, 자동차 종류, 아들이 다니는 대학, 사위가 가진 직장, 그리고 당신이 다니는 회사의 이름과 직위. 행복하려면 이 모든 것들이 주위의 사람보다 한 단계만 높으면 된다. 중간쯤만 가도 문제없다. 문제는 중간 이하의 삶이다. 바로 당신의 삶이다. 당신은 밥 세 끼를 꼬박꼬박 먹고, 아내도 있고, 술을 마실 친구도 있고 자식도 있지만 모든 걸 비교해봤을 때 중간 이하다. 당신이 가질 수 없는 것들을 가지고 있는 중산층이 티브이 드라마에 버젓이 등장한다. 중산층이라고 이야기하는 그들이 가진 것과 당신이 가진 것을 비교해볼 것. 아파트 평수, 자동차 종류. 당신은 고개를 흔든다. 당신은 보통 사람으로 사는 것이 행복하다고 말하지만, 불행한 사람의 푸념으로밖에 들리지 않는다. 이 모든 것을 알고 있으면서도 당신에게 충분한 돈이 없는 이유는 무엇일까? 당신이 불행한 이유는 무엇일까? 당신이 갖고 있는 것이 당신이 갖고 싶었던 것이 아닌 이유는 무엇일까? 당신은 아직도 현실을 똑바로 쳐다보지 못한다. 현실을 똑바로 보기 전에는 행복해지기 어렵다. 당신이 의심하지 않고 믿고 있는 몇 가지 엉터리 말들, 반드시 수정해야 할 말들을 열거해볼까? 직장은 자아 성찰의 수단. 자신이 가진 것에 만족하는 것이 행복의 지름길. 돈이 많으면 걱정이 많아진다. 땀 흘려 버는 돈이 제일 가치가 있다. 제길, 모두 쓰레기통에 집어넣어야 할 거짓말이다. 당신은 도덕 교과서에, 티브이 토크쇼에, 당신과 비슷하게 불행한 친구들의 한탄에 세뇌되어 있다. 당신은 쓸데없는 이야기를 너무 많이 들었다. 쓸데없는 책을 너무 많이 읽었다. 당신이 보통 사람 이하로 살아야 그들이 보통 이상으로 살아갈 수 있기 때문에 그들에게 세뇌당해 버렸다.

그럼 바꾸면 되지 않느냐고? 사람들은 쉽게 바꾸지 못한다. 당신도 쉽게 바꾸지 못한다. 꾸역꾸역 직장에 다니고, 맘에 안 드는 여자 친구와 사귀고, 더 맘에 안 드는 아내와 매일 같은 침대에서 잠자리에 들고, 끊지 못하는 담배를 끊겠다고 다짐하고, 내일이면 또 마실 술을 오늘 밤에 마지막으로 마신다. 불행한 사람은 불행한 사람들끼리 모여 서로를 동정한다. 당신은 변화하지 못한다. 인생은 오르막길. 변화하지 않는다면 내려갈 수밖에 없다. 당신이 변하지 못한다면, 당신을 제외한 모든 것이 변해야 한다. 세상이 변해야 한다. 그렇게 된다면 당신이 행복해지는 방법은 세상을 바꾸는 것밖에 없다.

Pause.

"……그래서 어때? 한번 변해보는 게? 지금 너한테 LA에 있는 우리 회사로 스카우트 제의를 하는 거야. 완전히 바뀐 세상에 몸을 던져야 해. 네가 행복해질 수 있는 길은 그것뿐이야."

K 선배는 내게 술을 따르며 말했다. 나는 스물아홉이었고, 결혼한 지 1년밖에 되지 않았고, 첫 직장을 잡은 지 2년밖에 되지 않았다. 내가 갖고 있는 것이 내가 갖고 싶었던 것은 아니었다. 24평의 전세 아파트, 중고 소나타, 컴퓨터 프로그래머, 팀장, 첫사랑이 아닌 아내. 그러나 불행하다고 느낀 적은 없었다.

"네가 불행하다고 이야기하는 건 아냐. 하지만 행복하다고 자신 있게 말할 수 있어? 네 평생 그렇게 자주 오지 않는 기회를 놓칠 거냐고?"

나보다 네 살이 많은 K 선배는 같은 대학을 다닐 때에도 후배들을 모아놓고 정치 선동을 하던 선배였다. 자본주의 사회의 문제점과 왜 농민들을 도와야 하는지 말하던 K 선배가 급진적 자본주의의 발언을 하는지라 나는 얼떨떨할 뿐이었다.

"생각해볼게요. 아내만 허락한다면요."

이라고 말했지만 마음은 이미 기울어져 있었다. 당신 같으면 이런 기회를 놓칠 수 있겠는가? 나는 그것이 운명이라고 믿었다. K 선배의 술주정을, 지하철 1구간 푯값의 가치도 없는 그 말을 믿었다. 내 인생에 너무 큰 의미를 부여해버렸다.

17

"아빠는 직업이 뭐야?"

민규가 내게 영어로 묻는다. 말을 배우기 시작하면 아이들은 온갖 것을 질문하기 시작한다. 그들에게 세상의 모든 일들은 새롭기 때문이다. 어쩌면 어른들에게도 세상의 몇몇 일들은 새로울 테지만 그들은 더 이상 질문하지 않는다. 질문할 아빠가 더 이상 옆에 없어서 그럴지도 모른다. 나도 가끔은 아빠가 옆에 있어서 뭔가를 물어보고 싶을 때가 있다. 왜 사람들은 결국 들킬 거짓말을 하는 것일까요? 민규는 똑같은 것을 몇 번이고 물어보곤 한다. 더 이상 새로울 것이 없을 텐데도 내 직업이 뭔지 벌써 열 번도 넘게 물었다.

"응, 아빠는 사람들이 사는 집을 짓는단다. 온 가족들이 편안하고 안전하게 살 수 있는 곳 말이야. 비가 와도 젖지 않고, 바람이 불어도 춥지 않은 그런 따뜻한 집."

약간 과장을 섞었지만, 사실이다. 나는 더 이상 컴퓨터 프로그래머는 아니니까. 집의 내부를 수리하는 목수일 뿐이다. 컴퓨터 프로그래머가 목수가 되기까지엔 많은 일이 생겼다. 차차 이야기하겠다. Slow Slow. 뉴욕에는 오래된 집이 많아 집의 배선이나 상하수도는 언제나 문제다. 지은 지 60년 정도 되었다는 것도 그리 놀랄 일이 아니니까. 어떤 식으로 전기가 공급되고 어디서 문제가 생겼는지는 지하 창고를 열고 들어가보지 않고서는 알 수가 없다. 손전등을 켜고 배선을 일일이 점검해야 한다. 하지만 사람들은 되도록이면 창고에 내려가지 않으려고 한다. 어둡고 끈적끈적한 창고에 내려가 몇 시간이고 손전등을 켜고 뭔가를 살펴보는 건 일요일 오전에 하고 싶은 일이 아닐 테니까. 그럴 땐 미스터 김을 불러요, 가격도 저렴하고 얼마나 꼼꼼하게 챙겨주는데요.

집을 고칠 때 약간의 배경 지식을 동원해서 각 방에 인터넷을 공유할 수 있는 포트를 같이 설치하거나 경보 시설까지 달아주면 다들 감탄했다. 따로 이런 걸 설치하려면 몇백 달러가 더 들지도 몰라요, 언제나 미스터 김을 찾아주세요. 홈 스위트 홈, 당신의 스위트 홈을 수리해주는 친절한 목수. 나와 함께 일하는 조수들은 여전히 몇 마디 영어밖에 하지 못하는 중국인이나 히스패닉이다. 말보다는 표정과 손짓으로 거의 모든 것을 해결할 수 있다. 일당만 정확히 지급해준다면, 점심때 테이크아웃 중국 음식점에서 볶음밥과 브로콜리가 들어간 고기볶음만 사준다면, 티셔츠가 땀으로 뒤범벅이 될 정도로 열심히 일했다. 나도 그들처럼 조수에서부터 시작했다. 티셔츠가 땀으로 뒤범벅이 될 정도로 열심히 일했지만 브로콜리는 절대로, 절대로 먹지 않았다. 그들과 함께하다 보니 나도 영어는 그렇게 늘지 않았다. 하지만 이제 테이크 아웃 중국 음식점에서 보다 세밀한 주문을 할 수 있다.

"네, No.5 런치 세트로 주세요. 브로콜리는 빼고요."

민규는 언제 질문을 했느냐는 듯이 다시 티브이로 눈을 돌린다. 요즘 그가 가장 좋아하는 채널은 사이파이(Sci-fi) 채널이다. 오래된 〈스타 트렉〉 시리즈가 시작되면 티브이 앞에 꼼짝하지 않고 앉아 있다. 기어 다닐 때에는 디스커버리 채널, 네 살 때엔 푸드 네트워크. 의사는 그렇게 걱정할 것이 없다고 했다. 좋아하는 채널을 억지로 보지 않게 하면 오히려 역효과가 날 수 있다고 했다. 대신 하루에 한 시간 정도 제한을 두는 것이 좋은 방법이라고 했다. 미국에서 태어난 외국인 아이들은 정서 불안이 될 가능성이 보통 가정보다 높다고 했다. 가벼운 자폐 증상은 아이가 학교에 가게 되면 나아질 거라고, 사람들과 접촉하기 시작하면 점차 나아질 거라고 했다.

그러나 민규가 나아지는 기미는 보이지 않았다. 친구는 커녕 유치원에서 한 마디도 안 할 때도 있다고 선생님이 말했다. 사실은 나도 한 마디도 말을 하기 싫을 때가 있다. 물론 영어로 말이다.

"아빠, 우리 집에도 트랜스포터가 있었으면 좋겠는데."

민규가 〈스타 트렉〉을 보며 중얼거린다. 트랜스포터가 있으면 대원들이 외계행성으로 손 하나 까딱하지 않고 착륙할 수 있다. 나도 우리 집에 트랜스포터가 있었으면 좋겠다. 버튼 하나로 한국과 미국을 오갈 수 있게.

"컴퓨터 해도 돼요?"

"30분만이야."

민규는 거실에 있는 컴퓨터로 달려간다. 컴퓨터가 자기 방에 있었을 때에는 학교 가기 전까지 한숨도 자지 않고 컴퓨터 앞에 앉아 있을 때도 있었다. 밤새도록 34개의 자신의 이메일 계정을 체크한다고 했다. 세계 방방곡곡의 친구와 편지를 주고받는다고 했다. 55개의 나라, 234명의 친구.

Rewind. 미국에 처음으로 발을 디뎠을 때.

인터넷으로 뭐든지 할 수 있다는 믿음이 팽배할 때가 있었다. www.google.com 당신이 알고 싶어 하는 것은 무엇이든지 찾을 수 있는 곳. 인터넷에 없다면 세상에도 없다. www.amazon.com 책을 파는 것으로 시작했지만 무엇이든지 살 수 있는 곳. 더 이상 서점이나 슈퍼마켓을 돌아다닐 필요가 없다. 그리고 1년 만에 두 배로 오른 나스닥. 은행에 돈을 저금하는 바보가 어디 있나? 무조건 투자할 것. 인터넷과 관련된 회사라면 그 회사가 무엇을 하는지 잘 알지 못하더라도 일단 투자하고 볼 것. 그 회사가 무얼 만드는지 설명한다고 하더라도 어차피 당신은 알아듣지 못할 테니까. 주가가 10배, 100배로 뛰는 것은 시간문제임. 남들과 비교했을 때 보통 이하의 삶을 살고 있던 당신의 유일한 희망.

K 선배가 나를 스카우트했을 때가 바로 그런 때였다. LA에 본사를 두고 있던 회사 '프로파일 G'는 차세대 인터넷 검색 엔진을 개발하는 회사로 한국 사람뿐만 아니라 중국인, 인도인 등의 다

국적 프로그래머들이 일하고 있었다. 내가 맡은 분야는 사용자가 로그인을 한 뒤 인터넷 검색을 이용할 때 그가 사용한 키워드, 찾아낸 문서 등을 토대로 사용자의 성향을 파악하는 기술을 개발하는 일이었다. 당신이 매일 보는 웹페이지를 단어별로 분리한 뒤 단어 사이의 상관관계를 네트워크로 만들면 단어들끼리 복잡하게 엮여 있는 프로파일이 완성된다. 어느 정도 완성된 프로파일을 토대로 당신이 관심 있어 하는 정보를 자동적으로 찾아내주는 것이다. 그러므로 함부로 성인 사이트를 뒤지지 말 것. 어느 날 당신에게 딱 맞는 성인 사이트가 화면에 뜰 수도 있다. 함부로 웹사이트에 로그인하지 말 것. 당신이 어떤 것에 관심이 있는지 인터넷의 이면에서 분석하는 인공지능 프로그램이 있으니까.

Fast Forward. LA로 온 지 6개월.

미국에 건너온 뒤 바뀐 것은 별로 없었다. 하루 온종일 컴퓨터 앞에 앉아 프로그램을 짜는 것은 한국이나 미국이나 마찬가지니까. 프로젝트 기한에 맞추어 밤늦게까지 일을 하는 것도, 일요일에도 가끔씩 나와 일을 하는 것도, 밤에는 소주를 마시고 노래방에 가는 것도 똑같았다. 단지 달라진 게 있다면 회사에서는 영어로 말을 해야 한다는 것, 지하철 대신 자동차로 모든 곳을 가야한다는 것밖에 없었다. 인도에서 건너온 사람도 있고, 중국에서 건너온 사람도 있었기 때문에 회사에서 영어를 잘 못한다고 하더라도 그렇게 불편한 점은 없었다. 어차피 컴퓨터 프로그램 언어는 영어니까, 말보다 결과가 중요하다. 그러나 운전을 못했기 때문에 아내가 집에서 직장으로, 직장에서 한국 슈퍼마켓으로, 슈퍼마켓에서 다시 집으로 태워주었다. 시간을 내서 운전면허를 따야 했지만 아내가 운전하는 차의 조수석에 앉아 출퇴근하는 것도 나쁘지 않았다.

미라가 아니었다면 모든 걸 놔두고 캘리포니아로 갈 엄두를 못 냈을 것이다. 한국에 있는 집을 정리한 것도, 이민 수속도, 미국에서 살 집을 고르고, 중고 자가용을 고르고, 가구나 필요한 것들을 하나씩 사들인 것도 그녀였다.

"오늘은 뭐 했어?"

집으로 가는 차 안에서 미라에게 묻는다.

"뭐, 그냥. 한국 드라마 비디오도 빌려 보고, 인터넷도 하고, 네일숍에서 손톱도 다듬고 그랬어. 자기는 어땠어?"

"똑같지 뭐. 그런데 뭔가 좀 답답한 것 같지 않아? 이런 생활이 말이야. 날씨가 맑은 건 좋은데, 비도 한번 내리지 않아."

미라는 차선을 바꾸려고 사이드미러를 주의 깊게 살펴본다.

"자기는 언제나 늦게 마치고 토요일에도 일하는 그 지긋지긋한 생활로 돌아가고 싶어?"

지긋지긋한 생활은 내가 한 것이지, 그녀가 한 것은 아니었다.

"아니……. 그냥."

그녀는 차선을 바꿨다. 차가 좌우로 흔들거렸다.

"나도 학교에 다녀볼까 하고. 근처에 커뮤니티 스쿨도 있고, 집에서 멍하니 혼자 있는 것도 지겹고 해서."

"좋지. 뭘 전공할 건데?"

그녀는 이미 한국에서 영문학을 전공했다. 그런데 영어는 썩 잘하지 못했다.

"법률을 전공할까 싶어. 변호사나 판사 말이야. 미국에서 가장 흔한 일이 고소하는 일이니까. 이혼을 하려고 해도 변호사 없이는 쉽게 되지 않고. 사람들에게 꼭 필요한 뭔가를 배우고 싶어."

남편은 컴퓨터 프로그래머, 아내는 변호사. 멋지다. 평균 이상의 삶. 행복의 지름길. 태양이 내리쬐는 꽉 막힌 고속도로에서 나는 이 상황에서 비가 한번 내려주었으면 하고 간절히 바랄 뿐이다.

18

사람들은 집값이 오르면 계속 오를 거라고 생각하고, 내리면 계속 내릴 거라고 생각한다. 마찬가지로 불행한 사람들은 자신이 계속 불행할 것이라고 생각하고 행복한 사람들은 자신이 계속 행복할 것이라고 믿는다. 하지만 언제나 그렇듯, 자연의 법칙은 사람들의 생각과는 정반대로 굴러간다. 집값이 지나치게 오르면 내릴 때가 다가왔다는 말이고, 행복이 최고조에 다다랐을 때엔 서서히 불행이 시작되는 것이다. 이 법칙을 아는 사람은 집값이 내릴 때 사고, 오를 때 판다. 그 법칙을 애써 무시하는 보통 사람은 집값이 오를 때 계속 오를 것 같은 환상 때문에 사고, 내릴 때 더 내려갈 것이라는 두려움 때문에 판다. 당연히 집을 사자마자 집값은 떨어지고, 팔자마자 오른다. 머피의 법칙은 웃을 게 아니다. 어쩌면 당신 인생의 가장 중요한 시기에 머피의 법칙이 당신을 잡아먹을지도 모른다. 사구처럼 생긴 그래프의 꼭짓점에서 모멘텀이 제로가 된다. 그 터닝 포인트가 언제인지 잘 포착한다면 당신의 짧은 인생은 성공이다.

터닝 포인트를 본능적으로 감지하는 사람은 현재 자신의 행복을 감사하게 여기고 불행이 다가오면 다시 행복해질 미래를 기약하며 참을 줄 안다. 아, 교장 선생님의 훈시 같은 말을 하고 싶지는 않지만, 진실은 언제나 따분하게 들릴 정도로 단순하다. 당신은 어떤가? 한숨이 나오기 시작한다. 당신은 집값이 오를 때 덩달아 사는 사람이다. 행복할 때 그 가치를 모르는 사람이다. 불행할 때는 자기 비하와 연민에 빠지는 사람이다. 그냥 보통 사람일 뿐이다.

나도 그랬다. 나는, 불행하지도 행복하지도 않은 날들이 영원히 계속되리라고 생각했다. 더 이상 LA에서 비다운 비는 구경하지 못할 것이라고 생각했다. 내 인생의 그래프가 대형 쇼핑몰의 천장처럼 평평할 거라고 생각했다. 나도 모르는 사이 천천히 아래로 내려가고 있다는 것을 꿈에도 눈치채지 못했다.

K 선배의 말대로 나는, 우리나라 돈으로 환산하면 약 두 배가 넘는 월급을 받았다. 그러나 방 두 칸짜리 아파트 월세는 세 배고, 밥값은 두 배고, 세금도 두 배가 넘는다. 계산기를 두드려보면 결국 한국에서나 미국에서나 비슷비슷한 수입인 것이다. 약간의 스톡옵션을 받았지만 당장 팔 수 있는 것도 아니었다. 결국 1년 내내 비가 오지 않는 따뜻한 날씨와 한국에 있는 모든 것들을 바꾼 셈이다. 퇴근하고 자주 들르던 삼겹살집, 점심때마다 북적거리던 생선구이 전문 식당, 주말이면 찾아가는 부모님, 봄에 내리는 비와 가을의 단풍, 그 모든 것 말이다. 미국에 와서야 그런 사소한 것들이 그리워졌다. 신발과 바지 자락을 더럽히던 봄비조차도 구름 한 점 없는 하늘을 보면 간절히 바라게 된다.

"비가 오지 않아서 얼마나 좋은데 그래. 진흙탕에 발을 담가봐야겠군. 네가 중국의 어느 시골에 처박혀서 고생을 해봐야 미국이 얼마나 좋은 기회의 땅인지 깨닫게 될 거야."

함께 일하는 중국인 미스터 챈이 말한다. 일하는 도중 밖으로 잠시 빠져나와 그와 함께 커피를 마시는 것이 유일한 소일거리다. 내가 인스턴트커피를 마실 때 챈은 담배를 피운다.

"흠, 그래도 쇼핑몰에 가면 중국 음식점이 있잖아. 한국 음식점은 그렇게 흔하지 않다고."

"제대로 된 중국 음식점이어야 말이지……. 브로콜리와 오렌지 치킨이라니, 말이 돼?"

"난, 맛있기만 하던데……. 브로콜리만 빼면 말이야."

"그런데 왜 싸구려 인스턴트커피를 마셔? 사무실에 좋은 커피가 있는데."

아직 노총각인 그는 주말이 되면 다운타운 동쪽에 있는 차이나타운으로 가는 것이 유일한 낙이다. 그곳에서 고향보다 훨씬 비싼 가격의 중국식 요리를 먹고 커다란 슈퍼에 들러 필요 없는 것까지 잔뜩 사서 차에 싣고 오는 것이 주말 일과다. 챈은 정체를 알 수 없는 갈색 양념병을 내게 건네준다.

"어제 차이나타운의 슈퍼마켓에서 산 소스야. 어떤 요리에도 잘 어울린다고. 뭐가 들어 있는지는 물어보지 말고 한번 넣어봐."

Fast Forward.

나스닥의 주가는 올라가고 있었다. 나를 포함한 모든 회사 사람들은 더 올라갈 것이라고 믿고 있었다. 인터넷은 황금알을 낳는 거위고 무엇이든 해결해줄 수 있는 것이라고 여겼다. 보통 이하의 삶을 살던 사람들의 유일한 희망. 곧, 자신이 갖고 싶어 했던 것을 가질 수 있는 기회. 그런데 문제가 생겼다. 사람들의 믿음과는 달리 주가는 모멘텀이 제로가 되는 시점에 다다랐고 한순간에 무너져 내리기 시작했던 것이다. 자, 그때부터는 롤러코스터처럼 걷잡을 수 없이 내려간다. 가속도가 붙으면 뛰어내릴 수도 없다. 나스닥은 폭락했고 닷컴 회사들이 줄줄이 문을 닫았다. 연필을 파는 인터넷 비즈니스보다는 그냥 슈퍼마켓에서 연필을 사는 게 더 편하고 합리적이라는 것을 사람들은 알아차리기 시작했다.

'프로파일 G' 따위가 없어도 사람들은 신기하게도 자신이 관심 있어 하는 것들을 인터넷에서 잘 찾아낸다. 애초에 인공지능 따위는 필요 없었던 것이다. 나는 분명 굉장히 복잡한 프로그램을 다섯 명의 팀원들과 짜고 있었는데 그것이 진정 쓸모 있는 것인지는 진지하게 생각해보지 못했다. 닷컴 기업은 미래의 가치를 부풀려 만들어낸 사람들의 꿈이었던 것일까? 현실에서 이룰 수 없었던 그들의 희망을 꾸역꾸역 밀어 넣은 냉장고였을까?

4층 복합건물의 일곱 개 사무실 중 여섯 개가 문을 닫았다. 맨 마지막으로 문을 닫은 회사가 우리 회사였다. 전 직원 25명이 하루아침에 직장을 잃었다. 모두들 각오하고 있던 터라 그리 놀랄 것은 없었다. 종이 박스에 오랫동안 사무실에서 쓰던 머그잔과 달력 등을 집어넣고 있으니 심경이 복잡해졌다. 미국에 온 지 단 11개월 만에 터닝 포인트에 도달한 것이다. 내 인생의 모멘텀은 제로. 과연 이제 내려가는 것만 남았을까?

미스터 챈은 벌어놓은 돈으로 시민권을 가진 중국 여자와 결혼하는 것을 심각하게 고려 중이라고 했다. 설사 결혼에 성공하지 못

하더라도 미국에 불법으로 남겠다고 했다. 맛있는 중국 음식점은 없지만 고향에 미래가 없으므로 어떻게든 살아나가겠다고 했다.

K 선배는 미안하다는 말을 남기고 가족과 함께 한국으로 돌아갔다. 2층짜리 단독주택도, 번쩍이던 차도 헐값에 팔아넘겼다. 그가 꾸준히 사들이던 주식과 스톡옵션은 휴지 조각이 되었다. 1년 내내 눈부시게 파랗던 뒤뜰의 수영장엔 먼지와 낙엽만이 둥둥 떠다녔다. 주말마다 바비큐 파티를 열던 그곳이 말이다. 사실은 나도 돌아가고 싶었다. 얻은 것도 별로 없지만, 잃은 것도 없었으니까. 11개월 동안 아침 8시부터 밤 10시까지 일한 기억밖에 남은 게 없었다. 다시 우리나라로 돌아가서 그 정겨웠던 것들을 대할 수 있을 거라고 생각하니 잘됐다는 생각이 들 정도였다. 월세는 세 배, 밥값은 두 배.

그러나 미라의 생각은 달랐다. 자신이 이왕 시작한 공부, 끝까지 마치고 이곳에서 자리를 잡으면 어떨까 하는 것이 그녀의 계획이었다. 한인을 상대로 이혼소송을 한다든지, 부동산이나 불법 체류 문제를 푼다든지 하는 것들을 다루는 변호사가 되는 것이 그녀의 계획이었다. 나쁘지 않은 계획이지만 왠지 그녀와는 어울리지 않는다는 생각을 지울 수가 없었다. 그리고 기다렸다는 듯 우리에겐 아이까지 생겼다. 회사가 문을 닫을 무렵엔 미라의 배가 눈에 띌 정도로 불러오기 시작했다. 미국에서 아이를 낳으면 시민권을 얻을 수 있기 때문에 더욱 미국에 머물러야 한다는 것이 그녀의 주장이었다. 앞뒤가 꽉 막힌 한국의 입시 제도에 우리의 아이를 밀어 넣을 수 없다고 했다.

"그럼 나는 뭘 하고?"

"미국에서는 사지만 멀쩡하면 뭐든지 할 수 있는 일이 많아. 그리고 자기는 컴퓨터 프로그래머잖아. 어딘가에 일이 있을 거야. 그리고 내가 말했었지? 뉴욕에서 큰아버지가 세탁소를 운영한다고. 일단 그곳으로 가자. 어떻게든 해나갈 수 있을 거야."

미라는 분명 내가 물어보기 전에 모든 계획을 짜놓았을 것이다. 앞으로 5년 동안 내가 무얼 해야 하는지 문득 물어보고 싶어졌다. 그녀는 나의 20년 뒤 미래까지 계획하고 있을는지도 모르니까. 그녀의 그런 치밀함이 갑자기 진절머리가 났다. 그냥 우리나라로 돌아가고 싶었다. 그러나 한숨을 쉬며 내가 한 말은, "알았어. 그렇게 하자"였다.

우리 부모님은 언제나 내게 말했다. 아내의 말만 잘 들으면 밥은 굶지 않을 거라고. 나같이 물러터진 사람은 야무진 미라의 말을 믿고 따르며 살아야 세상에 손해를 보지 않게 된다고. 그러나 부모님은 알고 있었을까? 세상은 밥만 굶지 않고 사는 게 다가 아니라는 것을 말이다.

19

당신은 굶을 수 있다. 하지만 당신의 아이는 굶게 할 수 없다. 법 없이 살 수 있는 당신도 굶주린 아이를 위해서라면 그까짓 빵 정도는 수십 개라도 훔칠 수 있다. 장발장은 누이와 조카를 위해 빵을 훔쳤지만 당신은 자신의 아이를 위해서 빵을 훔친다. 그러므로 당당할 것. 주위의 어떠한 시선에도 신경 쓰지 말 것. 당신의 아이를 위해서 얼마만큼 희생할 수 있나? 여기에는 세상의 모든 이성적 판단이 무용지물이 되어버린다. 당신의 DNA 속에 당신의 아이를 보호하라는 유전자가 수천만 년 동안 축적되어왔다. 해석 불능. 재판 판례를 불에 태울 것.

뉴욕에 와서 계절이 바뀌기도 전에 아들이 세상에 태어났다. 민규를 가졌을 때에도 미라는 세탁소에서 무리하게 일을 했기 때문에 조금이라도 아이에게 문제가 생기면 어쩌나 걱정을 했다. 다행히 민규는 건강하고 머리카락이 새까만 아이였다. 한국 사람끼리 결혼해서 한국 아이를 낳으면 머리가 새까만 아이가 나오는 것은 당연하지만 내심 머리카락이 노랗거나 피부가 검은 아이가 나오면 어쩌나 걱정했다.

민규가 태어나자 나는 컴퓨터 앞에 앉아 일할 수 있는 직장을 찾는 것을 그만두었다. 피부 색깔이 하얀 백인마저도 닷컴 버블에서 직장을 잃어가는 판이었다. 스폰서를 해가며 갈 곳 없는 동양인을 받아주는 회사는 찾기 힘들었다. 쑥쑥 자라는 민규를 볼 때면 한시라도 빨리 그 조그마한 손과 발이 달린 내 아이를 위해 일을 해야 한다는 생각이 들었다. 아이는 우유만 먹는 게 아니라 자주 울기도 하고 아프기도 했다. 나는 아프면 참을 수 있지만 아이가 아프면 부모는 도저히 참을 수 없다. 아내 미라도 한동안은 아이 때문에 집에 있어야 했기 때문에 더욱 급했다. 그러던 중 한국인 목수의 조수로 일하기 시작했다. 내가 미국까지 건너와서 목수의 조수 따위로 일한다는 것을 알면 가족들과 친구들이 비웃을 테지만 새로 태어난 나의 분신을 위해서라면 그런 건 문제되지 않았다. 빵을 훔치는 것보다 낫다. 그러므로 당당할 것. 주위의 어떠한 시선에도 신경 쓰지 말 것.

제대로 된 직장을 구하기 전까지 잠시라고 생각했다. 목수 일은 생각보다 나쁘지 않았다. 주로 오래된 집 안을 새롭게 꾸미는 리모델링 공사에 따라다녔다. 벽돌을 옮기고 나무를 나르고 페인트를 칠하고 청소를 한다. 기본 구조물만 남겨놓고 모든 걸 떼어낸다. 녹슨 파이프와 라디에이터를 밖으로 끄집어낸다. 천장을 헐고 마루를 뜯는다. 결국 집을 지탱할 수 있는 앙상한 기둥과 벽이 남게 된다. 플라스틱 안전모를 쓰고 I ♡ NEW YORK 마크가 새겨진 티셔츠를 입고 땀이 흥건히 밸 때까지 일한다. 먼지 필터가 달린 마스크 때문에 숨쉬기가 힘들다. 보도블록에 아무렇게나 앉아 싸구려 중국 음식으로 점심을 때운다. 그렇게 중국 음식을 먹을 때 가끔 미스터 챈은 어떻게 지내고 있을까, 소원대로 시민권자와 결혼을 했을까가 궁금해졌다.

대장 격인 사람은 한국 사람이었지만 조수들은 임금이 싼 히스패닉이어서 말이 잘 통하지 않았다. 그러나 수신호와 몇 마디 영어로 모든 게 해결되었다. 컴퓨터 회사나 막노동이나 그곳에서 일하는 사람들의 언어 소통은 거의 비슷한 것이다. 멕시코나 중남미에서 온 사람들은 뭐가 그리 재미있는지 언제나 싱글벙글 웃으며 일했다. 집에 돌아오면 녹초가 되어 쓰러지기 일쑤였지만 잠들어 있는 아이를 보면 피로마저도 달콤했다. 게다가 컴퓨터 프로그램을 짜던 시절보다 훨씬 잠이 잘 왔다. 밤늦게까지 일을 하지 않아도 되고, 몸을 움직인 만큼 일당을 받았다. 그리고 뒤에서 망치로 머리를 맞은 듯이 잠이 드는 것이다. 그럴 때엔 꿈도 꾸지 않는다. 당연히 악몽도 꾸지 않는다.

꾸준히 조수 일을 한 탓에 어느새 나도 조수에서 벗어나 혼자 일을 맡게 되었다. 힘든 일보다는 주로 리모델링하는 집 안의 배선을 맡았다. 20~30년 정도 된 집은 뉴욕에서 오래된 집 축에도 끼지 못한다. 지은 지 50년, 100년 된 집도 수두룩해서 일거리는 줄지 않았다. 사람들이 진정 필요로 하는 일, 그러나 절대로 자신들이 하고 싶어 하지 않은 일을 제대로만 할 수 있다면 뉴욕에서 살아남을 수 있는 것이다.

잠시, 라고 생각할 때 시간은 멈춰주지 않는다. 나는 애써 시간이 흘러가는 것을 무시하려 했을지도 모른다. 당장 오늘의 빵을 사기 위해서라는 이유로 미래에 대해 생각하기를 포기한 순간, 6년이라는 시간은 순식간에 흘러갔다. 인생은 오르막길, 변화하지 않으면 내려갈 수밖에 없다. 눈꺼풀을 몇 번 깜빡거렸을 뿐인데 6년이 흘렀다. 6년이면 중학교와 고등학교를 모두 다닐 시간인데 내가 배운 것은 별로 없었다.

Fast Forward.

'Home, English Only'라는 문구가 냉장고에 붙어 있다. 나는 물을 마시려고 냉장고 문을 열 때마다 그 문구를 본다. 아내나 아들에게는 더 이상 그 경고가 필요 없을 것이다. 언제나 영어로 말을 하니까. 그 표시는 오로지 나를 위한 것이다. 집에서는 언제나 영어로 말하라는 경고. 언젠가 미라에게 민규가 한국말도 하고 영어도 할 수 있으면 더 좋지 않겠느냐고 했다. 그녀는 고개를 설레설레 흔들며 민규를 완벽한 미국인으로 키우고 싶다고 했다. 어릴 때부터 언어에 혼란을 주기 싫다고 했다. 아빠처럼 다른 사람들 앞에서 더듬거리면서 말하지 않는 완벽한 미국인으로 키우고 싶다는 말이겠지. 그런데 그녀는 민규가 말수가 극히 적은 아이가 되리라는 것을 알지 못했다.

나는 아들과 가끔은 한국말로 이야기하고 싶다. 그래서 아내가 없을 때, 아들이 알아듣지 못하더라도 한국말로 이야기하곤

한다. 특별한 것은 아니다. 내가 어릴 때 어떤 동네에서 뛰어다녔는지, 그 좁은 골목에서 어떤 놀이를 했는지, 동시 상영관에서 본 성룡의 영화에 대해서 말이다.

"아빠, 지금 한국말로 이야기하는 거지?"

"응."

"뭐라고 한 거야? 엄마한테 이르지 않을게. 이야기해줘."

민규는 해동된 만두를 간장에 찍어 먹는다. 나는 민규의 머리를 쓰다듬는다. 유리컵에 물을 따른다. 머리를 쓰다듬는다. 그의 머리는 검다. 나는 몇 가지 단어를 그에게 가르친다. '아빠' '엄마' '밥' '집' '강아지' 같은 단어들을 종이에 써가며 하나씩 그에게 설명한다. 민규에게는 모든 것이 새롭다.

민규가 잠이 들고 한참이 지나서였다. 아내가 현관문을 딸깍하며 열었던 것은. 나는 식탁에 팔을 괴고 앉아 멍하니 냉장고를 바라보고 있었다. Home, English Only. 평소 같았으면 코를 골면서 자고 있을 내가 그렇게 앉아 있는 것을 보고 아내는 놀라는 듯했다.

"뭐 해, 안 자고?"

아내가 한국말로 물어본다.

"으응, 뭔가 생각할 게 좀 있었어. 일이 많았나 보지?"

나도 한국말로 대답한다. 둘만 있을 때에는 한국말을 해도 상관없다. 아내는 스카프를 풀어 헤치고 식탁 의자에 걸쳐놓는다. 그곳에서 코니아일랜드의 바다 냄새가 난다.

"요즘 일이 많아서 눈코 뜰 새 없이 바빠."

하긴. 다른 남자를 만나러 다닌다고 바쁘겠지.

세상에서 가장 어리석은 질문은 다음 두 가지다. 첫 번째는 아내를 사랑하느냐는 질문. 두 번째는 다음 세상에서 만나면 다시 아내와 결혼하겠냐는 질문. 순진한 당신은 두 가지 질문에 머뭇거리다가 '네'라고 답한다. 그 1초도 안 되는 머뭇거림 속에 모든 진실이 담겨 있다. 아들을 사랑하느냐는 질문에 당신은 0.1초도 걸리지 않고 '네'라고 대답하는데 말이다. 다시 이 세상에 태어나면 똑같은 아내와 결혼하겠느냐는 질문에는 되도록이면 재빨리 '네'라고 웃으며 대답하라. 절대로 머뭇거리지 말 것. 진실이 밝혀지니까. 티브이 토크쇼에 나온 연예인 부부를 보라. 얼마나 서로 사랑하는지 즉각 대답하는 그들을 본받아라. 비록 그다음 달, 혹은 다음 해에 이혼 기사가 나더라도 그 자리에서만큼은 재빨리 '네'라고 대답한다. 역시 현명하다.

아내는 룸메이트도 아니고, 가정부도 아니고, 섹스 파트너도 아니고, 엄마도 아니고, 딸도 아니고, 애인도 아니다. 그 모든 것을 합한 것 이상이다. 당신이 가지고 있는 가장 치명적인 약점, 치졸한 이기심을 가장 잘 알고 있는 것이 아내다. 당신을 최악으로 괴롭혔던 선생님, 친구, 직장 상사, 동료를 떠올려보라. 당신은 그 모두를 합한 것보다 더 강한 상대와 매일 밤, 잠자리에 들어야 한다. 반대로 당신도 아내의 단점들을 알고 있다. 침대에서 거실에서 안방에서 당신과 아내는 무방비 상태로 매일매일 그것들을 대하게 된다. 때로는 아내를 죽이고 싶을 정도로 미워하고, 때로는 모든 것을 다 희생해줄 정도로 사랑한다.

아이가 생기면 홈 스위트 홈은 모든 것이 아이 중심으로 돌아간다. 아내의 잔소리는 줄어들지만 점점 당신에 대한 관심도 줄어들기 시작한다. 당신은 서운하기도 하고 기쁘기도 하다. 당신의 것이면서도 당신의 것이 아닌 것. 아내의 것이면서도 아내의 것이 아닌 것. 그렇다고 당신과 아내가 반으로 쪼개어 가질 수도 없는 것. 아이를 보면서 가끔씩 당신은 말로 할 수 없을 정도로 가슴속에서 무언가 벅차오른다. 그리고 당신은 기대하지 않았던 어느 순간에 나의 질문을 받게 된다. 당신은 아내를 사랑하시나요?

어……. 어…….

타임아웃. 0.1초 내로 대답해야 한다는 것을 잊지 말 것.

20

그곳에서는 서늘한 바람이 불어온다. 눈을 크게 떠봐도 암흑

뿐이다. 플래시라이트를 비춰보아도 끝이 어디인지 모를 어둠 속에서 빛이 흡수되어버릴 정도다. 무슨 소리가 들리지는 않는지 귀를 기울여본다. 따뜻한 열기와 함께 덜커덩거리는 리듬이 멀리서 들려온다. 나는 터널 앞에서 시간이 얼마나 지났는지도 모른 채 멈춰 서 있다.

버려진 터널을 발견한 것은 137번가 허드슨 리버 근처의 집을 수리하고 있었을 때였다. 1940년대에 지어진 3층짜리 벽돌집은 오랫동안 방치되어 있다가 임자를 찾았다. 왜 그 집이 오랫동안 팔리지 않았는지는 부동산 업자만이 알고 있을 것이다. 그 집을 산 사람은 한국인 치과 의사였다. 집을 고쳐서 반지하와 1층은 자신들이 쓰고 2층과 3층은 임대를 할 예정이었다. 그런데 그들이 생각지도 못한 문제가 있었다. 그 골목의 거의 모든 집들이 상당히 오래되어 시로부터 외부 장식을 파손하지 않도록 보호를 받고 있었던 것이다. 창문틀과 현관 입구에 새겨진 장식이 워싱턴 브리지의 그것과 똑같은 방식이라는 이유다. 그래서 거리로 향한 창틀이라든지 입구 현관문 등은 보존한 채로 내부 수리를 해야 했다.

"우중충한 장식들이 뭐 그리 특별하다고 못 고치게 하는지 이해가 안 가요. 대신 내부는 최신식으로 해주세요. 제 말씀 아시죠, 최신식. 화려할 필요는 없지만 쓰기에 전혀 불편함이 없이 꾸며주세요. 그런 쪽에 전문가인 거 맞죠? 최신식으로 고치고 나면 두 배 넘는 값에 다시 팔 수 있을 거예요. 왜 이런 집을 그렇게 오래 방치했나 몰라. 거저로 얻었어. 김 씨도 돈 생기면, 아니 빌려서라도 부동산에 투자해요. 한국에서 힘들게 이곳에 건너와 늘 그렇게 살 수만은 없잖아."

바쁜 치과 의사의 뚱뚱한 아내. 그녀는 은근슬쩍 나에게 반말을 해댔다. 한국말도 영어처럼 반말과 존댓말의 차이가 없었으면 좋았을 것이다. 그녀는 매일이다시피 공사장에 나와 이것저것을 참견했다. 그녀의 집도 Home English Only였을까? 그래서 한국말로 대화할 상대가 필요했던 것일까?

"김 씨, 집을 살펴본 뒤에 말이야, 새로 오픈한 한국 식당이 있는데 함께 가볼래? 간장게장이 정말 맛있대."

일단 반지하와 1층의 마루가 연결되도록 마루를 뚫어야 했다. 반지하에는 마스터 베드룸과 화장실 하나, 거실이 마련될 것이고, 1층에는 아이들을 위한 방 두 개와 또 다른 화장실 하나가 설치될 예정이었다. 치과 의사의 아내는 자신이 생각해둔 조감도를 노트에 그려서 몇 번이고 보여주곤 했다. 비틀어진 마룻바닥을 뜯어내고 벽을 새로 칠해야 했다. 전기 배선과 난방 시설 배수구도 교체해야 할 판이었다. 결국 집을 지탱할 수 있는 앙상한 기둥과 벽만이 남게 되는 것이다.

자, 어디서부터 시작한담. 배선반과 보일러 등이 고물과 함께 쌓여 있게 마련인 지하 창고에 먼저 들어가봐야 한다. 자기가 사는 집이면서도 되도록이면 들어가기 꺼리는 곳, 창문이 하나도 없어서 불을 켜지 않으면 암흑뿐인 그곳으로 들어가야 한다. 숨을 크게 한번 쉬어본다. 지하로 내려가는 문은 꿈쩍도 하지 않아 끝로 손잡이를 부숴야 했다. 사방이 벽돌로 된 그곳에는 오래된 소파와 책 등의 잡동사니가 가득했다. 전기도 들어오지 않았다. 일단 그곳에 있는 고물을 대충 걸어갈 수 있게 옆으로 치워놓고, 배선반을 찾기 위해 벽을 자세히 살폈다. 손전등을 아무리 이리저리 비춰보아도 배선반이 보이지 않았다. 내가 멈춰 선 곳은 배선반 대신 오래된 서랍장이었다. 서랍 몇 개가 떨어져 나가 있고 어깨 높이만큼의 서랍장 꼭대기에는 액자 두 개가 놓여 있었다. 먼지가 자욱한 흑백사진 속에는 부부와 서너 살 된 딸이 카메라를 보며 웃고 있다. 서랍장 뒤에 배선반이 있을지도 모른다. 나는 어깨로 힘을 다해 서랍장을 밀어냈다. 생각보다 그렇게 힘들지는 않았다. 서랍장을 들춰내자 서늘한 바람이 불어왔다. 벽 뒤에 둥그렇게 뚫려 있는 터널이 보였다. 검고 깊은 터널.

　처음에는 불을 지피는 난로인 줄 알았다. 설마, 지하에 난로를 피울 이유도 없고, 1층에 있던 난로의 위치도 정반대였다. 검고 깊은 터널. 손전등으로 이리저리 비추어보아도 끝이 보이지 않았다. 사람이 기어 들어가면 딱 맞을 정도의 크기였다. 귀를 기울이자 그 터널 사이로 저 멀리서 지하철이 덜컹거리며 지나가는 소리가 들렸다. 무슨 용도로 이런 터널을 만들었을까? 그리고 이 터널은 어디로 향하고 있을까? 혹시 이 집이 오랫동안 방치되었던 것과 터널이 무슨 관련이 있을까?

"김 씨, 빨리 올라와. 점심시간이 나 되어간단 말이야."

위층에서 여자가 소리쳤다.

Fast Forward. 아내와 나의 침실.

"괴물 아들을 숨기기 위해서 만들어놓은 통로일지도 몰라."

터널 이야기를 꺼내자 미라가 대답한다. 태어날 때부터 몸이 뒤틀리고 얼굴이 일그러진 아이를 숨기기 위해서 말이다. 지하에 꼭꼭 숨겨두고 아침저녁으로 식사만 제공한다. 내가 하고 싶은 이야기는 다른 것이었는데 왜 엉뚱하게 터널 이야기가 나왔는지 모르겠다.

"혹은 친한 친구의 집하고 연결된 통로이거나."

"설마, 한국으로 연결되는 터널일지도 몰라."

정말 그랬으면 좋겠다. 굉장히 긴 터널이라 한국에 도착하려면 몇 년이 걸릴지도 모른다. 몇 년을 기어가서 한국에 도착했는데, 핵폭발이 일어나 지구상의 모든 사람이 죽어버렸을지도 모른다.

Rewind.

미라는 아이를 갖고 학교를 잠시 중단했지만, 민규가 기어 다니기 시작할 때부터 다시 학교에 나가기 시작했다. 오후에 세탁소에서 일을 하는 것도 달라지지 않았다. 바쁜 아침, 출근하는 뉴요커들의 빳빳한 셔츠를 다리는 일 말이다. 그녀가 좀 더 쉬면서 아이와 함께 시간을 보냈으면 하는 것이 나의 바람이었지만 그것을 입 밖으로 꺼낼 수는 없었다. 나는 목수의 보조로 운이 좋으면 일이 있고, 운이 나쁘면 일주일 내내 아이를 돌봐야 하는 날이 많았다. 삶의 여유라는 말이 사치로 여겨진다는 말을 그 전엔 실감한 적이 없었다. 그런데 정말 어떤 사람들에게는 아이와 공원에 산책을 나가는 일마저 사치가 되어버리는 것이다. 그런 것에 절망하게 되면 세상 모든 것에 절망하게 된다.

나는 밤에, 식탁에서 불을 켜놓고 한쪽에는 민규를 눕히고 책을 펴놓고 공부하는 아내의 모습을 가끔씩 훔쳐보았다. 아이가 우는 소리에 침대에서 벌떡 일어나 거실로 향한 침실 문을 살짝 열어보는 것이다. 새벽 2시가 넘어도 아이는 모든 사람들이 잠든 시간이라는 것을 모른다. 자기 마음 내키는 대로 울고, 마음 내키는 대로 울음을 그친다. 아이는 엄마의 100퍼센트 관심을 바란다. 책과 노트로 향한 엄마의 관심을 빼앗기 위해서 온 힘을 다해 운다. 우는 아이를 그녀에게서 빼앗아 달랠 수도 있지만 내 품에선 절대로 울음을 그치지 않는다. 문틈으로 그 모습을 살짝 훔쳐보는 것이 다였다. 나는, 미라가 우는 아이를 달래는 모습을 보는 것을 좋아했다. 아기의 등을 토닥거리는 엄마의 모습은 언제 보아도 사람의 마음을 흔드니까. 양손으로 두 눈을 비벼 눈가의 물기를 닦아낸 뒤에 침대에 다시 눕는다. 하품 때문에 눈물이 나온다고 생각하면서.

나는 미라가 해낼 줄 이미 알고 있었다. 그녀의 치밀한 계획을 방해할 수 있는 건 아무것도 없으니까. 새벽만 되면 쉴 새 없이 울어대는 아기도 그녀의 계획을 변경시킬 수는 없었다. 미라는 4년간의 공부를 끝내고 그토록 갈망하던 변호사 자격증을 땄다. 그날 우리는 32번가의 호화로운 한국 식당에서 배가 터지도록 고기를 구워 먹고 냉면을 먹었다. 나는 그녀의 고생이, 그리고 우리가 희생했던 작은 일들이 그쯤에서 모두 보상받는 줄 착각하고 있었다.

그런데 웬걸. 저녁 식사는 늘 혼자 하고, 아이는 낮에 내가 돌보거나 친척 집에 맡겨진다. 아내는 주말엔 공부하기 위해 도서관에 가는 날이 많고 나는 집을 치우거나 아이를 돌본다. 주중엔 공부할 때 진 빚을 갚기 위해 밤늦게까지 일한다. 나는 목수 보조에서 중간 목수 정도로 발전한다. 대단하다. 센트럴 파크는 뉴욕 윗부분의 대부분을 차지하는 거대한 공원이지만 1년에 몇 번 그곳을 찾았는지 손에 꼽을 수 있을 정도다. 그 모든 것들을 되찾을 수 있을 거라고 생각했다. 삶의 여유는 사치가 아니라 꼭 가져야 할 덕목이 될 때가 왔다고 생각했다. 그녀도 당당히 시민권자가 될 수 있고, 배우자인 나도 문제 될 것이 없었다. 우리 아들은 미국에서 태어났으므로 당연한 것이고. 보통 이하의 삶을 살고 있던 당신의 유일한 희망. 중간보다 저만치 아래의 삶에서 겨우 사다리를 타고 몇 계단 올라온 것 같은 기분이 들었다.

그러나 달라진 것은 없었다. 미라와 나는 조금씩 다른 이유로 바빠졌다. 그녀와 대화하는 시간은 피곤에 지쳐 잠들기 전 몇 분이고, 아이는 보육원으로, 유치원으로 맡겨졌다. 어느새 나는 왜 미국에 오게 되었는지 그 이유를 잊어버리게 되었다. 그녀도 마찬가지였을까.

인생은 오르막길. 어차피 사람들은 살아남기 위해서 열심히 일하기 때문에, 왜 살아가야 하는지 이유를 생각할 시간 따위는 없을지 모른다. 그리고 가까이 있어도 잡지 못하는 사소한 행복이 얼마나 많은지 우리는 알지 못한다. 그것을 알아버렸을 때에는 보통 돌이킬 수 없는 상황일 때가 많다. 잠시라고 생각했을 때가 위험하다. 다음으로 미루지 마라. 지금하지 마라. 보험에 들지 마라. 현재를 살아라.

Fast Forward.

"어쩌면 언더그라운드로 연결되는 통로일지도 모르지. 그 이야기 못 들어봤어? 뉴욕의 지하철 안에는 수많은 버려진 터널과 역이 있대. 생긴 지 100년도 넘었으니까 당연하겠지. 그곳에 사는 두더지 인간들도 수천 명이래. 지하철에서 얼굴이 새하얗고 냄새가 지독할 정도로 더러운 사람을 본 적 없어? 뉴욕시가 쉬쉬하고 있는 이유는 절대로 그들을 잡아낼 수 없기 때문이지. 아무리 단속을 하려고 해도 그렇게 어둡고 복잡한 곳에 귀신처럼 사는 사람들을 어떻게 잡을 수가 있겠어?"

누구에게 그런 이야기를 들었더라? 나는 들떠서 그녀에게 주절주절 늘어놓는다.

"그만 자자. 피곤해."

그녀는 머리맡의 전등을 끈다. 이제 민규는 더 이상 밤새도록 울지 않는다. 동화책을 읽어주지 않아도 스스로 잠이 든다. 그러나 나는 잠이 오지 않는다. 어둠컴컴한 방 안에서 천장을 바라보며 그 천장이 어두운 터널처럼 보인다고 생각한다. 누군가 나에게 자장가를 불러주면 좋겠다. 한국말로 된 자장가를.

그녀가 피곤한 이유를 알지만 나는 물어보지 않는다. 오늘 이렇게 새벽녘에 들어온 이유도, 그녀의 옷에 배어 있는 다른 남자의 옅은 향수 냄새와 바닷가 냄새에 대해서도 묻지 않는다. 잠이 오지 않아 베개의 방향을 이리저리 바꾸어보다가 평화롭게 잠들어 있는 아내의 얼굴을 본다. 화장도 지워지고 핏기가 없는 얼굴. 나는 천천히 아내의 얼굴을 매만진다. 이마에서 눈가로, 눈가에서 약간 튀어나온 광대뼈로, 그리고 바짝 마른 입술을 매만지다가 목을 쓰다듬는다. 이런 그녀의 얼굴이 한없이 사랑스럽다고 느낄 때가 나에게도 있었다. 그러나 지금은 그 목을 두 손으로 조르고 싶다. 얼굴이 새빨개질 때까지, 허공에 두 팔을 휘두를 때까지, 온몸의 힘이 빠져 축 늘어질 때까지.

아내를 사랑하나요? 네. 다음 세상에 태어나도 아내와 다시 결혼할 것인가요?

당연하죠. 0.1초도 안 걸린다. 대단하다.

21

뉴욕에 와서 제일 좋았던 점은 아내의 차를 더 이상 탈 필요가 없다는 것이다. 평평하고 넓은 LA에서는 동네 슈퍼마켓을 가려고 해도, 영화를 보러 밖으로 나가려고 해도 자동차가 필요했다. 아내가 항상 집에 있거나 나와 함께 길을 나설 준비가 되어 있는 것도 아니다. 내가 가고 싶어 하는 곳이 언제나 그녀가 가고 싶어 하는 곳과 같지 않다. 가끔씩은 혼자서, 발길 닿는 대로 가고 싶을 때가 있는 것이다. 심각하게 자동차를 하나 더 살까 궁리하기도 했다. 회사가 없어지기 직전까지 말이다. 뉴욕에서는 명함 크기의 메트로 카드와 지하철 노선도만 있으면 24시간 동안 내가 원하는 곳은 어디든지 갈 수 있다. 아내가 어디에서 무엇을 하든 발길 닿는 대로 갈 수 있다.

LA가 평퍼짐하게 넓게 퍼져 있어서 저절로 잠이 오는 도시라면, 뉴욕은 높은 빌딩에 많은 사람들이 한군데 모여 있어서 잠이 오지 않는 도시다. 잠이 오지 않는 사람들을 위해 지하철과 버스, 그리고 노란 택시가 쉬지 않고 달린다. 혼자 어딘가를 가고 싶으면 문을 나서서 걷기만 하면 된다. LA에서는 정원이 딸린 2층집을 열 블록 지나면 도넛 가게가 나올 것이다. 그리고 맥도날드, 스타벅스, Save Mart. 조깅하는 사람이 아니라면 길거리를 걸어 다니는 사람은 거의 없다. 버스는 한 시간에 한 대가 올까 말까다. 그것도 저녁에는 운행하지 않는 버스가 많다.

뉴욕에서는 집 앞에서 5분만 걸으면, 운이 좋으면 바로 옆 모퉁이에서 샌드위치와 커피를 파는 작은 동네 슈퍼마켓을 볼 수 있다. 주소만 안다면 어디든지 지하철을 타고 갈 수가 있다. 설사 주소를 모른다고 하더라도 무작정 걷다 보면 흥미로운 장소가 눈앞에 나타난다. 샌드위치 가게, 인디언 스타일의 옷집, 24시간 다이너, 테이크아웃 중국 음식점.

뉴욕으로 이사를 올 때 알고 지내던 유학생 부부에게 차를 팔았다. 차 키를 건넬 때, 왠지 우리 부부의 비밀 공간을 넘겨주는 것 같아 기분이 묘했다. 차 안에서 아내와 나는 이런저런 사소한 대화를 나누었다. 한인 방송국 라디오 채널을 켜놓고 아내는 무슨 수업을 들었는지, 나는 회사에서 어떤 일이 있었는지 라디오를 들으며 띄엄띄엄 이야기했다. 시장에서 파는 순대나 떡볶이가 먹고 싶다든지, 어둡지만 정겨웠던 커피숍, 장마철에 홍수가 난 이야기도 경쟁이라도 하듯 끼어들었다. 그리고 어색한 침묵, 도저히 움직일 것 같지 않은 하이웨이 101의 퇴근길, 그 침묵 속에서 떠오른 갖가지 생각이 우리의 가장 솔직한 심정이었을 것이다. 함부로 말할 수 없는 그런 생각 말이다.

뉴욕에서는 눈부신 햇살이 내리쬐는 차 안에서 아내와 이야기 하는 대신, 컴컴한 지하철 안에서 피부 색깔이 제각각인 이방인들을 물끄러미 쳐다볼 수밖에 없다. 책이나 신문을 보는 사람도 있지만 대부분은 무료하게 앉아 있다. 사진이라도 찍으면 분명 자신의 모습이 아니라고 말할 무뚝뚝한 표정으로 말이다. 그리고 지하철 안에 흐르는 침묵. 그 침묵 속에서 떠오른 갖가지 생각이 사람들의 가장 솔직한 심정일 것이다. 지하철에서 나는 천장 아래쯤에 있는 지하철 광고판을 자세히 읽어보는 습관을 가지게 되었다. Inspiration begins with Imagination(영감은 상상으로부터 시작된다), When you see something, Say something(당신이 뭔가를 봤을 때엔, 뭔가를 이야기해라), Protect Your Baby(당신의 아이를 보호하세요), 그리고 Home English Only. 설마.

덜컹거리는 지하철 안에서, 맞은편에 앉아 있는 피곤해 보이는 사람들을 보며 나는 위안을 얻는다. 피부색이 다르고 하는 일이 다른 그 모든 사람들도 집으로 가기 위해서는 어둡고 지저분한 지하철을 함께 타야 하는 것이다. 지하철 안에서, 당신은 티브이나 영화에서는 볼 수 없었던 진정한 뉴요커들을 볼 수 있다. 음식을 구걸하는 여자, 1달러짜리 초콜릿을 파는 흑인 꼬마 아이, 아코디언을 연주하고 모자를 돌리는 악사, 지하철 비보이, 관광객들, 샐러리맨들, 그리고 사람들 사람들······.

수백만 명이 이용하는 지하철에서 아는 사람을 마주치는 일이 없었다. 한 번쯤은 누군가 아는 사람을 만날 법한데, 한 번도 지하철에서 우연히 마주친 적이 없었다. 바로 그날 전까지는 말이다.

Rewind.

전차 안에서 아는 사람이 있나 두리번거렸다. 플러싱에서 맨해튼으로 향하는 7번 트레인. 전기 스위치가 작동하지 않는다는 집을 방문하는 길. 일이 가끔 뚝 하고 끊길 때가 있는데, 그럴 때일수록 안간힘을 써봤자 일이 들어오지 않는다는 것을 알고 있다. 그건 좀 '쉬어'라는 메시지고 마음 푹 놓고 어슬렁거리다 보면 일이 턱 하고 들어온다. 그래서 2~3주 동안을 특별한 일 없이 빈둥거리고 있었다. 예전에 고친 집을 방문하며 문제가 없는지 체크하는 것이 다였다. 무엇이든 먹을 것만 달라며 손가방을 내미는 여자가 나의 눈을 똑바로 보았다. 나는 주머니에서 동전 몇 개를 꺼내 던져주었다. 그녀는 나를 몰라도 똑같은 시간에 똑같은 기차 안에서 구걸을 하는 그녀를 나는 알고 있다. 음식보다도 돈을 더 반가워한다는 것도 알고 있다.

42번가에서 내려 N, R로 갈아타기 위해서 주위를 서성거릴 때였다. 2번 트레인 다운타운 방향 승강구로 내려가는 아내를 본 것은. 지하철에서 아무 약속 없이 아는 사람을 마주친 것은 그때가 처음이었다. 수리했던 집의 주인도 아니고, 함께 일했던 히스패닉 일꾼들도 아니고, 중국 음식점의 배달부도 아니었다. 바로 나의 아내였다. 수많은 사람들 속에서 아내를 본 것이 반갑기도 하고 이상하기도 했다. 지하철 통로에서 만난 아내는 마치 내가 전혀 모르는 사람처럼 낯설게 보였다. 그 얼굴을 사진이라도 찍어 아내에게 보여준다면 결코 자신의 얼굴이 아니라고 말할 것이다. 나는 미라에게 손을 흔들고 아는 척을 하려다가 그녀를 따라 승강구로 내려갔다. 미라가 일한다는 변호사 사무실은 업타운 방향일 텐데 무슨 일 때문에 다운타운 방향의 전철을 타려고 하는 것일까 궁금해하면서. 승강장으로 내려오자마자 기다렸다는 듯이 전차가 멈췄다. 그녀는 미끄러지듯이 전차 안으로 들어갔다.

그녀를 따라 다운타운으로 가는 2번 전철을 탔다. 같은 칸의 기차였지만 미라에게 들키지 않으려 문 쪽에서 슬금슬금 그녀를 쳐다보았다. 미라는 광고판과 손목시계를 번갈아 쳐다보았다. 어디 약속에라도 늦은 것일까? 그녀는 다음 역에서 내린다. 34번가 펜스테이션. 나도 그녀를 따라서 내린다. 사람들을 밀치고 그녀와의 간격을 좁히기 위해 안간힘을 쓴다. 그녀는 푸드 코트를 지나가며 걷는다. 베이글숍, 크리스피 크림 도넛, 허드슨 책방. 커피숍에 잠깐 멈추더니 커피와 머핀을 산다. 나는 옆의 허드슨 책방에서 신문을 보는 척하며 그녀를 훔쳐본다. 어느 순간 튀어나와 그녀를 깜짝 놀래주고 싶다.

그러나 그 계획은 이내 사라지고 그녀가 과연 이 시간에, 내가 일을 하고 있고 민규가 유치원에 가 있을 시간에, 어떻게 뉴욕을 활보하는지 궁금해졌다. 갈 수 있는 데까지 따라가보자.

미라는 커피에 설탕을 넣은 뒤 다시 걷는다. 뜨거운 커피 때문인지 발걸음이 느려졌다. 한 치의 망설임도 없이 34번가 출입구로 올라간다. 출입구에서는 무료 신문을 나누어 주는 사람들이 사람들에게 신문을 억지로 쥐어준다. 그녀는 신문을 받지 않는다. 나는 얼떨결에 신문을 받아 들고 그녀를 따라간다. 그녀는 메이시스 백화점 맞은편을 따라 걷는다. 그리고 삼각형 모양의 작은 그릴리 스퀘어 파크를 지나 낯익은 거리로 걸어간다.

그곳은 32번가 코리아타운. 한국 음식점, 한국 서점, 빵집과 슈퍼마켓이 몰려 있는 골목이다. 여기에 아침부터 장이라도 보러 온 것일까? 한국 슈퍼마켓이라면 비좁은 이곳보다 우리 동네가 더 좋은데. 어쩌면 한국인 클라이언트를 만나러 왔는지도 모른다. 그녀를 계속 미행한다. 32번가로 들어선 미라. 2000원짜리 감기약을 8000원에 파는 한국 약국을 지나고, 한국 슈퍼마켓을 지나고, 참치가 들어간 빵을 파는 빵집을 지나고, 정가의 두 배로 한국 책을 파는 서점을 지난다. 그리고 32번가의 끝에 있는 골목으로 들어선다. 좌우를 살피는 듯하더니 물이 하수구로 빨려 들어가듯 골목으로 사라진다.

그녀가 들어가자 나는 재빠르게 그 길로 뛰어간다. 샌드위치처럼 중간에 끼인 낡고 좁은 골목에서 그녀의 발소리가 들렸다. 유난히 폭이 좁고 오래돼 보인다. 미로 같은 골목을 한참 따라갔다. 마침내 그녀가 문을 열고 들어간다. 나는 고개를 들어 2층 간판을 본다. 빛바랜 낡은 글씨가 보인다.

'동양 안마 시술소.'

22

언제부터 아내는 나를 속여왔던 것일까? 뉴욕으로 옮겨 와서 아내가 친척이 운영하는 세탁소에서 일한 것은 사실이다. 변호사가 되기 위해 공부를 계속한 것도 사실이다. 집에 있던 그 많은 책들과 부엌 테이블에 앉아 밤새도록 공부하는 모습을 직접 보았으니까.

변호사 시험에 합격했다는 것은 사실일까? 변호사 자격증이 어떻게 생겼는지도 모른다. 변호사 사무실에서 일을 돕고 있다는 것도 사실일까? 아내가 일한다는 변호사 사무실이 어디에 있는지는 알고 있지만 직접 가볼 기회는 한 번도 없었다. 웨스트 72번가쯤일 거라고 알고 있었지, 의심해본 적은 없다. 사무실 전화번호는 아예 모르고 아내와는 휴대폰으로 통화한 기억밖에 없다.

경험을 쌓기 위해 아는 분의 사무실에서 당분간 일한다는 사실 밖에는 몰랐다. 미라는 명함 따위는 필요 없는 보조직이라고 말했다. 휴대폰도 통화 연결이 되기란 힘든 일이었다. 언제나 꺼져 있거나, 울려도 받지 않았다. 근 1년 동안 어떻게 한 번도 의심하지 않았을까?

아내가 안마 시술소로 들어간 뒤, 몇 시간을 그런 생각을 하며 근처를 어슬렁거렸다. 한국 서점에 들러 잡지를 뒤적이고, 빵집에 들어가 단팥빵을 먹었지만 무엇을 읽는지, 무엇을 먹고 있는지 느껴지지 않았다. 뭔가 잘못 봤을 수도 있다. 아내는 안마를 받고 싶어서 들어갔을지도 모른다. 하지만 평일 오전에 굳이 그런 곳에 갈 필요가 있을까? 한인타운의 안마 시술소에서 일어나는 일들은 여기저기에서 들은 적이 있기 때문에 머리가 복잡해졌다. 여자는 손님이 아니라 마사지사라는 것도, 마사지뿐만이 아니라 퇴폐 영업을 한다는 것도 말이다.

Rewind.

아내와 사귀기 위해서 나는 아내를 따라다녔다. 그저 그렇게 생기고 내세울 것 없는 공대생이 어딜 가나 돋보이는 미모의 여대생과 연인 사이가 되는 것은 그리 쉬운 일이 아니었다. 그녀의 강의실 앞, 서클룸, 집 앞, 그녀를 볼 수 있는 곳이면 어느 곳이든 주위에서 서성거리며 그녀와 마주치려고 노력했다.

"그럼, 그날 밤 취한 사내를 혼내준 것이 우연이 아니었단 말이야?"

아내를 미행했다는 것을 고백하려다가 오래전 이야기를 꺼내버렸다.

"응, 당신 뒤를 몇 발짝 뒤에서 따라다니고 있었거든. 그 골목에서 비틀거리며 나타난 사내가 당신에게 시비를 걸었을 때 눈에 보이는 것이 없었어."

"흐음. 우연의 일치라고 생각했는데."

"세상엔 이해할 수 없는 많은 것들이 있어. 단순히 우연이라고 치부하기 전에 한 번쯤 의심해볼 만한 것들 말이야. 길에서 우연히 누군가를 만나는 건 우연이 아닐 수도 있어."

나는 미라의 손을 잡는다. 손을 통해 고백하려고 하지만 잘 전달되지 않는다. 미라의 손이 스르르 빠져나간다. 몸을 침대에서 이리저리 뒤척이더니 곧 잠이 든다.

Fast Forward.

다음 날도 아내를 미행했다. 확인을 하고 싶었다. 아내가 그날 안마 시술소를 들른 것은 어떤 특별한 이유 때문일 거라는 확인. 나는 선글라스와 모자까지 쓰고 아내를 미행했다. 아내는 전날과 똑같은 안마 시술소로 들어갔다. 커피와 머핀을 사는 것도, 들어갈 때 주위를 두리번거리는 것도 잊지 않았다. 미라가 들어간 뒤

빵집에서 단팥빵과 커피를 먹었다.

단팥빵이 전 세계 어디서나 먹는, 누구나 좋아하는 빵인 줄 알고 있었다. 하지만 미국의 슈퍼마켓이나 빵집에서는 단팥빵 따위는 찾아볼 수가 없다. 일본과 중국식 단팥빵도 있지만 부드럽고 성긴 빵 속에 달콤한 팥이 들어 있는 단팥빵은 한국 빵집에서만 맛볼 수 있는 것이다. 다른 나라에서 살다 보면 그런 사소한 것들의 차이가 결국 나를 한국인으로 만드는 결정적인 것이라는 걸 알게 된다. 베이컨이 아니라 삼겹살을 구워 먹고 싶고, 봉지 인스턴트커피를 마셔야 제대로 커피를 마셨다는 생각이 드는 것 등등. 나는 이제 어떻게 해야 하는지 테이블의 빵이 다 없어질 때까지 고민한다.

Fast Forward.

한 시간 뒤, 나는 안마 시술소의 테이블에 누워 있다. 엎드려 누운 하체에는 수건 한·장이 걸쳐져 있다. 창문 하나 없는 어두운 방, 누군가 문을 열고 들어온다. 방 안엔 오렌지 향 방향제가 뿌려져 있지만 스멀스멀 올라오는 퀴퀴한 냄새는 막을 수가 없다.

"근육이 많이 뭉치셨네요, 여기는 처음이신가 봐요."

아내의 목소리다. 그녀가 들어오기를 바라기도 하고 바라지 않기도 했다. 막상 그녀의 목소리를 들으니 머리가 찌찔해진다. 그녀는 한국말로 말한다. 평소보다는 훨씬 나긋해진 미라의 목소리다. 몸에 오일을 바르고 어깨와 목 주변을 마사지하자 우두둑하는 소리와 함께 통증이 밀려온다. 어깨가 뻐근해서 아픈 것인지, 마음속이 아픈 것인지 분간할 수 없다. 아파서 눈물이 나오려고 한다. 나는 헛기침을 몇 번 하고 목소리를 굵게 만들어본다.

"아 네, 처음입니다. 아가씨는 이곳에서 오랫동안 일하셨나 봐요?"

나는 영어로 대답한다. 아내는 잠시 머뭇거리더니, 다시 영어로 말한다.

"하하, 네. 한 2~3년 정도 됐어요. 이래 봬도 단골이 꽤 많아요. 한국 분이 아니신가 봐요?"

나는 중국인 사업가라고 대충 둘러댄다. 그녀의 손길은 어깨와 팔, 가슴을 거쳐 아래로 향하지만 나는 어떤 것도 느낄 수 없다. 그녀는 나의 몸을 매만지면서 자신의 남편과 비슷하다고 의심하지 않는 것일까? 어두워서 구분을 하지 못하는 것일까?

"스페셜 서비스를 원하세요?"

대답을 하지 않자 아내는 나의 페니스를 잡는다. 그때 벽에 걸린 옷에서 휴대폰의 진동이 울렸다.

"아, 급한 약속이 있는데 그 전화가……. 오늘은 바빠서 이만 가봐야겠습니다."

나는 허둥지둥 옷을 갈아입는다. 그녀는 살며시 방을 빠져나간다. 선글라스와 모자를 쓴 뒤 황급히 방을 빠져나간다. 카운터에

팁과 비용을 지불하고 계단을 미끄러지듯 내려온다. 그리고 속이 울렁거려 뒷골목에서 토악질을 했다. 토사물에는 시꺼먼 단팥 알이 몇 개씩 들어가 있었다. 사소한 것이 중요하다.

안주머니 속의 휴대폰을 꺼내서 발신자에게 전화를 걸었다.

"방금 전화를 받지 못해 다시 거는 겁니다만……."

수화기 저쪽에서 수다스러운 중년 한국 아줌마의 목소리가 들려온다. 그녀는 자신의 집을 개조하고 싶다고 말한다. 할렘에 아주 오래된 집을 샀다고 한다. 내부만 바닥부터 깨끗하게 고치고 싶다고 한다. 홈, 스위트 홈으로 만들고 싶다고 한다.

23

'천국의 비밀. 요한 계시록 특별 세미나. 계시록에 기록된 재앙은 정말 인류의 종말을 알리는 것인가? 성경의 마지막 예언서, 요한 계시록. 이제 모든 것을 밝혀드립니다. ○○ 신학 교육원.'

할아버지가 내 무릎에 전단지를 놔두며 옆자리에 앉는다. 7번 트레인이 타임스 스퀘어에 도착하려면 아직도 멀었다. 지하철 광고보다 할아버지가 건네준 전단지가 더 흥미롭다. 푸른 초원 위에 양 떼들이 한가로이 풀을 뜯고 있는 그림이다. 목동이 양들을 어디로 인도하는지는 잘 모르겠다.

"한국 사람이슈? 교회는 다녀?"

할아버지는 은혜로운 교회 집사표 웃음을 지으며 내게 말한다. 물론 한국말이다.

"네, 한국 사람입니다. 교회는 바빠서……. 부모님은 교회를 다니시곤 했어요. 지금은 두 분 다 돌아가셨지만요."

한국에서는 교회를 다니지 않았지만 미국에 와서 한인 교회에 가본 적이 있다. 미라의 큰아버지가 집사로 있는 교회였다. 그곳에서 만나는 한국 사람들도, 지루한 설교도 마음에 들지 않았지만 공짜로 주는 점심은 맛있었다. 밥과 김치, 국을 수많은 한국 사람들과 먹는 것 자체가 마음을 편안하게 만들었다.

"그렇다면 더욱 교회를 다녀야지. 부모님만 천국으로 가면 쓰나. 헌금이나 그런 것 낼 필요도 없어. 한 달만, 일주일에 한 번 시간을 투자하면 돼. 여기 주소하고 약도가 있으니까 꼭 찾아오게. 알겠지? 다 도움이 되는 이야기들이야."

나는 대답하지 않고 머뭇거린다. 할아버지는 다음 역에서 손을 흔들며 내린다. 나는 전단지를 몇 번이고 반복해서 읽어 내려간다. 나는 아내를 미행하러 가는 중이다. 이런 짓을 계속한다면 하느님을 믿기도 전에 지옥에 갈 것이 뻔하다.

아내에게 화를 낼 수도 있었고, 진지하게 말을 꺼낼 수도 있었다. 그러나 나는 아내를 미행하는 쪽을 택했다. 아침에 안마 시술소에 출근하는 것 말고도 그 이후에 무엇을 하는지 궁금했기 때문이다. 나는 아내가 어떤 사람인지 정말로 궁금해졌다. 그녀의 뒤를 밟고 있으면 미라가 수년 동안 같은 침대에서 살을 비비던 사람이라는 게 실감 나지 않았다. 내가 잘 알고 있다고 생각했던 아내가 문밖을 나서면, 전혀 다른 사람으로 변하는 것을 두 눈으로 똑바로 확인할 수 있었다. 지하철을 타는 사람들의 표정이 평소와는 완전히 다른 것처럼 말이다. 도대체 뭐가 다르다는 말인가? 사소한 것이 결정적인 것이다. 그녀의 발걸음, 표정, 손짓조차도 다르게 보였다. 집 밖으로 나오면 나의 아내는, 완전히 다른 사람으로 변하는 것이다. 나는 그것이 흥미로워서 미행을 계속했다. 집을 수리하는 일이 본격적으로 시작되지 않았더라면 언제까지 그녀를 미행했을까?

미라는 하루 종일 안마 시술소에서 일하는 것은 아니었다. 아침에는 카날 스트리트에 내려서 브로드웨이를 따라 걷거나 소호의 가구점과 갤러리를 돌아다녔다. 어이없을 정도로 비쌀 것만 같은 가죽 소파나, 원목으로 만든 커피 테이블 따위를 살폈다. 분명 누군가 사는 사람이 있기 때문에 그것을 파는 가게가 존재한다. 같은 뉴욕에서 숨을 쉬고 길을 걸어가는 사람일 텐데, 그들은 과연 어떤 사람인가? 뉴욕에는 최고의 것과 최악의 것이 섞여 있다.
가끔씩 아내는 소파에 깊숙이 앉아 마치 자신의 거실인 양 눈을 감곤 했다. 당신이 가지고 있는 것은 당신이 갖고 싶었던 것이 아니다. 눈으로 볼 수만 있는 것들.

휴대폰을 꺼내 보고, 뭔가를 확인한 나의 아내는 소파에서 일어난다. 딸랑거리는 문을 뒤로하고 종종걸음으로 걷는다. 나도 눈치채지 못하게 뒤를 밟는다. 그녀는 길모퉁이에 있는 카페로 들어간다. 길가에 통유리를 설치한 평범한 카페다. 나는 입구에 서서 카페 안을 바라본다. 그곳에서 기다리고 있던 남자는 반갑게 아내를 맞이하고 양쪽 볼에 키스를 한다. 하얀 폴로 티셔츠와 단정히 빗은 금발 머리. 배가 테이블에 걸릴 듯 말 듯 살이 쪘지만 보기 흉하지는 않다. 남자는 아내 대신 커피를 주문해서 들고 온다. 아내는 살짝 웃으며 테이블에 놓여 있는 그의 손을 잡는다. 아내의 손 위에 남자는 커다란 자신의 손을 포갠다.

아내가 웃으며 말한다. 자꾸 남편이 나를 따라와서 귀찮아 죽겠어. 남자는 눈에 힘을 주며 대답한다. 그 정도는 내가 해결해주지. 그리고 둘만의 이야기를 한참 동안 나눈다. 커피를 좋아하는 편은 아니지만 갑자기 나도 커피를 마시고 싶다. 커피 믹스를 두 개 타서 벌컥벌컥 들이켜고 싶다. 커피를 다 마신 뒤 그들은 밖으로 나온다. 나는 허겁지겁 건물 모퉁이에 숨는다.

햇살이 눈부시다. 바람은 상쾌하다. 가슴은 두근거린다. 그들은 근처에 주차해놓은 차로 걸어간다. 반짝반짝 빛나는 육중한 링컨 세단의 조수석 문을 남자가 열어준다. 아내는 미끄러지듯 차 안으로 빨려 들어간다. 남자가 운전석에 타고, 시동이 걸린다.

차는 재빨리 사라진다. 더 이상 그들을 미행할 수 없다. 나에겐 자동차는커녕 자전거도 없다. 택시를 잡기엔 너무 늦었고, 어디 멀리라도 떠난다면 비용도 감당할 수 없을 것이다. 그들은 어디로 사라진 걸까? 아내가 돌아오면 몰래 보이스 메시지를 확인해야겠다. 비밀번호는 뻔하다. 민규의 생일. 1018. 네 자리.

Fast Forward.

새로운 공사장에 가기 위해 지하철을 기다린다. 주위는 어둡다. 따로 지하철이 온다는 안내 방송이 없기 때문에 사람들은 직접 눈으로 확인해야 한다. 플랫폼의 한쪽은 몇몇 정거장만 서는 고속 노선이고 반대쪽은 모든 정거장에 서는 일반 노선이다. 같은 경로로 다니는 다른 이름의 전차가 같은 역에 서서 혼란스러웠지만, 익숙해지니 고속 노선과 일반 노선이 꽤나 편리하다는 것을 알게 되었다. 한쪽은 고속 노선, 한쪽은 일반 노선. 승강장의 표시를 자세하게 읽어본다면 금방 알아차릴 수 있다. 어느 역에서 고속 노선을 갈아타면 좋은지도 알게 된다.

나는 고개를 내밀어 어두운 터널 속에서 불빛이 나오는가를 살핀다. 성미가 급한 몇몇 사람들도 고개를 내밀어 전차가 들어오는지 확인한다. 나는 그때가 좋다. 어둠을 뚫고 저 멀리서 희미한 불빛이 비칠 때. 전차 머리에서 비치는 헤드라이트가 점점 밝아지고 땅을 구르는 소리가 들리기 시작할 때. 저 멀리서 그르렁거리는 소리를 내면 육중한 쇠뭉치들이 마치 살아 있는 것처럼 느껴진다. 살아 있는 지하철은 세상을 부수는 소리를 내며 전속력으로 다가온다. 무엇인가에 홀린 듯 고개를 점점 내민다. 그것은 순간 폭풍 같은 먼지를 휘날리며 내 앞을 스쳐 지나간다. 하마터면 다가오는 지하철에 치일 뻔했다. 설 줄 알았던 기차가 그냥 지나쳐버린 것이다. 이번 역에는 서지 않는 고속 노선이었다.

공사장으로 가는 전차 안에서 나는 애써 공사 중인 집의 터널에 대해서 생각한다. 아내와 남자를 머릿속에서 지우려고 애쓴다. 지하 창고에 숨겨져 있던 그 터널은 어디로 향하는 것일까. 터널을 통해 느껴지는 싸늘한 냉기에 대해서 생각한다. 그 사이에서 들려오는 지하철의 육중한 움직임에 대해서 생각한다. 그 터널을 뚫고 집을 통과할 것만 같은 그 살아 있는 소리, 육중한 쇠뭉치에 대해서 생각한다.

나는 눈을 뜬다. 깜빡 졸았나 보다. 바로 맞은편에 흑인 소년이 두리번거리며 서 있다. 믿을 수 없을 정도로 피부가 새까맣다. 그는 자기 옆에 서 있는 노신사의 뒷주머니에 살짝 손을 댄다. 순식간에 그의 손엔 노신사의 지갑이 들려 있다. 아무도 보지 못했나? 모두가 보지 못한 척했을 수도 있다. 나와 그 아이의 눈이 정확하게 마주친다. 내가 무슨 소리를 내기도 전에 그는 내게 윙크를 하며 다음 역에서 유유히 사라진다. 노신사는 자신의 지갑이 없어졌는지도 모르고 페이퍼백을 읽고 있다. 그가 읽고 있는 미스

156

터리 소설에서 이런 소매치기는 별로 대수롭지 않은 일일 것이다.

나는 안주머니의 지갑을 만진다. 다행히 지갑은 제자리에 있다. 지갑을 펼쳐보니 10달러짜리 지폐 몇 장과 신용카드, 그리고 사진이 들어 있다. 어떤 사진이었더라? 나는 너덜너덜하게 해진 사진을 꺼낸다. 미라와 내가 막 뉴욕으로 왔을 때 함께 찍은 사진이다. 그때는 민규가 아내의 배 속에 있을 때였고, 아내도 나름대로의 희망으로 가득 차 있을 때였다. 아내와 나의 사진은 스태튼 섬으로 가는 공짜 페리에서 찍은 것이었다. 뒤로 자유의 여신상이 멀리 지나가고 있다. 싸구려 일회용 카메라로 누군가에게 부탁해서 사진을 찍었을 것이다. 자유의 여신상이 보이게 찍어달라고.

Rewind.

"자유의 여신상 앞에 보이는 건물이 뭔지 알아?"

미라가 휘날리는 머리를 잡으며 묻는다.

"무슨 별장같이 생겼는데."

"별장이라니. 예전에 이민 관리를 담당했던 건물이래. 미국에 이민자들이 몰려와 도시를 만들기 시작했을 때엔 운송 수단이 배밖에 없었을 테니까. 일단 앨리스섬에 가서 심사를 받아야 했지."

왜 미국에 오셨습니까? 얼마나 머물 예정인가요? 가지고 있는 돈은 얼마인가요? 어떤 일을 하실 건가요? 본국에서 죄를 저지른 일이 있습니까?

우리는 스태튼섬에서 내리지 않고 배에서 기다렸다가, 다시 맨해튼으로 돌아왔다. 갈 때와는 달리 올 때는 별말이 없었다. 특히 자유의 여신상 아래에 있는 건물을 보고 있을 때는 말이다.

왜 미국에 오셨습니까? 완전히 다른 삶을 살아보려고요.

얼마나 머물 예정인가요? 영원히.

가지고 있는 돈은 얼마인가요? 한두 달 정도 살 수 있을 만큼.

어떤 일을 하실 건가요? 세탁소?

본국에서 죄를 저지른 일이 있습니까? 무단횡단 두 번.

다른 한 장은 얼마 전에 태권도장에서 찍은 민규의 사진이다. 티브이에서 본 태권도를 배우겠다고 떼를 써서 도장에 보내주었다. 태권도를 배우기 시작한 뒤 처음 있었던 발표회에서 찍은 사진이다. 그의 허리에는 자랑스럽게 노란 띠가 매어져 있다. 하얀 띠만 매고 발차기를 하다가 정식으로 노란 띠를 맨 뒤에 민규가 얼마나 자랑스러워했는지 모른다. 나는 하나, 둘, 셋, 한국말로 구호를 외치는 민규가 얼마나 자랑스러웠는지 모른다.

나는 사진을 다시 지갑 속에 집어넣는다. 이 지갑은 절대로 소매치기당하면 안 되는 것이니까. 깊숙이, 소중하게 보관해야 한다. 안주머니에 지갑을 넣고 다시 한번 지갑을 만져본다.

24

목이 말라 잠이 깼다. 이불을 덮지 않았는지 팔에 소름이 돋았다. 고개를 돌리니 미라가 침대에 앉아 있다. 밖은 아직 어둡다. 디지털시계의 빨간 액정이 4시 15분을 가리키며 깜빡거린다.

"왜 그래? 어디 아파?"

악몽이라도 꾼 것일까? 미라는 침대 위에 허리를 꼿꼿이 세운 채로 앉아 있다. 그녀의 몸이 마네킹처럼 보인다. 그녀는 얼마 동안 그렇게 앉아 있었던 것일까?

"당신, 내 휴대폰의 메시지를 모두 들었던 거지?"

지나가는 자동차의 헤드라이트가 방 안을 휘젓고 지나간다. 순간 아내의 얼굴과 몸이 하얗게 반사되었다. 그러나 불빛이 사라지자 다시 그녀의 모습은 어둠 속으로 잠긴다. 목이 마르다. 그녀는 무슨 표정을 짓고 있을까? 그녀의 목소리는 억양의 높낮이가 없어 잠꼬대같이 들린다.

"언젠가부터 휴대폰에 새로 들어온 메시지가 하나둘씩 줄어들고 있었어. 새로 들어온 메시지를 확인하는 순간 오래된 메시지로 저장된다는 것 알아? 당신 바보인 거야 아니면 내가 알든 말든 상관없었던 거야? 그래서 당신이 음성 메시지를 듣는다는 것을 알면서도 비밀번호를 바꾸지 않았어. 오늘까지 음성 메시지를 듣는 걸 멈추지 않더군. 그리고…… 당신, 날 미행했지? 지하철을 타고 어설프게 나를 따라오면 내가 평소와는 다른 곳으로 갈 것 같아? 내가 당신을 따돌리기 위해 이상한 길을 골라 가야겠어? 선글라스와 웃긴 복장은 또 뭐야? 그 프렌치 코트는 너무 구식이라 눈에 더 띈다고.

그리고 안마 시술소의 침대에 누워 중국인이라고 하면 내가 믿을 것 같아? 얼굴만 가리면 당신의 몸을 알아차리지 못할 것 같아? 내가 건드리자마자 당신의 페니스는 평소보다 훨씬 더 흥분하더군. 한 단계 높은 특별 서비스를 해줄 걸 그랬어. 오늘은 또 뭐야? 코니아일랜드까지 따라오는 건. 민규까지 데려온 것은 바람피우는 엄마를 두 눈으로 똑똑히 확인시켜주고 싶어서였던 거야?

그래, 두 눈으로 보니까 어때? 그 사람과 나, 잘 어울려? 그 사람 이름은 데이비드야. 흔하디흔한 백인 이름에 흔하디흔한 착한 사람이지. 요즘엔 나도 흔한 게 좋아. 보통 사람으로 아주 흔한 삶을 살고 싶어.

당신은 내게 말했어야지. 그렇지 않아? 고함이라도 지르고 머리채를 흔들기라도 했어야지. 계속 날 미행하면 어쩌겠다는 거야? 내가 뭘 해주길 바라는 거야?"

목이 바짝 마르다.

"난, 단지……"

난 단지, 완전히 다른 인간이 되어 걸어 다니는 당신이 너무 신기해서, 멈출 수가 없었어.

"당신 때문에 혹은 민규 때문에 내가 이렇게 됐다고는 말하지 않겠어. 그러니까 당신도 이 모든 게 내 탓이라고 말하지는 말아 줘. 정신을 차리고 보니, 잠에서 깨어나 보니 이렇게 되어 있었던 거야. 낮에는 기억나지 않지만 새벽에 깨어나면 악몽이 기억나잖아. 그것과 비슷해. 그렇게 열심히 준비했던 시험에 떨어졌어. 공부를 다시 할 여유가 없었던 상황은 당신이 더 잘 알 테지. 가족들이나 친척들한테 더 이상 손 벌리는 것도 지긋지긋했고. 낮에는 세탁소에서 일하고 밤에는 부엌 식탁에서 졸음이 오는 걸 참으며 공부하는 그 생활도 지긋지긋했어.

그래서 나도 이전엔 상상도 할 수 없었던 일들을 하기 시작했어. 모든 것이 돈 때문만은 아니야. 우리가 저금한 돈이 바닥난 것도 사실이지만, 어떻게든 헤쳐 나갈 수도 있었겠지. 아는 사람의 소개로 안마 시술소에서 잠시 캐셔를 맡았던 것이 시작이야. 모든 것이 다음 일을 찾기 위해 잠시라고 생각했어. 그러나 그 다음 일들이 어떻게 흘렀는지 일일이 설명할 필요는 없겠지. 후훗, 상상도 하지 못했던 것이 현실이 되면 어떤 줄 알아? 손가락이 마비가 될 정도로 낯선 남자의 몸을 주무르고 있으면 어떤 생각이 드는 줄 알아? 아무 생각도 안 들어. 사실 아무 생각도 안 하려고 노력해. 그저 나쁜 꿈이라고 생각하며 내가 그곳에 있다는 사실도 잊어버리려고 안간힘을 쓸 뿐이야. 나는 여기에 없다. 단지 꿈을 꾸고 있을 뿐이다. 아주 나쁜 악몽을 꾸고 있을 뿐이다……. 이렇게 말이야. 당신은 공사장에 다니며 그런 생각 안 하는지 몰라.

지금 만나는 데이비드. 나에게 굉장히 잘해줘. 함께 살자고 하지만 걱정 마. 당신과 민규를 떠나려는 마음은 전혀 없으니까. 사실, 모든 것을 새롭게 출발하려고도 해봤지만 도무지 안 돼. 몸만 살짝 빠져나가서 그의 집에서 살고 싶은 생각도 하는데, 절대로 몸이 움직여주지 않아. 나는 악몽 속을 거니는 것처럼 점점 엷어져가는데 도무지 안 돼. 꿈을 꾸다 아침에 눈을 뜰 때엔 새로운 집에서 깨어나고 싶은데 그게 안 돼. 당장 짐을 싸서 우리나라로 돌아갈 수도 없어. 과연 내가 새로 출발할 수 있을까? 반대로 당신은 새롭게 출발할 수 있을까? 내가 이곳에서 진정으로 바랐던 건 뭐지? 과연 뭘까?"

침묵이 흐른다. 간간이 자동차가 지나가는 소리가 들린다. 아내는 자신이 할 말을 마쳤다는 듯 그대로 자리에 눕는다. 건전지가 다 된 인형처럼 풀썩 쓰러진다. 악몽에서 깨어나 잠꼬대를 끝마친 아내는 쌔근쌔근 소리를 내며 잠이 든다. 나도 베개에 머리를 뉘고 무슨 말을 해야 할지 곰곰이 생각했다.

'왜 내게 숨겼어? 왜 나를 속여왔어? 그 사람과는 어떻게 만난 거야? 얼마 동안 만난 거야? 정확히 무슨 관계야? 그 사람 결혼은 했어?'

아내의 팔을 잡는다. 다른 팔로는 아내의 목을 감는다. 그리고 뒤에서 꼭 안는다. 익숙한 아내의 냄새가 났다. 깊게 아내의 냄새를 들이마시고 다시 내뱉는다. 아내의 맥박 소리도 들린다. 더 자세히 들으면 아내의 숨소리도 들린다. 다행이다. 아직도 숨소리를 들을 수 있으니……. 나도 그 숨소리와 똑같이 호흡을 해본다. 들이쉬고 내쉬기를 반복한다. 그러다가 그대로 잠이 들어버렸다. 다음 날 10시가 넘어 일어났을 땐 아내의 자리는 비어 있었다. 원래 그 자리에 없었다는 듯이 깨끗하게 비워져 있었다. 머리카락도 사람의 흔적마저도 없었다. 그녀에게 물어볼 것들이 많은데 그것이 마지막이었다. 내가 미라를 침대에서 본 것은 그 새벽이 마지막이었다.

Rewind. 그 전날.
새로 들어온 메시지를 들으시려면 1번을 누르세요.
뚜—.
내일은 코니아일랜드에 가는 게 어때요? 핫도그도 먹고 원더휠도 타고. 지난번에 갔던 호텔에서도 잠시 묵어요. 답장 기다릴게요.
다음 메시지를 들으시려면 별표를, 삭제하시려면 2번을 누르세요.

Fast Forward. 코니아일랜드.

나는 민규의 시선을 돌리기 위해서 사이클론을 가리켰다. 한 블록 떨어진 곳에서 아내가 그와 함께 걷고 있다.

"저거 타고 싶지 않아?"

민규의 눈이 휘둥그레진 것도 이상할 게 없다. 사이클론이라고 불리는 이 롤러코스터는 세상에서 가장 무서운 롤러코스터다. 가장 높아서도 아니고 가장 긴 트랙을 가지고 있어서도 아니다. 당신이 태어나기 전, 당신의 아버지가 태어나기도 전에 지어진 것이기 때문에 무섭다. 나무로 만든 트랙이 언제 무너질지 모른다는 공포를 극복해야 사이클론을 탈 수 있다. 롤러코스터는 성냥개비로 지은 듯이 촘촘히 박힌 구조물 위에서 천천히 레일을 따라 떨어지다가 굽이치는 궤도를 중력의 법칙에 따라 사정없이 달린다. 바깥쪽 커브에서 사람들은 함성을 지른다. 몸이 튕겨 나가 대서양으로 빠져버릴 것 같은 기분이 들 것이다.

아무래도 민규에게 롤러코스터는 무리인 것 같았다. 민규는 사람들이 지르는 비명 때문인지 그 앞을 지날 때 내 허리를 꽉 잡았다. 대신 우리는 거대한 바퀴가 돌아가는 원더 휠에 올라탔다. 사이클론보다 높이 올라가고 천천히 움직이니까 문제없었다. 천천히 움직이는 거대한 풍차 안에서 반짝거리는 바다와 브루클린 정경을 바라볼 수 있었다. 우리가 바라보는 풍경 아래 어디선가 그녀는 즐거워하고 있을 것이다.

네이던 핫도그와 프렌치프라이도 먹었다. 같이 일을 하던 멕시코에서 온 일꾼이 코니아일랜드에 가면 세상에서 가장 오래되고 맛있는 핫도그를 꼭 먹어봐야 한다고 했기 때문이다. 그러나 뉴욕의 어느 거리에서나 파는 핫도그와 별로 다른 점은 없었다. 수많은 핫도그가 팬 위에 달궈지고 있다는 점만 빼고는 말이다. 그리고 사이드 쇼도 잊지 말라고 했다. 몸이 자유자재로 늘어나는 일래스틱 걸, 칼을 삼키는 사나이, 칼 위를 걷는 여자, 불을 삼키는 여자.

"코니아일랜드에 일주일에 한 번씩 가기라도 하는 거야? 어떻게 그렇게 자세히 알아?"

"아니, 바로 근처에 살거든. 복잡한 도시 속에서도 사람들은 코니아일랜드를 늘 가슴속에 간직해두지. 코니아일랜드는 마음만 먹으면 언제든지 갈 수 있는 곳이니까. 그런데 종점까지 가는 그 전철을 타기로 마음먹기가 힘들어. 근처에 살고 있어서 나는 행운아나 다름없어."

민규가 태어나기 서너 달 전, 바다가 보고 싶다는 아내와 함께 코니아일랜드에 간 적이 있었다. 디즈니랜드가 생기기 훨씬 전, 뉴욕에 사는 사람들이 쉴 수 있었던 테마파크라는 사실에 미라는 무척 흥분했었다. 미라는 캘리포니아에서도 디즈니랜드나 식스 플래그스, 유니버설 스튜디오를 좋아했다. 하지만 지하철을 타고 찾아간 코니아일랜드에는 세월이 지나 빛이 바래 오래된 건물들과 놀이 기구들만이 있을 뿐이었다. 기대와는 달리 너무나 황량한 풍경에 둘 다 넋을 잃고 말았다.

민규는 코니아일랜드의 놀이동산에서 발을 구르며 즐거워했다. 놀이 기구와 게임들이 온 천지에 널려 있었던 것이다. 물이 나오는 총으로 과녁을 계속 맞히면서 그 수압에 따라 달리는 인형 말 경주라든지, 단순한 풍선 사격, 범퍼카와 미니카 경주, 몸을 흔들어대는 디스코 라운지와 아주 높은 꼭대기까지 올라가서 천천히 회전하면서 내려오는 기둥도 있었다. 나도 어릴 땐 어린이대공원에서 그처럼 즐거워했지만 놀이 기구들이 그처럼 조악한 것인 줄은 몰랐다. 물총을 정확하게 쏘는 것이 뭐가 그리 중요한가? 싸구려 인형을 선물받는 것이 그렇게 좋은가? 그렇다. 어린이들은 그런 것에 신경을 쓰지 않는다. 그 순간의 행복, 그것에 집중한다. 지금 이 순간을 사랑한다. 민규가 그런 것들에 정신을 팔고 있는 사이 나는, 미라의 모습을 먼발치에서 지켜보았다. 아내의 손을 잡은 남자는 곰처럼 덩치가 듬직한 백인이다. 꽃무늬의 하와이안 셔츠가 눈부셨다.

그들이 얼굴을 알아볼 만큼 가까이 왔다. 민규가 범퍼카 경주를 세 번째 마치고 막 나왔을 때 그들은 바로 옆의 회전목마 앞에 서 있었다. 나는 민규를 데리고 황급히 그 자리를 떠났다. 빠른 걸음으로 걸었지만 마음이 더 급했다. 이젠 그들이 나를 미행하는구나. 민규가 손을 빼는 탓에 자리에서 멈췄다. 고개를 드니 '코

166

니아일랜드 사이드 쇼'라는 요란한 색깔의 간판이 나타났다.

"여기에 들어가고 싶니?"

민규는 고개를 끄덕였다. 어쨌든 숨을 곳이 필요하다.

25

"자, 오늘의 하이라이트 쇼, 해피니스 트랜스포터를 시작하겠습니다. 먼저 신나는 폴카 음악 한 곡을 연주하고!"

챙, 하고 심벌즈 소리가 들렸다. 입장하자마자 벌써 쇼는 진행되고 있었다. 민규와 나는 엉거주춤 허리를 숙이고 빈 좌석을 찾았다. 무대 앞에서부터 계단식으로 올라가는 좌석에는 어린아이들과 노부부들이 앉아 있었다. 무대에선 배가 튀어나온 중년 남자가 유럽 중세에 있었을 법한 광대 의상을 입고 아코디언으로 폴카를 연주하고 있었다. 흥겨운 듯하면서 슬픈 멜로디. 챙, 하고 다시 울리는 심벌즈.

"자, 그럼 지원자 한 명을 받아야겠죠. 이 텅텅 빈 관 속에 들어가 감쪽같이 사라지는 묘기를 보여드리죠. 티브이에서 나온 것과는 차원이 다른 생생한 라이브입니다. 코니아일랜드를 떠나 어디든 자신이 가장 행복했던 곳으로 데려다드리죠. 중국, 영국, 아프리카 어느 곳이든 보내드립니다. 단, 달이나 목성은 안 돼요. 지구 안에서 해결해주세요."

관객석에서 튀어나오는 웃음. 서치라이트가 관객을 훑어 내렸다. 생각했던 것보다 많은 사람들이 서치라이트를 통해 보인다. 웅성거리는 소리, 웃음소리가 여기저기서 들렸다.

'두르르르르.'

구르는 드럼 소리에 심벌즈가 챙. 백발이 성성한 노신사가 손을 들었다. 뒤이어 사람들의 박수 소리가 들렸다. 노인은 한 손에는 플라스틱 생수병을, 다른 한 손에는 디지털카메라를 들고 엉거주춤 무대로 올라온다. 나는 무의식적으로 극장 입구를 쳐다본다. 물론 그들은 이곳으로 들어오지 않았다.

"어디에서 온 누구시죠? 자기소개를 부탁드립니다."

"아, 네. 뉴저지에서 온 칼이라고 합니다."

"흐음, 멀지만 가까운 동네에 사시는군요. 자, 어디로 가고 싶으세요? 말씀만 하시면 보내드립니다."

"중국 상하이에 가보고 싶어요. 아내와 함께 마지막 여행을 했던 곳이라……."

관객석에서 흘러나오는 안타까운 탄식. 티브이 토크쇼를 보는 것 같다. 마음을 가다듬고 쇼에 집중한다.

"아하. 눈물 없이 들을 수 없는 이야기군요. 차이나타운 가지고는 만족할 수 없다는 말씀. 자, 좋습니다. 일단 관 속에 들어가세요."

박수 소리가 다시 들리고 광대는 아코디언으로 다시 폴카를 연주했다. 노신사는 관 속으로 들어갔다. 구르는 드럼 소리에 심벌즈가 챙.

"오늘 모신 세계적인 마술사 윌리엄 공작님은 북유럽의 숨겨진 나라 이스메랄디 왕국의 수석 마술사입니다. 자, 큰 박수로 맞이해주세요."

커튼 뒤에서 빨간 모자를 쓴 난쟁이가 나타났다. 우뢰와 같은 박수 소리가 관객석에서 터져 나왔다. 동화책에서나 보던 난쟁이와 똑같이 닮은 그를 더 자세히 보기 위해 사람들은 고개를 이리저리 돌렸다. 얼마나 오래 입었는지 짐작할 수 없는 갈색 가죽점퍼와 바지를 입고 있다. 허리 중간에는 두껍고 검은 허리띠를 두르고 있다. 그는 양손에 칼을 각각 세 개씩 들고 구부정하게 허리를 굽혀 관객들에게 인사했다. 민규는 나의 팔을 꼭 껴안았다.

"윌리엄 공작님은 아직 영어를 못하시니 이해를 해주세요. 자, 뉴저지에서 오신 칼. 내가 말을 안 한 것이 하나 있는데, 우리 공작님이 관 위에 칼 여섯 개를 찌를 겁니다. 아하하하. 걱정하지 마세요. 절대로 다치지 않을 테니까. 티브이에서 다들 보셨죠? 칼을 찔러도 피 한 방울 나오지 않는답니다. 자, 그리고 또 한 가지 말씀드리지 않은 게 있었네요. 이 관 속에서 다시 나오게 되면 상하이에 도착하게 되겠지만 칼의 기억은 모두 사라집니다. 오늘의 일까지도 까맣게 잊어버리게 돼요. 완전히 새로운 사람으로 태어나는 겁니다. 완전히 새로운 사람으로, 가장 행복했던 장소로 돌아

가게 됩니다. 자, 칼, 아직도 결정을 되돌릴 시간이 남았어요. 좀
으스스하기도 한데 어떻게 하시겠어요?"

노신사는 난쟁이가 들고 있는 칼과 커다란 관을 동시에 쳐다
본다.

"더 이상 잃어버릴 것도 없는데요. 뭘."

이라고 그는 대답한다. 애써 웃고 있지만 긴장하고 있는 것이
틀림없다.

내가 들어갈 걸 그랬다. 가장 행복했던 곳으로 돌아갈 수 있다
면 말이다. 다시 쿵작거리는 폴카 연주 시작. 난쟁이는 음악에 맞
춰 빙글빙글 관 주위를 돌며 춤을 춘다. 모든 사람들의 눈이 그
가 움직이는 방향을 따라 이동한다. 구르는 드럼 소리에 심벌즈
가 챙. 심벌즈 소리가 한 번씩 울릴 때마다 관 위에 칼을 꽂았다.
그럴 때마다 관중석에서는 비명 섞인 탄성이 흘러나왔다. 누구도
노신사가 다쳤을 거라고 생각하는 사람은 없었다. 아마 무대 아
래에 통로가 있을 거야. 아니면 칼이 접혀서 칼자루에 들어가거
나. 관 속에서 사라졌다가 다시 나타나겠지. 난쟁이는 다시 한번
칼을 꽂고, 빙글빙글 관 주위를 돌며 여섯 개를 모두 꽂았다. 칼
을 꽂을 때마다 옆에 앉아 있는 민규의 얼굴을 가렸다. 민규는 더
욱 세게 내 팔을 끌어당겼다.

"자, 이제 관 속을 열어봐야겠죠?"

주위는 순간 조용해졌다. 하이빔은 칼이 꽂힌 관을 비췄다. 춤

을 추며 칼을 꽂았던 난쟁이는 무대 뒤로 사라졌다. 민규의 얼굴에서 손을 천천히 떼어내었다. 조수는 천천히 관의 문을 열었다. 끼이익 하는 관이 열리는 소리가 공연장을 가득 채웠다. 관 안에는 새빨간 천밖에 보이지 않았다. 여기저기서 박수 소리가 천천히 흘러나왔다. 중국으로 사라진 노신사를 다시 데려오는 마술은 하지 않았다. 그것으로 끝이었다. 다시 흘러나오는 신나는 폴카.

"오늘도 코니아일랜드 사이드 쇼를 찾아주셔서 대단히 감사합니다. 다음에도 꼭 찾아와주세요. 다음 쇼는 15분 뒤에 있을 예정입니다. 중간에 찾아와주신 분들은 공연장 밖에 있는 바에서 시원한 맥주와 음료수를 마시면서 시간을 보내주세요."

민규와 나는 극장 밖으로 나갔다. 민규는 관에서 눈을 떼지 못했다.

"아빠, 관 속으로 들어간 할아버지는 어떻게 된 거야?"

극장 밖으로 나가는 비밀 문이 있었을 거야. 아무렴, 그렇고말고.

"지금쯤 상하이에서 맛있는 중국 음식을 먹고 있겠지."

밖으로 나오니 눈을 뜰 수 없을 정도로, 강렬한 태양이 우리를 향해 내리쬐고 있었다. 한동안 눈이 부셔 아무것도 보이지 않았다. 사물을 분간할 수 있을 정도로 시간이 지났을 때엔 그녀의 모습은 보이지 않았다. 그녀의 곁에 있던 남자의 모습도.

Fast Forward. 아내의 독백을 들었던 날, 코니아일랜드로 갔던 그다음 날.

"나는 악몽 속을 거니는 것처럼 점점 옅어져가는데 도무지 안
돼. 꿈을 꾸다 아침에 눈을 뜰 때엔 새로운 집에서 깨어나고 싶은
데 그게 안 돼. 당장 짐을 싸서 우리나라로 돌아갈 수도 없어. 과
연 내가 새로 출발할 수 있을까? 반대로 당신은 새롭게 출발할 수
있을까? 내가 이곳에서 진정으로 바랐던 건 뭐지? 과연 뭘까?"

공사를 하는 내내 아내의 말이 머릿속을 떠나지 않는다. 코니
아일랜드 해변을 사정없이 강타하던 눈부신 태양과 미라의 즐거
워하는 모습, 아이스크림이 손에 흘러내리자 화장지로 닦아주던
그의 손도 마찬가지다. 아내가 했던 질문을 내게 다시 해본다. 내
가 이곳에서 진정으로 바랐던 것은 과연 뭘까?

나는 바지 뒷주머니에서 생수를 꺼내 마신다. 목에 가득 찬 먼
지가 씻겨 내려간다. 지하에 가득 차 있던 고물 가구를 밖으로 내
다 놓고 배전반과 상하수도 파이프를 점검해야 한다. 썩은 나무
기둥이 있는지도 살피고 벽이나 천장이 이상 없는지 확인도 해야
한다. 아직 할 일이 많이 남아 있다.

나는 도끼로 사정없이 나무 기둥을 친다. 아내와 함께 있던 남
자는 나보다 훨씬 더 유창한 영어를 구사할 것이다. 미국에서 태
어났으니 당연하다. 그리고 정정당당한 아메리칸 시티즌일 것이
다. 먼지가 자욱해서 켜놓은 비상 랜턴마저도 꺼져가는 촛불처럼

보인다. 먼지 마스크를 꼈는데도 별 소용이 없어서 목이 콱 막힌다. 저만치에서 일을 하던 두 명의 일꾼이 담배를 피우러 간다는 시늉을 하며 밖으로 나간다. 어쩌면 나는 담배를 끊지 말았어야 했는지도 모른다. 한국보다 두세 배 비싸다는 이유로 자연스럽게 담배를 끊어버렸는데, 아무리 비싸고 몸에 해롭다고 하더라도 나 자신만을 위한 몇 분간의 안식은 남겨두었어야 했는지도 모른다. 무엇보다도 그때, 그들과 함께 담배를 피우기 위해 밖으로 나갔으면 모든 일들이 완전히 달라졌을지도 모른다.

그들이 밖으로 나간 사이에 나는 무슨 생각에서였는지 계속 기둥 하나를 도끼로 찍어대고 있었다. 그 기둥이 마치 미라와 함께 있던 그 남자라도 되는 양 말이다. 그 기둥은 절대로 찍어내면 안 되는 기둥인 걸 알면서도 나는 정신없이 찍고 있었다. 퍽, 퍽, 퍽 하는 소리가 마치 다른 일꾼이 내는 소리처럼 들렸다. 그의 다리를 향해 퍽. 튀어나온 배를 향해 퍽. 아내의 목을 향해 퍽. 번쩍거리는 자동차의 창문을 향해 퍽.

'아, 이 기둥은 아니었지'라고 번뜩 정신이 들었을 때엔 이미 천장이 흔들리고 흙과 콘크리트가 무너져 내리고 있었다. 지진인가? 그 순간에는 나를 구해줄 절대적인 신이 있을 거라고 믿었다. 지하철에서 만난 할아버지의 말대로 일주일에 한 번 시간을 투자해볼 걸 그랬다. 그 순간 하느님의 은총으로 살아날 수 있게. 그러나 두 발이 꿈쩍도 하지 않았다. 여기는 캘리포니아가 아니다, 지진일 리가 없다. 내가, 기둥을 잘못 건드린 것이 틀림없다. 마음은 벌써 이 집을 빠져나가 달리고 있는데 다리가 바닥에서 떨어지지 않았다.

집이, 홈 스위트 홈이 무너지고 있었다. 지하 입구에서는 일꾼 둘이 뭔가 고함을 치고 있었지만 그들도 나를 구하러 내려오기에는 너무 위험했다. 다행히 안전모를 쓰고 있어서 떨어지는 돌멩이에 머리를 다치지는 않았지만 앞으로 무슨 일이 생길지 너무 두려워한 발자국도 떼지 못했다. 제길, 빨리 움직여달란 말이다.

중앙 천장이 쿠쿵, 소리를 내며 내려앉았다. 반지하의 마루 부분이 함께 우르르 쏟아져 내렸다. 철근과 콘크리트가 뿌연 먼지를 일으키며 삐죽삐죽 튀어나왔다. 곧이어 내가 서 있던 곳의 천장도 무너졌다. 그 기둥이 쓸모없는 것이라고 생각했는데, 결국 그 오래된 집을 수십 년 동안 지탱하고 있던 가장 중요한 기둥을 찍어 없애버린 것이다. 보조 기둥도 설치해놓지 않고 어처구니없이 그 기둥을 찍어버린 것이다.

순간 나는 그 터널이 생각났다. 바로 벽에 난 큰 구멍 말이다. 어디론가 연결되어 있을 것 같은 그 터널. 여기 이대로 서 있는다면 철근과 콘크리트에 깔려 죽고 말 것이다. 자, 이제 움직이자. 정신을 차리고 셋을 세어보자. 셋, 하는 순간 내 몸이 움직일 것이다. 스위트 홈에서 깔려 죽는 것도 나쁘지 않지만 나에겐 처리해야 할 일들이 너무 많이 있지 않은가. 자, 셋을 세어보자. 그래도 내 몸이 움직이지 않으면 어쩔 수 없이 이곳이 내 무덤이 될 것이다.

하나,

둘,

호흡을 가다듬고,

셋.

발이 움직였다. 나는 정신없이 그 구멍을 찾아 다이빙하듯이 미끄러졌다. 순간 쿵 하는 굉음과 함께 눈앞이 번쩍거릴 정도의 충격이 온몸에 가해졌다. 먼지가 사방에서 뿜어져 나오고 숨을 쉬기가 점점 힘들었다. 터널 속에서 서늘한 바람이 불어왔다. 어디선가 규칙적인 진동도 들려왔다. 그 모든 것들이 점점 옅어져갔다. 그리고 나는 천천히 정신을 잃었다.

Fade Out.

3부

26

Fade In.

덜컹덜컹, 덜컹덜컹, 저 멀리서 들리는 지하철이 움직이는 소리. 마치 살아 있는 생명처럼 두근거리는 심장 소리.

"웰컴 투 더 언더그라운드(Welcome to the underground)."

누군가 내 귓속에 대고 속삭인다. 나는 눈을 뜰 수가 없다. 13그램의 눈꺼풀을 내 마음대로 움직일 만한 힘이 없다. 아주 긴 꿈을 꾼 것은 아닌지 한참을 생각해본다. 마지막으로 기억하는 것은 무너지는 집과 그것을 피해 들어간 작은 지하 통로, 머리 위로 쏟아지던 돌무더기와 숨 쉬기 힘들 정도로 가득했던 먼지다. 그리고 머리 위를 내리쬐던 코니아일랜드의 햇살이 기억난다. 천천히 회전하던 원더 휠도, 민규의 자지러지던 웃음, 아내와 손을 꼭 잡은 그 남자도.

"웰컴 투 더 언더그라운드."

다시 한번 들려오는 부드러운 목소리. 잠깐, 이게 무슨 뜻이었더라. 영어에서 한국어로 번역하는 데 시간이 걸린다. 내가 사고로 죽었다면 여기는 천국 아니면 지옥일 것이고, 부상을 입었다면 병원일 것이다. 그러나 그 어느 곳에서도 나를 보고 '웰컴 투 더 언더그라운드'라고 인사를 하지는 않을 텐데……. 꽤나 부드러운 목소리다. 나는 눈을 뜨려고 하지만 너무 무겁다. 13그램의 눈꺼풀. 정신을 가다듬고 셋을 세어보자.

하나,

둘,

호흡을 가다듬고,

셋.

주위는 어둡다. 영화가 시작되기 전의 어두운 극장 같다. 극장 안의 비상구를 알리는 희미한 빛이 보인다. 그러나 영화가 시작될 기미는 보이지 않는다. 어두운 극장 안에서 점점 눈이 밝아지는 것처럼 서서히 그을린 천장과 벽이 보이기 시작한다. 그리고 침대 옆에는 내게 환영 인사를 건넸던 사람이 앉아 있다. 허리까지 내려온 머리카락이 보이기 시작한다. 의자 옆에는 지저분한 인형이 놓여 있다. 하마터면 살아 있는 여자아이로 착각할 뻔했다.

"이제 일어나셨네요. 이틀을 꼬박 침대에 누워 있었어요."

"아…… 네."

나는 몸을 일으키려 하지만 몸이 말을 듣지 않는다. 오른쪽 어깨가 욱신거린다. 어깨엔 붕대가 칭칭 감겨 있다. 다리도 움직일 수 없다. 돌덩어리가 무릎 아래 달려 있는 듯하다.

"아직은 휴식을 취하는 게 좋을 거예요. 어깨가 돌무더기에 깔렸으니까. 다행히 닥터 폴의 도움으로 치료는 했어요. 며칠만 쉬면 나을 겁니다."

"그런데 여기는 어디죠? 병원 같지는 않는데……."

그녀는 자리에서 일어난다. 소매가 뜯어진 스웨터와 치렁치렁한 치마를 입고 있다. 뭔가 꽉 막힌 공기에서는 기분 나쁜 냄새가 난다. 하수도에서 알고 싶지 않은 것들이 잔뜩 썩어가는 냄새다. 진동이 울린다. 덜컹덜컹, 덜컹덜컹. 정신을 잃었을 때 들었던 소리와 똑같다. 그렇다, 이건 지하철이 지나가는 소리다.

"말했잖아요. 여기는 언더그라운드라고. 이곳을 위로 뚫고 올라가면 어디가 나오는지 알아요?"

나는 대답하지 못한다. 그녀는 김이 모락모락 나는 음식을 들고 온다.

"센트럴 파크라고 하면 믿겠어요? 여기 뜨거운 수프 좀 드세요."

냄새를 맡자 위액이 쏴 하고 분비된다. 이어서 창자가 뒤틀리며 꼬르륵 소리를 낸다. 역시 나는 죽지 않았나 보다. 그런데 이곳이 사람들이 조깅을 하며 뛰어다니는 센트럴 파크 아래라고?

나는 일단 수프를 허겁지겁 먹는다.

"그냥 집에 있는 걸로 만들었을 뿐이니까, 너무 감동하지는 말아요."

"아뇨, 감사합니다. 이렇게 치료도 해주시고……."

질긴 고기가 입 안에 맴돈다. 주위를 다시 한번 둘러본다. 벽 한쪽 모퉁이에는 전등이 켜져 있지만 벽 자체가 검게 그을려 있기 때문에 주위를 환하게 밝혀주지는 못한다. 창문이 없어 햇빛의 흔적도 없다. 티브이도, 가구도, 오디오도, 컴퓨터도 없다. 벽에는 그라피티가 아무렇게나 그려져 있고 그 위에 뉴욕 전경을 담은 포스터가 붙어 있을 뿐이다.

"당신이 터널을 기어서 언더그라운드로 온 것 기억 안 나요?"

"아뇨. 집을 고치고 있다가 사고가 나서 터널로 들어간 것까지는 기억이 납니다."

"당신이 그 터널을 어떻게 발견했는지 모르겠어요. 아무튼 그쪽에서 커다란 소음과 함께 집이 무너졌죠. 굉장했어요. 3층짜리 건물이 통째로 무너졌으니까. 결국엔 돌무더기밖에 남지 않았죠. 연기가 어찌나 심했던지 근처 블록까지 먼지로 자욱했으니까. 아무튼 당신은 그 사고가 났던 집에 연결되어 있던 터널을 엉금엉금 기어 나왔어요. 살아난 것만 해도 기적이에요."

터널에서 흘러나오던 서늘한 공기. 한국인 치과 의사의 스위트 홈은 흔적도 없이 무너져버렸다. 차라리 잘됐다. 이제는 구닥다리 현관문 장식도 떼어내고 자동문이 달린 최신식으로 지어버려라.

182

"터널이 얼마만큼 깁니까?"

"그건 저도 잘 모르지만 걸어가면 한 시간은 족히 걸리죠. 그 집은 우리가 가끔 비상 식량을 넣어두곤 했던 곳이었어요. 50년 동안 사람이 살지 않았는데 공사를 하지 뭐예요. 터널을 통과한 뒤 당신은 기절했어요. 부상을 당한 상태에서 어떻게 그 터널을 통과했는지 모르겠어요. 그리고 내가 발견해서 이곳으로 온 거예요. 저기 보이는 낡은 쇼핑 카트에 싣고."

그녀가 가리키는 쪽에 바닥에 신문지가 깔려 있는 대형 쇼핑 카트가 보인다. 어디서 훔쳐 온 것일까.

"네, 감사합니다. 그런데 정말 여기는 어디입니까?"

내 질문에 그녀는 하하 소리를 내며 웃었다.

"급할 것 없어요. 아마 당신이 이곳에 온 이유는 우연뿐만은 아닐 거예요. 여기에 사는 사람들 모두가 사연 하나쯤은 가지고 있으니까. 차차 알게 될 겁니다. 여기가 어디인지, 어떤 사람들이 사는 곳인지……. 그 전에 몸이나 잘 간수하도록 해요."

나를 찾고 있을 아내와 아들이 생각났다.

"전화를 쓸 수 있을까요?"

그녀는 좀 전보다 더 크게 소리 내어 웃었다. 집을 짓다 보면 어느 공간에 울리는 소리만으로도 그 넓이와 높이를 짐작할 수 있다. 그러나 웃음소리의 울림은 보통 집과는 다르게 훨씬 깊은 공명이다. 어느 정도 넓이와 깊이인지 짐작할 수 없다.

"아뇨, 전화 따위는 이곳에 없어요. 지상에 전화로 연락할 사람이 있다면, 언더그라운드에 올 필요가 없으니까."

"언더그라운드라뇨? 땅속이라도 된단 말입니까?"

"그럼요. 땅 위와는 다른 세계예요. 아마 땅 위에서 있었던 모든 것을 잊어야 할지도 몰라요. 어차피 쓸모없는 것이었을 테니까. 당신의 직업도, 가족도, 집도 말이에요. 이곳 사람들은 그것들을 잊기 위해 일부러 이곳으로 찾아오는데……. 당신은 거꾸로인가요?"

그녀의 질문에 대답하지 못한다.

"아무튼 환영해요. 웰컴 투 더 언더그라운드."

그녀는 수프를 국자로 더 퍼 준다. 그것이 지하철을 제 집처럼 드나드는 커다란 쥐로 만든 것이라는 사실을 알았더라면 더 이상 먹지 못했을 것이다.

27

당신은 가슴에 사직서를 품고 다닌다. 종이에 쓴 것이든, 마음에 담고 있는 것이든 상관없다. 당신의 가족을 근근이 먹여 살리는 월급만 아니라면, 아내와 자식 그리고 부모님만 아니라면 당장이라도 때려치우고 싶다. 하지만 인스턴트커피를 연거푸 마시

면서 오늘도 일을 한다. 인스턴트커피 속의 크림은 당신의 장에 차곡차곡 쌓인다. 당신이 하고 있는 일은 당신이 하고 싶어 했던 일이 아니다. 크림은 진짜 우유가 아니라 우유 맛이 나는 화학물질일 뿐이다.

당신의 이혼 서류는 책상 서랍 맨 안쪽에 있다는 것도 안다. 아내에게 들키면 큰일 나겠지만 당신은, 한 달에 한 번 정도는 분배해야 할 재산 목록을 따져본다. 집의 명의는 아내로 되어 있고 자동차는 당신의 것, 저축과 보험은 어떻게 나눌 수 있을까. 아이와 기르는 개, 고양이, 금붕어는 어떻고. 당신이 평생 함께 살고 싶어 했던 사람은 당신의 아내가 아니다.

당신이 학생이라면 휴학계를 가방에 넣고 있을 것이다. 어차피 당신이 전공하는 학과는 당신이 기대했던 것과는 전혀 다를 테니까. 대학 생활에 낭만을 기대했다면 한 달도 못 가서 실망했을 테고, 고등학교 때와 다름없는 중간고사와 기말고사, 토익 시험과 공무원 준비, 취업 준비가 당신을 기다리고 있다. 당신이 공부하고 있는 것은 당신이 공부하고 싶었던 것이 아니다. 도서관에 숨어서 소설책을 읽고 있는 사이 다른 학생들은 열심히 미래를 위해 준비하고 있다는 것을 잊지 말길.

당신이 무엇이 되고 싶었는지 이야기하지 마라. 다 지나간 이야기다. 지금의 당신은 당신이 되고 싶었던 당신이 아니다. 이젠 술자리에서 그런 이야기를 듣는 것도 지겹다. 지하철표 한 장의 가치도 없음.

Rewind. 언더그라운드에서 자기소개하기.

"여기서 본명을 쓰고 있는 사람은 거의 없어요. 지상에서 자신이 가지고 있었던 것을 모두 버리고 싶은 사람들이 많으니까. 이곳에서는 죽지 않고도, 다시 태어나지 않더라도, 새로운 삶을 살수 있어요. 어때요, 생각보다 나쁘지 않죠? 난 4월에 이곳에 왔기 때문에 에이프릴이라는 이름을 지었어요. 당신의 이름은 뭐죠?"

나는 하진, 김하진이라고 답한다. 한국인이라고 덧붙이는 것도 잊지 않는다.

"이름이 마음에 들지 않는다면 언제든지 바꿔도 좋아요. 하지만 난 김하진, 그 이름이 나쁘지 않은데요. 이곳에 동양 사람들은 그리 많지 않아요. 동양인들은 친척들끼리 서로 돕고 사는 것이 풍습이라고 하던데……. 미국에서 살기 위해 태평양을 건너온 사람들은 마음가짐부터 강해서 술이나 마약에 빠지지 않겠죠. 하지만 얼마 전에 멀쩡한 일본인이 들어온 적이 있어요. 나름대로 깔끔한 양복을 입고 있었어요. 아마 사업이 망해서 자포자기한 심정으로 왔을 거예요. 일주일쯤 이곳에 있다가 흔적도 없이 사라졌어요. 내가 며칠 보살펴주기도 했는데……."

나는 그녀가 얼마 동안 언더그라운드에 머물렀는지 물어본다.

"어디 보자……. 정확한 건 아니지만 한, 20년 정도? 이 정도면 꽤 오랜 시간이에요. 보통 10년을 넘지 못하고 사라지기 일쑤죠. 언더그라운드 어디에서 전철에 치여 죽었는지, 병들어 죽었는지, 아니면 지상으로 사라졌는지 아무도 몰라요. 그다음 날부터 영원히 보이지 않으니까. 내가 이전에 어떤 삶을 살았는지, 어떻게 이곳에 오게 되었는지는 천천히 말해줄게요. 여기서는 남들의 과거에 대해서 묻지 않는 게 예의라는 것만 알아둬요. 음, 한 가지 말해두자면 제 고향은 멕시코예요. 내가 자란 곳은 지하철 같은 건 볼 수도 없는 황량한 곳이었죠. 털털거리는 버스마저도 제시간에 절대로 도착하지 않는 곳이었어요."

나는 캘리포니아의 버스를 떠올린다. 가끔 아내의 차를 타지 못할 때 한 시간에 한 대씩 올까 말까 한 버스를 하염없이 기다리곤 했다. 에이프릴은 내가 물어본 것보다 더 많은 것들을 이야기한다.

"그런데 내 얼굴이 무슨 색으로 보여요?"

어둠과 희미한 전등 불빛 때문에 나는 색을 구별할 수 없다. 그녀는 얼굴을 나에게 들이민다.

"여기는 피부색 따위는 전혀 상관없는 곳이에요. 색을 구별할 만큼 빛이 들어오지 않으니까. 동양인이든, 백인이든, 흑인이든, 멕시코인이든 다 똑같다는 말이죠. 참, 제 딸을 소개하지 않았군요. 스텔라, 스텔라예요."

그녀는 시궁창 냄새가 나는 인형을 내민다. 머리는 털실로 이리

187

저리 얽혀 있고 옷은 헝겊 쪼가리로 기워져 있다.

"애가 낯을 좀 가려요."

새로운 삶. 사직서만 던지면, 이혼 서류에 도장만 찍는다면, 휴
학계를 낸다면, 당신은 새로운 삶을 살 수 있을 것 같다. 사직서
를 던져라. 당신은 직장을 잃는다. 호프집, 치킨집을 열어라. 1년
만에 망한다. 빚이 쌓인다. 이혼 서류에 도장을 찍어라. 당신은 아
내를 잃는다. 집과 아이, 개와 고양이, 그리고 금붕어를 잃는다.
통장의 돈도 급격하게 줄어든다. 아직도 통장에 남은 돈이 있다
면 재혼 전문 결혼 상담소를 잊지 말 것. 휴학계를 내라. 학교에
안 가도 된다. 그러나 당신이 가질 수 있는 직업은 편의점 아르바
이트뿐. 새로운 삶에서 성공할 확률은, 돌 지난 아이가 길거리에
내버려졌을 때 생존할 확률과 비슷하다.

Rewind. 언더그라운드에서 이웃 소개하기.

전직 의사 폴. 그가 모든 것을 잃고 여기까지 온 것은 약에 관
해 너무 많이 알고 있었기 때문이다. 수술실에서 내장을 잘라내
고 알약 하나, 팔을 절단하고 주사 한 대, 찢어진 살을 기운 뒤 알
약 세 알. 침실의 비밀 서랍에 빈 약통이 뒹굴고 있을 때엔 이미
아내가 어디론가 떠난 뒤였다. 폴은 그때부터 수염을 깎지 않았다
고 한다. 그 수염으로 인해 입과 턱이 완전히 가려져 있다. 어떻게

음식을 먹는 것일까?

그는 내 어깨를 이리저리 만지며 진찰을 한다. 그의 손이 닿는 모든 곳에서 심한 통증이 느껴진다.

"생각보다 많이 다쳤는걸요. 뼈에 금이 가지 않았는지 걱정이 됩니다만 제가 최대한 노력을 해보죠. 다리는 금방 나을 수 있을 것 같아요. 발목이 약간 부러진 것뿐이니까."

폴은 기침을 몇 번 하더니 에이프릴의 귀에 대고 뭔가를 속삭인다. 그녀는 고개를 끄덕인다.

"사고로 이곳에 오게 되었든, 원해서 오게 되었든, 언더그라운드에서 살고 싶은지 밖으로 나가고 싶은지 결정을 해야 해요. 저희는 지하철 홈리스(homeless)가 아니에요. 지상에 집이 없는 하우스리스(houseless)일 뿐이랍니다. 언더그라운드에서 새로운 가족, 새로운 친구를 만나 새로운 홈(home)을 만들어 살아가고 있어요. 여기서의 생활이 지상에서의 생활보다 나은 건 아닙니다. 어디에 가든 여기보다 더 나쁜 생활은 할 수 없다는 게 사실이죠. 그래서 더 안심이 돼요. 이보다 더 큰 고통이 없을 거라고 여겨지면 어떤 고통도 쉽게 극복할 수 있으니까요. 보다시피 스토브도 없고, 티브이도 없고, 불편한 점이 한두 가지가 아니에요. 그러나 우리는 지상에서 있었던 일들을 까맣게 잊을 정도로, 서로 도우면서 잘 살아나가고 있어요. 여기에 살더라도 언제든지 지상으로 나갈 수 있어요. 단, 이곳에 대해서 절대로 말하면 안 돼요. 우리

나름대로 이곳을 보호해야 하니까. 경찰들이나 사회 단체들의 회유와 협박 때문에 무너지는 언더그라운드 커뮤니티들이 많아요. 차차 알게 되겠지만 여기서 저는 새로운 세상을 만들기 위해 노력하고 있어요. 당신도 언젠가는 도와주길 바라요."

새로운 삶이라고? 내가 진정 바라는 것이 바로 새로운 삶이다. 아들은 말을 잘 못하고 아내는 안마 시술소에서 만난 남자와 바람이 났다. 10년 다닌 직장은 공중분해된 지 오래고 못질이나 하면서 싸구려 중국 음식으로 점심을 때우면서 살고 있다. 여기서 더 이상 무슨 새로운 삶을 살라고? 사직서를 안 내도 된다. 이혼 서류에 도장을 안 찍어도 된다. 휴학계도 필요 없다.

"대답하지 않는 걸 보니 지상에 남겨두고 온 것이 많은가 보죠? 걱정 말아요. 이제 당신은 모든 것을 버리고 새롭게 살아나갈 테니까."

흑인 소년 프레디. 지하철에서 지갑을 털던 그 소년. 내가 아는 척을 하자 윙크를 건넨다. 언더그라운드에 온 것을 환영한다며 내게 노트북 하나를 건넸다. 전에 이곳에 왔던 일본인이 놔두고 사라진 거란다. 컴퓨터를 쓰려면 전원이 필요한데 나보고 어떻게 쓰라고? 방법이 없는 것은 아니다. 지하철 동력의 일부를 빼내면 불안정하지만 전기를 쓸 수 있다. 전등은 기본이고 작은 냉장고와 심지어는 전자레인지까지 쓸 수 있다. 지하로 연결된 스팀관 주위에는 빨래를 널 수도 있고, 배수와 급수 시설까지 나름대로 갖추어서 샤워까지 할 수 있다. 그러나 아직 컴퓨터를 사용하고 인터넷을 사용하는 사람은 근처에 없었다.

"리버사이드 파크 쪽의 언더그라운드에는 인터넷을 사용하는 사람들이 있다고 들었어요. 그런데, 솔직히 인터넷으로 지상에서 일어나는 일들을 알아보고 싶은 사람들이 왜 언더그라운드에 오겠어요. 지상의 모든 것들과 떨어지고 싶은 사람들이 이곳에 왔죠."

인터넷에 연결이 가능하냐는 질문에 프레디가 시큰둥하게 대답했다.

"그보다 더 재미있는 일이 이곳엔 많이 일어난다고요."

"혹시 내 지갑을 보지 못했니? 분명 사고를 당할 땐 뒷주머니에 있었는데 말이야."

"후후, 글쎄요. 그게 어디로 사라졌을까요?"

풍선처럼 튀어나온 배에 미키 마우스 티셔츠를 입은 마커스. 이와는 반대로 뼈밖에 붙어 있지 않고 보드카 회사에서 준 공짜 모자를 쓰고 있는 클리프턴, 내게 중국 음식을 만들어달라고 조르는 미카엘. 그림자처럼 자취도 없이 지나가는 사람들. 내가 잘못 봤을 수도, 그들이 나를 지나쳤을 수도 있는 유령들. 눈에 빛이 사라진 유령들이 하나하나 자신을 소개한다.

28

From: skdadday@*****.com

To: bluebear213@*****.com

Subject: Welcome to the underground

From Dad.

이곳은 초대하지 않고서는 경찰도, 떠돌이 홈리스도 도저히 찾아올 수 없는 곳이다. 뉴욕의 지하철은 아직도 정확한 지도가 없다. 현재 운행하고 있는 지하철의 지도는 있지만 도중에 폐쇄된 지하철역과 운행이 중단된 루트를 정확히 기록하고 있는 지도는 없다는 말이다. 지도상에도 없는 빈 터널을 홈리스들이 하나씩 점령하기 시작했다. 겨울에는 지상보다 3도씩 온도가 높고, 여름에는 반대로 3도씩 온도가 낮아서 길거리를 배회하는 것보다 아늑하다. 길만 익숙하다면 어둠 속에서 누군가를 따돌리기도 쉽다.

그러나 내가 머물게 된 곳은 보통의 언더그라운드와는 다르다. 대대적인 지하철 정화 작업으로 대부분의 숨은 보금자리들이 파괴되고 홈리스들은 격리 수용되었지만, 이곳은 아무도 찾아낼 수가 없었다. 이곳으로 연결되는 터널은 애초에 막혀 있었고 출입은 비밀스럽게 연결된 폐가를 통해서만 가능했다. 아무도 살지 않는 집의 지하 창고로 내려가 오래된 가구를 밀어내면 터널이 나타나는 것이다. 그중에서 한 집을 내가 부숴버렸다. 홈, 스위트 홈.

센트럴 파크의 오른쪽을 관통하는 지하철은 한창 경쟁적으로 지하철 노선이 생겼던 1900년대 초반, 한 철도회사에서 지었지만 개통도 하기 전에 메워져버렸다. 잘못 팠다가는 무너질 우려가 있을 정도로 센트럴 파크의 지반이 약했고, 굳이 그곳을 통과하지 않더라도 사람들이 많이 살고 있는 렉싱턴 애비뉴를 따라 지하철을 짓는 것이 훨씬 효율적이었던 것이다. 센트럴 파크의 지질 측량을 잘못했던 직원은 해고당했다. 센트럴 파크의 한가운데 82번 가쯤에 지하철역이 하나 있어도 좋았을 텐데 왜 그랬을까.

그 후 한 세대가 바뀌는 동안 300미터가량의 터널의 존재는 언더그라운드에 묻혀 있었다. 그곳을 발견해서 아무도 모르게 천천히 보금자리를 마련한 것은 빨간 모자를 쓴 난쟁이였다. 그가 어디에서 왔고, 무슨 일을 했는지는 아무도 모른다. 그는 4년 동안 끊임없이 터널을 깨끗하게 정리하고 가로 세로 5미터 정도 되는 공간을 하나씩 만들어갔다. 황무지에 똑같은 모양의 연립주택을 짓는 것처럼 말이다. 독방 감옥보다는 넓고, 모텔 방보다는 좁은 방들을 하나씩 만들었다. 보통 사람들이 살기에는 약간 좁은 크기다. 아마 난쟁이의 몸에는 충분히 컸는지도 모른다.

스무 개 정도의 방이 트랙을 중심으로 양쪽에 완성되자 난쟁이는 그곳에 살 사람들을 한 명씩 데려오기 시작했다. 뉴욕을 배회하는 수많은 홈리스 중에서도 가장 절망적인 사람들, 희망을 잃은 사람들을 한 명씩 데려와 방으로 인도했다. 언더그라운드에 도착한 사람들은 한 명씩 한 명씩 늘어났지만 결코 스무 명을 넘는 일은 없었다. 소리 없이 사라지는 사람도 있었고 어느 날 아침 비어 있는 방에 새로 온 사람도 있었다.

"난쟁이를 본 적이 있어. 코니아일랜드에서 묘기를 하는 난쟁이 말이야. 그 난쟁이일지도 몰라."

프레디는 고개를 끄덕거렸다.

"그는 사람들의 눈에 잘 보이지 않아요. 유령같이 안 보이는 게 아니라 복잡한 거리에 사람들과 섞여 있을 때엔, 허리 아래에 있기 때문에 안 보일 수밖에 없죠. 설사 사람들이 난쟁이를 본다고 하더라도 못 본 척 눈을 돌리니까. 마치 휠체어에 탄 사람을 보는 것처럼 말이에요. 난쟁이는 세상에서 가장 절망에 차 있는 사람에게 잘 보이죠. 이곳 언더그라운드에 살고 있는 사람들은 특히 난쟁이를 더 잘 알아본 사람들이랍니다. 저는 근처 놀이터에서 줄넘기를 하던 난쟁이를 봤는걸요. 아저씨도 결국 이곳에 올 사람이었구나."

프레디는 환하게 웃었다. 코니아일랜드의 난쟁이는 단지, 사이드 쇼의 멤버였을지도 모르는데 말이다.

잠에서 깨어날 때마다 지금이 몇 시쯤 되었을까가 궁금했다.

햇살이 비치는 창 하나만 있더라도 대충 시간을 짐작할 수 있었겠지만, 사방이 깜깜한 곳에 시계 하나도 놓여 있지 않았다. 다행히 노트북을 켜면 시간과 날짜를 확인할 수 있었다. 잠깐, 과연 이것이 정확할까?

"결국엔, 시간 따위는 중요하지 않게 돼요. 스물네 시간 어두울 뿐이니까. 잠이 오면 잠을 자고, 배가 고프면 뭔가를 먹고……. 시계를 보고 움직이는 것보다 자신이 원하는 대로 하면 문제없어요."

폴은 자주 들러 어깨와 다리의 상처를 확인하고 주사를 놓고, 약을 주고 갔다. 그는 수염이 살짝 올라갈 정도로 웃을 뿐 말이 많지 않았다. 구석에서 에이프릴의 귀에 대고 뭔가를 수군거릴 때가 많았다. 몸을 조금만 움직여도 팔이 욱신거려 움직이기 힘들었다. 폴이 주사를 놓고 갈 때마다 잠이 스르르 쏟아졌다.

"안정제가 포함되어 있어요. 일단 잠을 충분히 자는 것이 치료에 도움이 될 겁니다. 모든 걱정을 잊고 치료에만 집중하세요."

에이프릴은 내 옆에 간호사처럼 앉아 물어보지도 않은 이야기를 술술 풀어냈다. 난쟁이 이야기, 자신의 이야기, 그리고 다른 사람들에 대한 이야기, 센트럴 파크에 생길 뻔했던 지하철 이야기…….

아침에는 파란 알약, 저녁에는 빨간 알약. 약 기운 때문인지 머리가 멍해져 에이프릴이 들려주는 이야기는 자장가처럼 들렸다. 그리고 설핏 잠이 들면 그녀가 해주었던 이야기들이 이상한 식으로 조합되어 꿈속에 나타났다. 에이프릴이 내 아내 미라가 되고, 프레디가 아들이 되어 난쟁이의 주선으로 땅굴을 판다. 파도 파도 끝이 없을 것 같은 그곳에서 뭔가 딱딱한 것이 걸린다. 나는 두 손으로 흙을 파낸다. 손이 나온다. 못에 긁히고 멍 자국이 나 있는 손이다. 뒤로 꺾인 팔이 나온다. 검은 머리가 나온다. 어디서 많이 보던 사람이다. 바로 내 모습이다.

"악."

생각보다 신음 소리는 크지 않다. 입 안을 맴돌 정도의 목이 쉰 소리일 뿐이다. 침대맡엔 에이프릴이 앉아서 뜨개질로 옷을 짜고 있다. 폴이 다가와 그녀의 어깨를 만진다. 분주히 움직이던 뜨개질이 멈춘다. 내 목소리를 듣지 못한 것 같다. 둘은 보이지 않는 어둠 속으로 사라졌다. 다시 눈이 감긴다. 눈을 떠보니 에이프릴이 나를 보며 말한다.

"언제 깨어났어요? 악몽이라도 꾼 건가요? 괜찮아요, 약이 있으니까. 괜찮다면 나의 옛이야기를 해볼게요."

29

Record.

"그는 매일 밤, 술에 취해 돌아왔어요. 술을 먹고 들어와 폭력을 휘두르지는 않았어요. 그냥 알 수 없는 말을 흥얼거리다가 침대에 쓰러져 자기 일쑤였답니다. 누워 있는 그를 보면 안쓰럽기까지 했어요. 그럴수록 열심히 집 안을 쓸고 닦았어요.

그를 만나기 전까지는 퀸스에 있는 친척 집에 얹혀살았어요. 멕시코에서 불법으로 미국에 와서 할 수 있는 일이 별로 없었죠. 근처의 식당에서 일을 하면서 팁으로만 겨우 살 수 있었어요. 하지만 그렇게 번 돈도 같이 사는 친척에게 생활비 명목으로 빼앗기기 일쑤였어요. 차라리 풍족하지는 않지만 정겨운 고향에서 사는 것이 나았을지도 몰라요. 하루 종일 흙먼지가 날리고 지겹던 날이 죽도록 계속된다고 하더라도 말이에요. 도대체 풍족하다는 것의 기준은 무엇일까요? 내가 갖고 싶었던 것, 하고 싶었던 것이 정확하게 무엇이었을까요?

후회해봤자 늦은 일이었어요. 미국에 가서 부자가 된 친구들의 소문도 결국엔 별게 아닌 걸 깨닫게 되었어요. 자신의 인생을 바꾸는 게 어디 그렇게 쉽겠어요? 기껏해야 돈 많은 남자와 결혼해서 불행한 삶을 살고 있거나, 매춘부가 되거나, 식당이나 네일숍에서 백인들의 하녀 노릇을 평생 해야 하는 것뿐이었으니까. 자신의 손으로 일구고 노력으로 얻은 것이 아니라면, 하루아침에 잃어버리기도 쉽잖아요. 그리고 어떤 사람들에게는 맨손으로 일궈서 얻을 수 있는 것이 거의 없어요. 뉴욕은 그런 사실을 잊게 만들어주는 도시랍니다. 하고 싶은 일을 할 수 있을 것만 같고, 갖고 싶은 것을 가질 수 있을 것만 같죠. 자신이 바라는 모든 것들이 바로 그곳에 있으니까. 눈앞에 빤히 보이니까 가질 수 있을 것만 같지요. 하지만 그걸 가지기가 결코, 결코 쉽지 않다는 건 당신도 잘 알고 있을 거예요.

그런 절망으로 가득 찬 어느 날, 친척 집에서 몰래 나와 갈 곳도 없이 무작정 길을 걸었어요. 그대로 국경을 넘어 집까지 걸어가고 싶었어요. 홀로 사는 늙은 어머니가 맨발로 나와 나를 반겨줄 테니까요. 그러나 추운 겨울, 갈 곳이라고 해봤자 지하철뿐이었어요. 스물네 시간 움직이는 따뜻한 방, 어디론가 움직이고 있는 방이니까요. 그곳에서 남편을 만났어요. 사람이 별로 없던 새벽의 전차에서 남편은 맞은편에 앉아 있었죠. 졸고 있던 그가 잠에서 깨어났을 때, 눈동자를 봤어요. 그의 눈동자를 보고 나쁜 사람은 아닐 거라는 확신이 들었어요. 그런 거 있잖아요. 사람의 눈동자를 깊이 들여다보면 맑은 빛이 나는 사람과 탁한 빛을 가진 사람이 있는 것. 아무리 속이려고 해도 천성은 속이지 못하는 것이죠. 눈동자를 보면 알 수 있어요. 무작정 그의 뒤를 따라갔죠. 제 생각은 틀리지 않았어요. 그는 착한 사람이었으니까. 길에서 만난 한 여자를 자기 집에서 손끝 하나 건드리지 않고 재워줄 만큼.

그런데 그는 왜 매일 술을 마신 걸까요? 직업적 습관이었을까요? 스텔라가 태어나고 1년 정도까지는 술을 그다지 많이 마시지는 않았어요. 매일 밤 손님에게 얻어 마시는 몇 잔을 제외하고는……. 하지만 스텔라가 한 살이 넘어가자 부쩍 술을 많이 마시기 시작했어요. 아이가 울어도, 내가 다그쳐도, 그는 상관없다는 듯 술에 취해 잠을 잘 뿐이었죠. 모든 걸 잊기 위해서였을까요? 그도 나름대로 힘들었겠지만, 그는 정말로 힘든 것이 뭔지 잘 몰랐을 거예요. 그는 불행했을까요? 진정한 행복이 어떤 것인지 알고 있었을까요? 일을 하러 갈 때까지 꼼짝 않고 침대에서 누워 있는 아빠를 보고 스텔라는 무엇을 배울 수 있을까요?

그날도 굉장히 바람이 차가운 날이었죠. 스텔라를 데리고 지하철을 탔어요. 내가 도망쳤던 그 친척 집에 한번 가보고 싶었어요. 퀸스를 떠난 지도 2년이 넘었으니까. 길거리에서 한 번쯤은 아는 사람들을 마주칠 법도 한데, 참 신기하죠. 한 번도 아는 사람을 만나본 적이 없어요. 맨해튼에는 그렇게 많은 사람들이 오고 가는데도 단 한 번도 아는 사람을 본 적이 없어요. 아무튼 그들이 죽도록 싫었지만 한편으론 보고 싶기도 하고, 딸을 보여주고 싶기도 했어요.

지하철 안은 무척 따뜻했어요. 마침 빈자리가 있어서 스텔라를 앉히고 북쪽으로, 북쪽으로 향하는 기차를 탔어요. 그날따라 기차의 난방이 심하게 되었던 탓인지 내가 깜빡 졸았나 봐요. 아주 사소한 것이 불행의 원인이 되는 경우가 많죠, 안 그래요? 저도 마찬가지였답니다. 눈을 떠보니 스텔라가 사라지고 없었어요. 옆자리에도, 의자 아래에도 없었어요. 저만치 사람들 사이에서 뛰어올 것만 같은 아이가 감쪽같이 사라진 거예요. 이제 걸음마를 배우던 아이가 어떻게 지하철 문을 통해 혼자 나갈 수 있겠어요? 누군가 데려간 것임에 분명했어요. 아…… 아직도 망치로 머리를 맞은 듯이 머리가 어지러웠던 그날을 잊을 수 없어요.

하루 종일 지하철을 뒤지면서 내 딸을 찾았어요. 경찰서에도 갔어요. 간다고 하더라도 누가 아이를 찾을 시간이나 있겠어요. 기다려보라는 말밖에는 들을 수 없었죠. 집으로 들어가고 싶지 않았어요. 그이를 보기가 겁났어요. 스텔라를 그토록 좋아하던 그이가 뭐라고 펄쩍펄쩍 뛸지 상상조차 할 수 없었답니다. 술에 더 취해 비틀거리는 모습을 보기도 두려웠어요. 궁금해요. 술에 취한 모습이 그의 진정한 모습이었을까요? 안 취한 것이 진정한 모습이었을까요? 술에 취한 모습을 주로 보게 되면 그것이 헷갈리게 돼요.

그날 이후, 집으로 돌아가지 않고 계속 지하철에 머물게 됐어요. 지하철에 있으면, 아이를 찾을 수 있을 것만 같았으니까. 한시라도 지하철을 벗어난다면 찾을 기회를 놓칠 것만 같았으니까. 언제 어디선가 그 자그마한 아이가 툭 하고 튀어나올 것 같았으니까. 스텔라만 찾아낸다면, 그따위 술주정뱅이 남편쯤은 아무 문제가 아닐 거라고 생각했어요. 어떻게든지 둘이서 살아나가겠다고 다짐했어요. 스텔라만 나타난다면, 거짓말처럼 스텔라만 나타난다면 말입니다. 왜 사람들은 자기가 갖고 있는 것이 얼마나 소중한지 알지 못하는 것일까요? 그걸 잃어버리기 직전까지요.

지하철 안에서 헤매던 기억은 잘 나지 않아요. 정신없이 기차를 바꿔 타며 스텔라를 찾은 것밖에는. 지하철역 이름을 한번 대보세요. 안 가본 역이 없어요. 안 타본 기차가 없어요. 1번을 타고 할렘에서 트라이베카로, 다시 6번을 타고 할렘으로, R을 타고 브루클린으로, 7번을 타고 퀸스로……. 성지 순례를 하는 것처럼 구석구석 돌아다녔어요. 사실 그것밖에는 할 수 있는 일이 없었죠. 바보 같은 짓이라는 건 알아요. 하지만 그런 지푸라기 같은 희망조차 없었다면 달려오는 기차에 몸을 던졌을 수도 있어요. 실낱같은 희망, 그 희망을 놓치고 싶지는 않았어요. 그러던 어느 날, 빨간 모자를 쓴 난쟁이를 만났어요. 사람들이 거의 지하철에 타지 않는 새벽이었을 거예요. 내 눈을 의심했죠. 정말 키가 보통 사람의 허리밖에 오지 않는 난쟁이였어요. 하얗게 수염이 자라나 몇 살인지 상상하기 힘들었어요. 처음엔 먹을 걸 찾거나 구걸을 하는 줄 알았는데 나에게 손짓을 하더라고요. 자신을 따라오라고. 마치, 내 딸이 있는 곳을 알고 있다는 것처럼. 나는 그를 따라 한참을 걸어갔죠. 지하철 선로를 따라 걷고 중간에 뚫린 작은 터널을 몇 개나 지났는지 몰라요. 걷는 도중에 기차가 오면 어쩌나 두리번거렸지만 이상하게 기차는 오지 않았어요. 난쟁이는 수십 번씩 그 길을 걸었던 것처럼 재빠르고 확실하게 걸어갔어요.

그리고, 그리고…… 난쟁이가 안내한 작은 동굴 같은 방 안에 살게 되었죠. 바로 이곳 언더그라운드예요. 다른 사람들 몇 명이 이곳에 있었어요. 닥터 폴도 이미 이곳에 몇 년 전부터 살고 있었어요. 폴은 제 생명의 은인이자 스텔라를 찾아준 은인이기도 합니다. 나의 이야기를 듣고 한 달이 채 가기 전에 스텔라를 언더그라운드로 데려와주었어요. F 트레인에서 울고 있는 스텔라를 발견했다고 해요. 그 이후부터 난, 언더그라운드에서 지금까지 줄곧 살게 되었죠, 내 사랑스러운 딸, 스텔라와 함께. 그 아이와 안전하게 살 수 있는 곳은 이곳밖에 없어요. 더 이상 지상의 뉴욕으로 갈 필요가 없어요. 스텔라만 찾는다면, 어떻게든지 살아나가겠다고 다짐했으니까. 일말의 희망이 짓뭉개졌어도, 이곳에서는 다시 시작할 수 있어요. 아주 깨끗하고 새롭게. 마치 지상에서의 삶은 잠깐 동안의 꿈이었던 것처럼. 나는 스텔라와 완전히 새로운 삶을 살고 있어요. 정말 행복해요."

Pause.

그가 당신에게 약을 주지는 않았던가요?

"네, 물론이죠. 그는 의사니까. 바깥에 나가지 못하면 비타민 E가 부족해진다며 알약을 챙겨주었어요. 잠이 오지 않을 때는 수면제를, 독감 예방주사도 놔주고, 신경안정제도 놓아줬어요."

지금도 그 약들을 먹지는 않나요?

"거의 매일 먹죠……. 기분이 훨씬 나아지거든요. 이곳에 온 이후로는 모든 걱정이 사라졌어요. 지상에 있을 때엔 뭐 그리 걱정할 게 많았는지 신기할 정도예요. 음…… 가끔씩은 하루 종일 울기도 하지만. 그럴 때엔 폴이 우울증 치료제를 주기 때문에 나아져요."

그 약들은 다 공짜인가요? 어디서 구하죠?

"폴이 그 약들을 파는 건 아녜요. 모든 사람한테 다 나누어 주는 것도 아니고. 나를 보살펴주는 게 얼마나 고마운지 몰라요. 당신도 이렇게 보살핌을 받고 있잖아요. 얼마 만에 이렇게 친절함을 대가 없이 받고 사는지……. 그것에 비해 내가 폴에게 해주는 건 별것 아니죠."

나한테는 뭘 원하는 것일까요?

Stop.

뇌가 조여오다가 다시 부푼다. 폴이 내게 매일매일 주었던 약들은 진통제가 아니라 중독성이 강한 약임에 틀림없다. 헝겊 인형을 자신의 딸이라고 믿게 할 만큼 말이다. 팔에 놓은 주사도 마찬가지. 에이프릴은 폴이 남기고 간 알약을 권한다.

"아침저녁 꼭 먹으래요. 그래야 상처가 빨리 낫는다고."

접시를 깨뜨리고 싶다. 그러나 아직 어깨가 으스러지듯이 아프다. 이곳을 뛰쳐나가고 싶다. 그러나 다리엔 아직 붕대가 감겨 있다. 손이 떨린다. 입 안이 바짝 마른다. 뇌가 조여오다가 다시 부푼다. 덜덜 떨리는 손이 접시에 닿는다.

"그래요, 착한 아이는 의사 말을 잘 듣는 거죠. 좋은 약은 다 쓰다고요."

라고 에이프릴이 말한다.

30

"엘리베이터가 있는 줄은 꿈에도 몰랐겠죠?"

프레디는 끼이익 하고 소리가 나는 철제문을 연다. 엘리베이터가 딜컹거리면서 올라간다. 꼭 중간에서 멈춰 서버릴 것만 같다. 그렇게 된다면 우리는 곧장 지옥으로 떨어질 것이다.

"이 엘리베이터를 다시 작동시키기 전까지는 얼마나 힘들게 지상으로 올라갔는지 말을 꺼내기도 싫어요. 무너진 계단을 밟고, 녹슨 사다리를 올라가고, 우물 같은 동굴을 따라 올라가야 했으니까. 그런데 얼마 떨어지지 않은 곳에 엘리베이터가 있었어요. 내가 태어나기 훨씬 전, 이곳에 지하철을 만들려고 했던 사람들이 버려둔 것이죠. 다행히 사람들의 힘으로 간신히 고쳤어요. 저도 한몫했죠."

엘리베이터는 사방이 철골로 만들어져 있다. 발을 잘못 디디면 아래로 떨어질 것 같다. 땀이 흐른다. 엘리베이터에 기대 가쁜 숨을 내쉰다. 몸에 열이 뭉게뭉게 피어오른다. 빨간 약이 필요한가, 파란 약이 필요한가? 프레디는 에이프릴과 폴이 없는 틈을 타서 내 팔을 어깨에 메고 이곳까지 와주었다. 그대로 누워 있다가는 영원히 그곳에서 누워 있어야 할 것 같았으니까.

"너는 그 약을 먹지 않니?"

"우리 엄마가 어떻게 죽었는지 알아요? 새벽 3시에 고함을 지르며 자동차들이 쌩쌩 달리는 거리로 뛰어들었어요. 그 뚱뚱한 몸이 차에 부딪혀서 땅바닥으로 떨어지는 소리가 너무 커서 무슨 가스폭발이라도 일어난 줄 알았다니까요. 쓸데없는 약을 너무 많이 먹어서 그래요. 아저씨도 조심해요."

엘리베이터에서 내려 한참을 걸어가자 밝은 조명과 지하철 선로가 나타났다. 센트럴 파크 동쪽 렉싱턴 라인이다. 깜깜한 어둠 속에서 불빛이 다가오는지 확인하다가 하마터면 다가오는 기차에 치일 뻔했다. 경적 한번 울리지 않고 기차는 지나갔다. 다행히 프레디가 벽 쪽으로 나를 바짝 끌어당겼다.

"조심해요. 기차에서 치여 죽는 건 서로 괴로운 일이니까. 선로 쪽이라면 치우지도 않겠지만 정류장 쪽이라면 파편이 난 몸뚱이와 피를 며칠 동안이나 씻어낸다고요. 사람들이 얼마나 괴롭겠어요. 그러니 제발 조심해요. 1년에 꼭 서너 명은 언더그라운드 사람들이 기차에 부딪혀 죽어요."

　사람들을 오랜만에 본다. 하얀색, 검은색, 노란색의 피부를 한 사람들, 옷도 제각각이고 들고 있는 가방과 물건도 제각각이다. 이스트 68번가 헌터 칼리지 역. 그들의 공통점이 있다면 단 하나, 기다리는 기차가 같다는 것. 머리가 어지러워 승강장의 나무 의자에 앉았다. 내 옆에 앉아 있던 할머니가 얼굴을 찡그리며 자리를 피했다. 그렇지, 나는 냄새 나고 더러운 홈리스였지. 어깨가 욱신거린다. 땀이 흘러내린다. 파란 약이 필요하다. 저 멀리서 굉음을 내며 전철이 다가온다. 천천히 트랙에 멈춘 기차는 쩍 하고 입을 벌린다.

　프레디는 나의 손을 잡고 쩍 벌린 입으로 나를 인도한다. 기차 안에서 머리를 허리만치 기른 여자가 구걸한다. 누더기가 된 아디다스 쇼핑백을 열고는 돈도 좋지만 먹을 것이 있다면 무엇이라도 좋으니 달라고 한다. 사람들은 캔디나 초콜릿 바 심지어는 먹다 남은 도넛을 넣어준다. 갑자기 배가 고파졌다. 그 여자는 출입문 곁에 서 있는 우리를 보고 살짝 웃는다.

　"빌리, 오랜만이야. 옆에 있는 남자는 신참인가 봐?"

　누렇게 변색된 이빨 사이로 지독한 냄새가 났다.

　"응, 오랜만에 밖을 구경시켜주려고."

　그 여자는 바로 다음 역에 내렸다. 빌리의 손에 초콜릿 바 하나를 쥐여주고.

"왜 너를 빌리라고 불러?"

"하하, 이름이 뭐가 중요하겠어요. 언더그라운드에서만 프레디라고 불러요. 다른 곳에서는 빌리라고 불러요. 원래 제 이름이기도 하고."

"그렇구나."

나는 언더그라운드에서 어떤 이름을 가져야 할지 생각에 잠겼다. 미스터 김치? 코리안 BBQ? 스시보이?

"그런데 우리, 어디로 가는 거지?"

"당연하잖아요. 아저씨 집으로 가야죠. 아저씨가 내게 도와달라고 했잖아요."

그렇다, 내가 집으로 가고 있다는 것을 깜빡했다. 전차가 그랜드 센트럴에 선다. 다른 역보다 크고 깨끗하다. 어디든지 갈 수 있는 이곳에 오면, 어디에서든지 새롭게 출발할 수 있을 거라는 생각이 든다. 아무 기차의 노선표를 집어 들고 평생 한 번도 가보지 못한 지명이 낯선 곳에 내리는 것이다. 그러나 그곳엔 지하철도, 한국 사람도, 중국 음식점도 없을 것이다.

"햇살이 눈부실 수도 있어요. 이제, 선글라스를 쓰세요."

Fast Forward.

문이 열리자 동양인들이 우르르 전차에 탄다. 그중 낯익은 할아버지가 전단을 사람들의 무릎에 뿌리며 지나갔다. 나는 내 무릎에 놓인 전단을 슬쩍 읽어본다.

'천국의 비밀. 요한 계시록 특별 세미나. 계시록에 기록된 재앙은 정말 인류의 종말을 알리는 것인가?'

이번에 할아버지는 내게 말을 걸지 않는다. 대신 내가 말을 건다.

"할아버지, 전에 나한테 똑같은 전단을 준 적이 있는데 기억하세요?"

한국말로 말했는데도 할아버지는 내 쪽을 쳐다보지 않고 피한다. 온몸이 후끈거린다. 천국에 가기 위해 일주일에 하루를 충분히 투자할 마음이 있다. 인생의 비밀을 알고 싶다. 그러나 지금 나에겐 파란 약이 필요하다.

전차는 7번 트레인의 종착역인 메인 스트리트에 다다랐다. 마지막으로 집을 나온 지가 두 달은 넘었을 것이다. 그러나 지하철 승강구와 출구 풍경은 마치 어제 집을 나온 듯이 익숙했다. 선글라스를 썼는데도 머리가 아찔할 정도로 어지러웠다. 다리를 휘청거리자 프레디는 얼른 내 허리를 팔로 감싼다. 지상으로 향한 출구를 바라본다. 나는 잠시 머뭇거리지만, 프레디의 부축을 받고 지상으로 올라온다. 한 계단 한 계단 올라갈 때마다 머리가 지끈거린다.

"이게 다 한국 사람들인가요?"

메인 스트리트에 올라오자 프레디가 묻는다.

"아니, 거의 중국 사람들이야. 동양 사람들도 조금만 유심히 보면 구별할 수 있다고. 저 길로 돌아가면 한국인 거리가 있어."

한국인, 중국인, 일본인. 헷갈리지 않게 명찰을 달아라. 나는 길을 걸으며 문득 코 밑과 턱의 수염을 만져본다. 그동안 면도를 한 적이 없어서 덥수룩하다. 옷도 다른 사람들이 주워 온 두꺼운 것들이다. 악취가 난다. 아내와 아들이 놀랄지도 모른다. 나는 발걸음이 빨라진다. 이제 집으로 돌아가는 것이다. 프레디는 뒤를 이리저리 살피면서 나를 따라온다. 한국 아줌마들이 수다를 떠는 미용실과 노인들이 즐겨 찾는 빵집이 있는 건물을 돌아 낡은 벽돌의 아파트 건물에 다다른다. 숨을 몇 번 내쉰다. 집에, 우리 집에 돌아왔다. 103호. 이제 벨을 누르면 된다. 나는 팔을 들어 올린다.

딱.

그때 문 안에서 열쇠 돌리는 소리가 났다. 반사적으로 계단을 급히 내려와 나무 뒤로 숨었다. 문이 열리자 꼬마 아이 한 명이 나왔다. 분명히 민규일 거라는 반가운 마음에 손을 흔들 뻔했다. 그러나 그 아이의 머리는 금발이고 피부도 하얀색이다. 키는 민규만 하고 나이도 비슷해 보인다. 뒤이어 그의 엄마와 아빠가 나온다. 엄마도 금발에다 서른을 갓 넘긴 듯 보이는 젊은 여자다. 아빠처럼 보이는 사람은 어디서 많이 본 듯하다. 그렇다, 코니아일랜드에서 나의 아내와 함께 있던 남자다. 그런데 도대체 우리 집에서 저 가족은 무슨 일을 하고 있는 걸까?

209

프레디가 옆구리를 쿡 찌른다. 나는 손가락을 입술에 대며 조용히 하라는 신호를 보낸다. 그들은 계단을 내려와 길가에 세워둔 차에 오른다. 금발 머리 사내의 차일 것이다. 커다란 링컨 세단이다. 이윽고 빨간 불이 켜지고 부르릉거리는 엔진 소리가 들린 뒤, 차는 곰처럼 출발한다. 천천히, 그러나 확고하게. 나의 무릎이 땅에 고꾸라진다. 그리고 앞이 서서히 검게 변한다. 파란 약이 필요하다.

31

음식인지 쓰레기인지 분간할 수 없다. 쓰레기통의 아랫부분에서는 벌써 썩는 냄새가 나기 시작했지만 입구에 있는 음식은 그럭저럭 먹을 만하다. 해물이 들어간 라비올리, 통후추 스테이크, 온갖 야채샐러드……. 지상의 어느 돈 많은 누군가가 남긴 이 음식을 45번가 뒷골목에서 꾸역꾸역 입 안으로 넣고 있다.

"아저씨, 이런 레스토랑에서 식사한 적 없죠?"

이전에도 없었고, 앞으로도 없을 것이다.

"지금 하고 있잖아. 그것도 공짜로."

나는 눈물을 훔친다. 배 속에 들어가면 어차피 똑같아질 것. 미리 섞여지고 으깨지고 조금 상해도 상관없다. 라비올리, 스테이크, 샐러드.

Rewind.

"나는 아빠가 어떤 얼굴인지 기억도 나지 않아요."

허탕을 치고 돌아오는 지하철 안에서 프레디가 말했다. 풀이
죽어 있는 나를 위해 이야기를 꺼냈을지도 모른다. 육중한 링컨
세단을 따라잡을 방도가 없어서 멍하니 그 차가 사라지는 것을
바라볼 수밖에 없었으니까. 그들이 사라진 뒤 문을 두드리고 벨
을 눌러봐도 아무도 나타나지 않았다. 내가 기억하는 우리 집의
번호로 전화를 걸어봤지만 잘못된 번호라는 메시지만 들릴 뿐이
었다.

"아빠는 내가 태어나자마자 도망가버렸으니까. 게다가 엄마는
술과 마약에 찌들어 살고, 형과 누나들도 배다른 자식이라 친하
지도 않았어요. 엄마가 사고 난 뒤부터는 고아나 다름없었죠. 그
래도 아저씨 아들은 행복한 편이죠. 엄마도 있고, 이렇게 아빠도
살아 있고……."

"그리고 그를 보살펴주는 다른 남자도 있겠지."

나는 고개를 숙이며 말했다.

"코니아일랜드에서 아내와 바람 피우던 놈이야. 그때 뭔가 조
치를 취했어야 했는데 바보같이……. 그런데 우리 집에 왜 그놈
의 가족이 살고 있는 것일까?"

"주소를 잘못 알고 있는 것 아녜요? 알고 있는 사람의 집이거나……. 언더그라운드에 있다 보니 머리가 약간 이상하게 되어버렸을 거예요. 조금만 더 기다려봐요. 전 여러 차례 임시 보호 가정으로 떠돌아다녔어요. 그런데 임시 아빠라는 자식들이 제일 무서웠어요."

"왜, 때리기라도 했단 말이야?"

"차라리 그게 낫죠."

나는 프레디를 쳐다보았다. 그는 하얀 이를 드러내며 싱글벙글 웃고 있었다. 아주 슬픈 웃음인 것만은 확실했다.

"에이프릴 아줌마는 저에게 엄마나 다름없어요. 언더그라운드에서 남을 보살핀다는 것은 불가능하지만 말이에요. 누구나 자신의 생존은 자신이 책임져야 하니까. 하지만 나도 가끔은, 꾀병을 부리고 싶을 때도 있는걸요. 특히 아플 때나, 잠이 오지 않을 때, 그럴 때엔 에이프릴이 도와줘요. 아저씨도 에이프릴 아줌마가 싫은 건 아니죠?"

"무슨 이야기를 하고 싶은 거니?"

"하하, 정색하지 말아요. 나도 그런 건 아는 나이니까. 언더그라운드에서는 파트너가 있는 쪽이 없는 쪽보다 살아남을 가능성이 높아요. 에이프릴 아줌마가 아니었다면 아저씨는 과연 지금 살아 있을까요? 그리고 혹시 알아요? 아저씨와 에이프릴이 잘되면 나를 입양아로 받아줄지, 내가 아저씨의 아들이 될지."

빌리, 입양아가 되기엔 너는 너무 나이가 많아. 그리고 나보다 살아남는 법을 더 잘 알고 있잖아. 누군가 너를 더 이상 보살펴줄 필요가 없어. 부모가 왜 필요하지? 가족이 왜 필요하지? 나는 머리에 세 명의 스위트 홈을 그려본다. 가족사진을 찍으면 어떻게 될까. 나는 동양인, 아내는 멕시코인, 아들은 흑인. 꽤나 흥미로운 가족사진이 될 것이다. 라비올리, 스테이크, 샐러드. 사진의 아내 쪽에는 미라의 얼굴이, 아들 쪽에는 민규의 얼굴이 오버랩된다. 그들은 내가 죽었다고 생각하는 것일까? '김하진, 미국에 와서 그럭저럭 살다가 죽다'라고 묘비에 새겼을까?

"에이프릴의 딸은 어디로 사라졌을까?"

"한 번도 본 적이 없어요. 어디로 사라져 어떻게 되었는지는 상상하기도 싫어요. 차라리 지금 갖고 있는 인형을 딸이라고 여기고 사는 게 더 낫죠. 그런데, 딸이 있기는 있었을까요?"

나는 왠지 스텔라가 뉴욕에 빌딩을 여러 채 가진 부잣집에 입양되어 호화로운 삶을 살고 있을 것만 같다. 핑크색 곰돌이 인형을 들고 센트럴 파크가 보이는 맨션의 발코니에 서 있는 것이다. 그랜드 센트럴에 지하철이 도착했다. 갑자기 배가 쥐어짜듯 조여오며 아팠다. 잠시 생각해보니 그건 배가 아픈 것이 아니라 고픈 것이었다. 하루 종일 먹은 것이 없었다. 나는 아직도 보살핌이 필요하다. 에이프릴이 쥐로 만든 수프가 필요하다.

"음식 쓰레기를 버리는 레스토랑을 알고 있어요. 최고급 이탈리안 레스토랑이라 아저씨가 평소에 절대로 먹어보지 못한 것이 가득해요. 어떤 레스토랑에서는 쥐약 같은 걸 집어넣어 몇몇 홈리스들이 죽기도 했지만 그 집은 안전해요. 아니면 그랜드 센트럴의 푸드 코트 쓰레기통도 좋고."

나는 프레디와 함께 지하철에서 내려 사람들이 분주히 오가는 그랜드 센트럴의 거대한 메인 홀을 통과한다. 뉴욕에서 일을 마치고 돌아가려는 사람들이 분주하게 전광판의 기차 시간표를 쳐다보거나 종종걸음을 옮긴다. 오직 관광객만이 영화에서 보던 풍경을 카메라에 담기 위해 플래시를 터뜨린다. 나는 5층 건물보다 높고 올림픽 수영 경기장보다 넓어 보이는 홀에 서 있다. 그들이 보는 한가운데에서 쓰레기통을 뒤지기는 싫다. 멍하니 그 자리에 서 있다가 프레디의 손에 이끌려 45번가에 있는 이탈리안 레스토랑의 뒷골목으로 발걸음을 옮긴다.

32

당신은 중독자다. 웃기는 소리 하지 말라고? 마약 중독자처럼 팔에 흉터도 없고 도박 때문에 재산을 탕진하지도 않았는데 무슨 소리냐고? 그걸 아는지 모르겠다. 중독자는 자신이 중독자라고 절대로 시인하지 않는다는 것을. 모든 중독의 치유는 자신을 중독자라고 인정하는 것부터 시작한다. 당신은 중독을 인정해야 한다. 마약 중독만 중독이 아니다. 세상에는 훨씬 다양한 중독이 존재한다. 당신은 그중 하나에, 어쩌면 서너 개에 중독되어 있다. 자 이제, 이때까지 당신이 중독되었던 모든 것들로부터 자유로워져야 한다.

폴의 십계명.

버릴 것. 가지고 있는 돈, 물건, 가치 있는 모든 것을 버릴 것.

새롭게 출발하기 위해서는 모든 것을 버릴 것. 비우지 않고서 어떻게 새로운 사람이 될 수 있겠는가?

그런 바보 같은 소리 하지 말라고? 역시, 준비가 되지 않은 사람에겐 일생일대의 삶의 교훈도 먹히지 않는다. 그 모든 것을 끊어버려야 어제와는 완전히 다른 새로운 오늘을 맞이할 수 있다.

일주일에 세 번 이상 술에 취하는 당신은 알코올 중독자다. 퇴근하고 바로 집으로 가는 일이 왠지 낯선 당신, 동료들과 함께 술집으로 몰려간다. 해가 지기 전에는 절대로 집에 들어갈 수가 없다. 맥주를 마시며 상사를 욕하고, 월급봉투의 가벼움과 아내의 바가지에 대해 이야기한다. 동료들도 비슷한 이야기를 나눈다. 다들 비슷한 처지에 살고 있구나, 라는 안도와 함께 술을 더 시킨다. 과일 안주도 하나 추가. 학꽁치, 오징어, 마른안주. 내가 전에 이야기했었나, 그런 이야기들은 지하철표 한 장의 가치도 없다고. 당신을 포함해서, 당신과 함께 술을 같이 마시는 사람들은 인생의 오르막길을 천천히 내려가고 있는 중이다. 인생은 오르막길, 변화하지 않으면 미끄러져 내려갈 수밖에 없다. 취한 당신, 더 이상 맥주건 소주건 양주건 중요하지 않다. 당신에게 필요한 건 현재를 잊어버릴 수 있는 혈액 속의 알코올 농도일 뿐. 마셔라. 잔을 비워라. 맥주, 소주, 양주, 때로는 폭탄주. 술에 취한 동료들에게 당신은 또다시 레퍼토리를 꺼내기 시작한다. 한때 문학 소년이었고, 운동도 잘했으며 조금만 공부를 더 했더라면 의사도 될 수 있었다는 이야기. 몸과 마음을 다 불사를 정도로 강렬했던 첫사랑 이야기. 당신이 반드시 했어야 하지만 하지 못했던 것들에 대해서 이야기한다.

아, 지겹다.

어떻게 집에 들어갔는지 기억이 나지 않는다. 아이들은 당신을 피하지만 때론 주머니 속의 만 원짜리를 덥석 쥐여주므로 눈치를 살핀다. 아내는 당신을 침대에 밀어 넣고 한참 동안 당신을 쳐다본다. 아내가 원했던 남편은 당신이 아니다. 당신은 축 늘어져서 삿대질을 하고, 누군가의 이름을 입 밖으로 낸다. 술 냄새와 발 냄새가 섞여서 세상 최악의 냄새를 만든다. 주의. 애인의 이름을 부르지 말 것. 아내는 양말을 벗기고 옷을 벗기고 당신을 내팽개친 뒤 거실로 나가버린다. 다음 날 아침상에 오르는 것은 북엇국. 냄새를 맡자마자 올라오는 구역질. 다시 술을 마시면 내 손에 장을 지진다, 라고 다짐하는 당신. 그러나 당신도 알고 있다. 얼마 못 가서 또 술을 마시게 될 것이라는 사실을.

당신은 일 중독자다. 저녁 9시 이전에는 퇴근한 적이 별로 없다. 어떨 때엔 상사의 눈치 때문에, 어떨 때엔 업무가 많이 남아 있기도 했다. 그러나 상사가 퇴근했을 때에도, 남아 있는 업무가 없을 때에도 당신은 퇴근하지 않는다. 감시 카메라에 당신이 일하는 모습이 매일 찍혀 사장에게 보고되지 않을 텐데도 당신은 사무실을 떠나지 않는다. 결재 서류를 다시 한번 보고 엑셀 파일을 열어본다. 새 폴더를 만들고 날짜별로 서류를 정리해서 폴더에 복사한다. 다음 주에 있을 프레젠테이션 서식을 짜고 자료를 조사한다. 그런 건 근무 시간에 해도 된다. 그러나 확실하게 해두고 싶다. 돌다리도 두드려보고 건너라. 아무것도 할 일이 없을 때엔 인터넷 고스톱이라도 쳐야 한다. 9시가 될 때까지, 텅 빈 사무실에서 당신은 앉아 있다. 돌다리는 두드릴 필요가 없다.

당신이 하는 일은 당신이 하고 싶었던 일이 아니다. 당신이 아는 것이란 고작 거대한 톱니바퀴의 찌든 때에 불과하다. 당신은 찌든 때에 관해선 도사다. 언제 어떤 식으로 닦아야 하는지, 잘 먹는 세제가 무엇인지 그 누구보다도 잘 알고 있다고 자부한다. 당신이 지킬 수 있는 모든 것은 찌든 때에 불과하다. 그런데 그걸 아는지 모르겠다. 맑고 화창한 어느 날, 당신은 쥐도 새도 모르게

217

회사에서 잘려 나갈 수 있다는 것을. 당신의 상사도 그랬고, 당신의 친구도 그랬고, 당신의 부하도 그럴 것이다.

10시가 넘었다. 당신은 집으로 돌아온다. 축 늘어진 어깨, 별 것 안 들어 있는 가방도 무겁다. 식탁 위에 올라오는 다시 데운 된장찌개. 아이들은 더 이상 당신에게 숙제 검사를 받지 않는다. 아내는 더 이상 식탁에 앉아 당신이 밥을 다 먹을 때까지 기다려주지 않는다. 아내가 바랐던 남편은 당신이 아니다. 아이들이 원했던 아빠도 당신이 아니다. 평수가 10평은 더 넓은 아파트를 가진 남편, 간섭 안 하고 용돈을 두둑이 주는 아빠를 원했다. 축 늘어진 어깨가 아니라 언제나 자신감에 넘치는 남편과 아빠를 원했다. 거울을 한번 들여다보라. 당신을 쳐다보는 것이 얼마나 큰 고역인지 스스로도 알 수 있다. 내일도 당신은 일찍 일어날 것이다. 남들보다 10분 일찍 사무실로 들어설 것이다. 당신의 책상 위에 놓여 있는 하얀 봉투를 발견하게 될 것이다.

절대로, 절대로 그 봉투를 열어보지 마라.

당신은 섹스 중독자다. 아니 그만큼 섹스를 잘한다거나 좋아하는 것이 아니므로 말을 수정해보자. 그러나 적당한 말이 떠오르지 않는다. '섹스로 당신의 존재를 증명할 수 없다'는 어려운 말을 지껄여보고 싶다. 당신은 섹스 중독자라고 불릴 만큼 애인이 많다. 하트 모텔 주인은 당신의 얼굴을 알고 있지만 아는 척하지 않는다. 콘돔과 면도기, 칫솔 두 개가 들어간 작은 상자를 건네며 눈짓으로 말한다. 이번 달에는 여자가 바뀌셨군요. 지난번보다 10킬로는 더 뚱뚱한 것 같습니다. 다 쓴 콘돔은 제발 휴지통에 넣어주세요. 세상의 수많은 여자들이 당신이 손을 잡아주기를 기다리고 있는데, 어떻게 그냥 지나칠 수 있냐며 당신은 말한다. 원조 교제도 아니고 미성년자 애인을 둔 것도 아니라 아무 잘못이 없다고 한다. 가족의 평화를 깨뜨리지 않기 위해 쿨하게 애인을 둔 것이라고 말한다. 한 달에 한두 번 만나 저녁을 먹고 술을 마시고 모텔에서 섹스를 한 뒤에 밤 11시가 되기 전에 나온다.

이 세상 누구보다 당신을 이해해주는 사람이 그녀라고 당신은 생각한다. 하지만 당신조차도 맘속 깊은 곳에서는 그 생각을 믿지 않는다. 당신은 스스로를 속인다. 때로는 그녀와 함께 세상 사람들이 모르는 곳으로 도망치고 싶다고 그녀에게 이야기한 적도 있었다. 10초 뒤에는 후회할 말이었지만 말하는 순간만큼은 진실이었다. 당신의 삶에 필요한 건 그 10초 동안의 진실. 평생 가질 수 없는 그 진실.

그녀는 당신의 눈을 보며 웃었다. 그녀가 원했던 애인은 당신이 아니다. 그리고 또다시 이 모든 것들이 반복되는 것이다. 하트 모텔, 콘돔과 면도기, 칫솔 두 개가 들어간 상자. 이번에는 지난번보다 열 살은 어린 사람이군요.

당신은 중독자다. 하루에 자판기 커피 다섯 잔. 무슨 맛인지도 모르고 마셔댄다. 장에 싸구려 지방이 쌓이고 위는 헐기 시작한다. 궁금하지 않은 인터넷 뉴스를 짬이 날 때마다 클릭한다. 댓글을 읽는 것도 잊지 않는다. 누가 썼는지 궁금한 치사한 댓글일수록 당신은 열광한다. 유튜브, 페이스북, 인스타그램. 당신은 중독자다. 당신이 그것들에 의지하는 동안 당신의 인생은 서서히 내리막길을 내려가고 있다. 그러나 당신은 인정하지 못한다. 결코 인정하지 못한다.

알약 몇 알을 삼킬 것. 훨씬 기분이 좋아짐. 술, 일, 섹스에 중독되는 것보다 훨씬 간단한 일이다. 그냥 삼키기만 하면 된다. 비타민 C라고 생각하고 꿀꺽하고 삼키기만 하면 된다. 동공이 커지고 아드레날린이 분출하고 피가 펌프질을 한다. 몸이 가벼워지고 뇌가 흐물거리며 녹기 시작한다. 열두 시간 동안 당신은 새로 태어난다. 당신은 더 이상 열두 시간 전의 당신이 아니다. 그 열두 시간 동안 당신은 당신이 진실로 원했던 사람이 된다.

Fast Forward.

"왜 그래요 갑자기?"

이탈리안 레스토랑의 뒷골목에서 포식을 하고 난 뒤 길바닥에 마구 토하고 있는 나. 손이 떨린다. 온몸의 털이 꼿꼿하게 감전당하는 느낌이다. 나는 열두 시간 전의 나로 돌아와버렸다. "제길, 약을 먹어야 할 것 같아."

민규에게 멋진 아빠를 보여주려고 했다. 플러싱으로 다시 돌아가서 완전히 새로운 삶을 살려고 했다. 어떤 식인지는 나도 모르지만 어쨌든 다시 시작하고 싶었다. 아내와 아들이 바랐던 100퍼센트의 내가 될 수 없더라도, 모든 것을 리셋하고 다시 시작할 수도 있을 것 같았단 말이다. 그런데 그들은 어디로 사라진 것일까. 프레디는 나를 부축하고 지하철로 내려간다.

"그 약에 중독되었죠?"

프레디는 축 늘어져 계단에 앉아 있는 나의 눈꺼풀을 열어본다. 떨리는 13그램의 눈꺼풀. 나는 허공에 삿대질을 하며 한국말로 지껄인다.

"중독이라니 말도 안 돼. 그냥 아스피린 같은 거 아니었어? 빨리, 빨리 한 알만 줘. 열이 내려가게 말이야."

그렇다. 나는 아직 인정하지 못한다.

Fade Out.

33

폴의 십계명.

절대로 지하철을 벗어나지 마라. 사악한 탐욕이 넘쳐나는 지상으로 발을 내딛는 순간, 당신은 지옥으로 떨어진다.

Fade In.

"그러게 내가 뭐라고 했어요. 이렇게 아픈 몸을 이끌고 함부로 밖으로 나가면 큰일 난다고 했죠? 진심으로 치료해주었던 폴에게는 뭐라고 말할 거죠?"

눈을 뜬다. 길바닥에서 쓰러졌는데 눈을 떠보니 다시 언더그라운드. 프레디는 없다. 에이프릴의 머리카락 때문에 얼굴이 간지럽다. 악취가 난다. 도대체 몇 년 동안 머리를 감지 않은 것일까.

"약, 약은 어디 있죠?"

그녀 뒤로 폴이 나타난다. 수염에 가려져 있어서 표정은 알 수 없다. 문득 그 수염을 가위로 싹둑 자르고 싶다.

"내 손안에 약이 있죠. 당신이 낫기 위해서는 꼭 필요한 약인데, 말도 없이 사라지다니 얼마나 걱정했다고요. 벌써 떨고 있는 손 좀 봐요. 땀은 왜 그렇게 흘리고 계시나요? 바로 약을 안 먹어서 그래요. 내 말만 잘 들으면 약을 꼬박꼬박 잘 줄 겁니다."

"그래요. 폴의 말만 잘 들어요. 나도 처음엔 너무 힘들었어요. 그 약이 아니었으면 죽어버렸을지도 몰라요. 약을 먹은 이후로는 어둠 속에서도 더 이상 무섭지 않아요. 슬픈 일들도 사라져요. 스텔라도 돌아왔어요. 모든 고통은 금방 사라질 거예요."

"네네, Shit. 빨리 약이나 줘요."

춥지도 않은데 목소리가 왜 떨리지? 물을 몇 리터라도 마실 수 있을 만큼 목이 마르다.

"오, 급하기는. 먼저 약속 하나 해주시겠습니까? 이제부터는 그냥 약을 주지 않을 겁니다. 세상에 공짜란 없는 법이니까. 제가 시키는 일들을 하세요. 그럼 그날 치 약을 드리죠. 여기 있는 다른 사람들도 다 마찬가지니까 차별받는다고 생각하지 말아요. 언더그라운드에서는 모든 사람들이 평등하니까."

"그래요, 폴의 말대로 해요. 별로 어려운 일은 시키지 않을 거예요. 그렇죠?"

"에이프릴, 내가 무슨 힘든 일이라도 시키겠어요? 아직 팔과 다리도 낫지 않은 사람한테……. 뭐를 시킬까 나도 고민 중이라오. 자 일단, 빨간약 한 알을 받으시오."

나는 말 잘 듣는 개처럼 벌떡 일어나 그의 손에 있는 알약을 빼앗아 입 속에 털어 넣는다. 물을 마시지 않아 캑캑거린다. 알약이 입에서 오도독 깨지고 작은 알갱이와 가루가 되어 목구멍으로 들어간다. 동공이 커진다. 아드레날린이 증가한다. 혈액이 펌프질한다. 뇌가 흐물거린다. 떨리는 13그램의 눈꺼풀. 이제 침대에 편안하게 누울 수 있다. 모든 것이 평화로워진다. 에이프릴의 머릿결에서 아카시아 향 샴푸 냄새가 난다. 그제야 가쁜 숨이 잦아들고 더 이상 땀도 흐르지 않는다. 이전과는 완전히 다른 새로운 나. 에이프릴을 보고 환하게 웃는다. 그녀도 환하게 웃으며 내게 말한다. 그 모습이 사랑스럽다.

"자, 이제 배가 고플 테니까, 뭔가를 먹어볼까요? 오늘은 폴까지 있으니까 특별 스테이크로 만들어드릴게요. 무슨 고기를 썼는지는 묻지 말아주세요. 호호호."

Fast Forward.

"프레디. 더 이상 여기 오지 마. 꼴도 보기 싫으니까."

폴이 하사한 첫 번째 임무. 프레디를 만나지 말 것. 절대로 다시 찾아오지 않도록 할 것. 사탄의 유혹에 절대로 빠지지 말 것.

"너 때문에 일이 더 엉망이 됐어. 왜 날 지상으로 유혹한 거야? 내가 언제 부탁했다고 그래? 여기서 나는 충분히 행복했다고. 지금 그것 때문에 너무 힘들어. 왜 자꾸 날 찾아오는 거지? 지긋지긋해. 나를 아빠라고 여기기라도 하는 거야? 난 너 같은 검둥이 아들을 둔 적이 없어. 그러니까 꺼져버리라고."

프레디가 다가온다. 새까만 피부에 눈자위가 새하얗다. 얼굴이 점점 일그러진다. 역시 사탄의 아들이다. 그는 내게 바짝 다가와 귓속에 대고 뭔가를 중얼거린다. 절대로 사탄의 유혹에 넘어가지 말 것. 그리고 저만치 떨어져 있는 에이프릴이 들으라는 듯이 외친다.

"아저씨도 다른 사람들과 똑같아. Fuck you."

프레디는 침대에 뭔가를 던져버리고는 사라진다. 그의 등을 잡고 이건 진심이 아니라고 말하고 싶지만 몸이 마음대로 움직이지 않는다.

Rewind. 언더그라운드에서 처음 프레디와 만나 노트북을 받았을 때.

나는 프레디가 건넨 노트북을 켜본다. 전원 버튼을 누르니 일본 윈도가 뜬다. 한글 윈도가 뜨는 게 당연하다고 생각했는데 일본 윈도를 보니 이상한 기분이 든다. 하지만 일본어로 되어 있는 걸 빼면 기능은 똑같다. 전 세계 사람들이 똑같은 운영체제를 쓰다니. 웹 브라우저를 열어본다. 접속이 될 때까지 기다린다. 전 세계 수천만 명과 연결되기를 기다린다. 그러나 배터리는 천천히 닳아 가고 신호는 잡힐 기미가 보이지 않는다. 희망을 놓지 말아야 한다. 〈대탈주〉의 스티브 맥퀸, 〈빠삐용〉의 더스틴 호프먼.

34

From: skdadday@*****.com

To: bluebear345@*****.com

Subject: Welcome to the underground

From Dad.

"뭘 쓰는 거예요?"

"아니, 아무것도."

나는 서둘러 노트북을 닫는다. 그녀가 들고 온 쟁반에서 딸그락 소리가 난다.

"팔이 계속 쑤신다면서요?"

그녀는 내 어깨에 감긴 붕대를 조심스럽게 푼다. 뜨거운 물에 덴 것처럼 욱신거린다. 되도록 상처가 난 팔을 보지 않으려 고개를 돌렸다. 그러나 그곳에서 뭔가 썩어가는 냄새를 피할 수가 없다. 에이프릴은 잠시 말이 없다. 나쁜 소식을 어떻게 전할지 고민하는 시간이 흐른다.

"생각보다 심각해요. 하지만 폴이 누구겠어요. 훌륭한 의사니까 이런 것쯤은 금방 치료할 수 있을 겁니다. 그러니까 도망가지 마세요."

훌륭한 의사라니…… 마약에 중독된 의사겠지.

"다른 쪽 팔을 걷어봐요. 폴이 이 주사를 놓아주라고 했으니까. 알약보다 훨씬 효과적이래요."

그녀가 가져온 쟁반에는 주사기가 놓여 있다. 딸그락 소리를 내는 것은 주사기였다. 에이프릴은 신참 간호사처럼 열의에 차서 정맥을 찾는다. 그리고 조심스레 주사기를 눌러 그 안에 있던 액체를 내 몸 안에 들이민다. 동공이 커지고 아드레날린이 분출하고 피가 펌프질을 한다. 몸이 가벼워지고 뇌가 흐물거리며 녹기 시작한다. 자, 또 다른 새로운 삶이 시작된다.

Rewind. 프레디와의 이별.

"이 기계를 사용해봐요. 아저씨가 말한 대로 사 왔으니까."

무선증폭기를 건네며 프레디가 귓가에 속삭인다. 그리고 이렇게 소리친다.

"아저씨도 다른 사람들과 똑같아. Fuck you."

더 이상 만나지 않겠다는 말에 프레디가 받아친 대사. 누구나 속아 넘어갈 만큼 생동감 넘치는 연기, 남우 조연상감이다. 프레디가 준 노트북은, 무선 인터넷의 신호가 맨 아래 작은 한 칸밖에 차지 않았다. 그래서 인터넷의 신호를 잡기 위해서 터널을 쥐 잡듯이 돌아다녔었다. 한참을 헤매다 근처 박물관에서 나오는 신호를 간신히 잡았지만 우리에겐 무선 인터넷 신호를 증폭하는 장치가 필요했다.

증폭기를 달고 컴퓨터를 켠다.

'검색된 무선 네트워크 신호 1개. 신호 강도 매우 낮음.'

인터넷이 연결되자 세상의 모든 사람과 연결된 느낌이 들었다. 가끔씩 그나마 미약한 신호가 끊어지기라도 할 때면 세상과 연결된 끈을, 중간에서 누가 가위로 싹둑 잘라낸 것 같았다. 아마도 그 가위는 폴이 들고 있을 것이다. 수염 속에 보이지 않는 미소를 지으면서.

Rewind.

내 아들, 민규는 말을 별로 안 했지만 매일 이메일 계정을 체크하는 일은 잊지 않았다. 그는 세계 방방곡곡의 친구와 편지를 주고받는다고 했다. 55개의 나라, 234명의 친구, 34개의 이메일 계정. 왜 각각 다른 이메일 계정을 쓰는지는 모른다. 아마 다른 계정으로 로그인할 때마다 다른 사람이 된 것 같은 착각을 했을지도. 지금, 그와 연락할 길은 이메일밖에 없다. 내가 기억하는 주소엔 다른 사람이 살고, 전화도 잘못된 번호다.

중간중간에 인터넷 연결이 끊어지는 때가 많아 되도록 간단히 적어 보냈다. 긴 글을 적기가 어차피 힘들다. 뭐라고 해야 하나. 아빠는 죽지 않고 언더그라운드에 있으니 다음 주 수요일 날 타임스 스퀘어에서 만나자고? 땀을 뻘뻘 흘리며 말을 빨리 해대는 아빠가 당장 필요한 것은 아들이 아니라 빨간 약과 파란 약이라고? 그 대신 짤막한 SOS 신호처럼 빈 공간을 메워 나간다. 제목은 웰컴 투 더 언더그라운드(Welcome to the underground). 내용은 아빠로부터(From Dad). 그런데 아들의 이메일 주소가 뭐였더라? 그러고 보니 아들하고 주고받은 편지가 한 통도 없다. 도대체 지상에서 나는 뭘 하며 살았을까.

Fast Forward. 프레디와 밖으로 나가 쓰러진 날.

"이렇게 다시 돌아와서 얼마나 다행인지 몰라요."

에이프릴이 내 얼굴을 감싸며 말한다. 어둠 속에서 눈동자가 글썽거릴 것이다. 안 봐도 알 수 있다. 저녁에 약을 먹고 나면 그녀는 감상적으로 변한다.

"희망을 가져요. 이곳 사람들에게 희망이라는 단어를 뺀다면, 쓸 수 있는 단어가 과연 몇 개나 될 것 같아요? 나는 이제 언더그라운드에서 더 이상 바랄 것도 없이 행복하게 살고 있어요. 당신만 도와준다면 더 행복할 수 있을 것 같아요. 당신의 가족도 언젠가는 찾을 수 있을 거예요. 폴과 내가 최선을 다해 도와줄게요. 그동안 우리, 최대한 웃으면서 행복하게 지내요. 웃는 사람이 훨씬 더 오래 산다는 건 당신도 알고 있겠죠. 자, 웃어봐요."

에이프릴이 나를 껴안는다. 나는 억지로 웃어보려 한다. 하지만 맘대로 근육이 움직여주질 않는다. 내 희망은 이곳을 빠져나가는 것이다. 그녀의 품에 안겨 언제쯤 내 몸을 떼내어야 그녀가 기분 나빠하지 않을지 고민한다. 그때 나무판자로 막아놓은 방의 입구에서 달그락거리는 소리가 났다. 쥐가 뭔가에 부딪치는 소리보다 훨씬 컸다. 누군가 우리를 엿보고 있는 것일까? 그러나 그 생각도 하기 전에 에이프릴은 내 품을 파고들었다. 내 웃옷을 벗기고 허리띠를 풀었다. 나는 그녀의 어깨를 잡았다.

"나, 잘 안될지도 몰라요."

그녀는 웃었는지도 모른다. 얼굴의 표정이 보이지 않았으니까. 나는 그녀의 손을 나의 차가운 페니스로 갖다 댔다. 그녀가 그것을 어르고 감싸는 사이 내가 떠올린 것은, 마지막으로 나의 아내

229

미라가 나를 만져주었던 어두컴컴한 안마 시술소였다.

"이것도 폴이 원하는 것이라는 것만 알아둬요."

폴은 방금 소리가 난 곳에서 우리를 지켜보고 있는 것임에 틀림없다.

"자, 이걸 먹어봐요. 힘이 날 거예요. 그리고 새로운 세상을 만들어보자고요."

그녀는 노란색 약을 건넨다.

Rewind.

실제로 파란색 곰은 없다. 동화책과 만화에는 있을지 몰라도 실제로 파란색의 털을 가진 곰은 없다. 그러나 알래스카에 사는 검은 곰의 색깔이 가끔씩 푸르게 비치는 경우가 있단다.

"파란 곰(blue bear) 어때?"

그래서 민규가 이메일 계정을 만들 때, 자신의 아이디를 뭐로 했으면 좋겠냐는 말에 알래스카에 사는 파란 곰이 어떠냐고 답했다. 언젠가 파란 곰을 찾는 과학자들에 관한 다큐멘터리를 본 것이 기억났기 때문이다. 민규는 나의 아이디어에 머리를 끄덕거리며 자신의 아이디를 입력했다. 그리고 나에게 이메일 주소를 말해주었다. 분명 세 자리 숫자였다. 그런데 막상 이메일을 보내려고 하니 그 세 자리 숫자가 생각나지 않는다. 민규의 이메일 주소 중 어느 하나라도 내가 맞히기를 기도할 뿐이다.

자, 받는 사람의 숫자를 bluebear345에서 bluebear346으로 하나 더 올려보자.

From: skdadday@*****.com

To: bluebear346@*****.com

Subject: Welcome to the underground

From Dad.

보내기 버튼, 클릭.

35

'검색된 무선 네트워크 신호 1개. 신호 강도 매우 낮음.'

신의 구원은 하늘에서부터 신호를 타고 내려온다. 무선 인터넷도 공기 중의 전파를 타고 내려온다. 노트북을 들고 언더그라운드를 누비는 나는, 신의 구원을 기다리는 사람처럼 무선 인터넷의 신호를 찾아 방랑했다. 신의 구원을 받기가 쉽지 않듯이, 인터넷 신호를 찾는 것도 그리 쉬운 일은 아니었다. 어느 방향에서 신호가 오는 것인지 근거 없는 믿음이라도 갖고 찾아다닐 것. 무작정 헤매는 것은 드넓은 들판에서 길을 잃은 어린 양과 같다. 프레디가 가져다준 증폭기도 소용없을 정도로 신호는 잘 잡히지 않았다. 도중에 끊어지는 것은 물론이고 하루에 채 10분도 접속이 되지 않을 때도 많았다.

어깨와 다리가 다 나아가자 내가 맨 처음 한 일은 노트북을 들고 지상으로 빠져나온 일이었다. 지상으로 나가면 안 된다는 폴의 경고를 무시하고, 프레디와 함께 탔던 엘리베이터를 타고 지상으로 올라왔다. 엘리베이터까지 가는 길이 쉬웠던 건 아니다. 길이 나뉘는 골목으로 몇 번이고 다시 돌아와 다른 길을 가기를 반복했다. 분명히 지상에서는 훨씬 강력한 인터넷 신호가 잡힐 것이라는 기대를 하면서, 보다 강력한 구원의 신호가 올 것이라는 희망을 갖고서 말이다.

지상에 올라오자마자 컴퓨터를 켰다. 땀이 흐른다. 예상대로 수많은 신호가 잡혔다. 역시, 신의 구원은 만인 앞에서 평등하다.

'검색된 무선 네트워크 신호 15개. 신호 강도 매우 높음.'

무선 인터넷 신호 목록이, 그것도 강력한 신호가 잡히는 목록이 열 개도 넘게 뜨자 소리를 지르며 뛰어다니고 싶을 정도였다. 그중 한 개의 액세스 포인트를 누른다. 이 무선 네트워크 접속에서는 암호가 필요합니다. 돈을 내고 사용하시오. 현금은커녕 동전 하나도 없다. 구원에도 돈이 필요하구나. 나는 주변을 둘러본다. 참, 근처에는 도서관과 브라이언 파크가 있었지.

다행히 그랜드 센트럴 터미널에서 빠져나와 근처 브라이언 파크에서 신호를 잡았다. 도서관과 몇몇 공원에는 뉴욕 시티에서 무료로 무선 인터넷을 제공한다. 언더그라운드와는 비교할 수 없을 만큼 강력한 신호다. 역시 지상은 언더그라운드보다 신과 더 가까이에 있다. 들떠서 손이 흔들릴 지경이다. 언더그라운드에서는 무선 네트워크 증폭기에도 불구하고 1분에 한두 번씩 신호가 사라져서 메일을 하루에 10통도 보내지 못하는 경우가 대부분이었다.

도서관 뒤편의 브라이언 파크에서 메일을 보낸다. 공원의 초록색 철제 테이블이 그렇게 반가울 수가 없었다. 사용할 수 있는 서버가 있다면 순식간에 수백 통의 메일을 보낼 수도 있겠지만 프로그래머를 그만둔 지가 수년이 지나서 접속할 수 있는 서버가 없다. 설사 프로그램으로 메일을 보낸다고 하더라도 스팸 메일로 걸러질 가능성이 크다.

bluebear의 457번을 시작할 차례. 제목은 웰컴 투 더 언더그라운드, 내용은 아빠로부터. 아직도 수많은 푸른 곰이 나의 메일을 기다리고 있다. 줄잡아 500마리는 될 것이다. 그중 하나라도 민규가 받게 된다면 분명 나에게 답장을 써줄 것이다. 그러나 아직까지 내가 받은 메일은 반송된 메일뿐이다. 한창 메일을 쓰고 있는데 머리 위에서 찰랑거리는 햇살이 따가워진다. 나무 그늘 아래 있는데도 그 사이로 비추는 햇살이 왜 이렇게 따갑게 느껴지는 것일까. 선글라스를 가지고 오지 않은 것이 점점 더 후회가 된다.

땀이 비 오듯이 흐르기 시작한다. 온몸의 힘이 빠지기 시작한다.

이제 467번째 파란 곰에게 메일을 보낼 차례인데 앞이 점점 검게 변한다. 아직 할 일이 많은데, 34번가 코리아타운에도 가봐야 하고, 안마 시술소에도 가봐야 하는데 이렇게 앞이 어두워지면 안 된다.

Fast Forward.

"지상으로 올라가면 절대로 안 돼요."

폴은 바닥에 쓰러져 고꾸라져 있는 나를 이리저리 손가락으로 찌르며 말한다.

"햇빛이 당신의 동공 속으로 들어가는 순간, 햇빛이 당신의 피부로 파고드는 순간, 외부의 그 더러운 바이러스가 입 속으로 들어가는 순간, 쓰러지고 말 테니까. 의사는 농담을 하지 않습니다. 세상은 아주 위험한 곳이오. 우리가 이렇게 언더그라운드에서 안전하게 지내고 있다는 것을 축복으로 생각해야 됩니다. 지상에는 곧 재앙이 다가올 겁니다. 9·11 테러 따위와는 비교할 수도 없는 재앙입니다. 뉴욕은 물론이고 전 세계가 치명적인 바이러스로 오염될 겁니다. 때가 멀지 않았어요. 우리는 언더그라운드에서 종말을 맞을 준비를 해야 합니다. 모두가 죽어도 축복받은 우리는 살아남을 수 있어요. 언더그라운드의 일꾼들은 서서히 준비를 해야죠. 그것이 아무리 힘들다고 하더라도 말입니다."

그의 목소리는 잘못을 타이르는 목사처럼 온화하다. 문득 지하철에서 할아버지가 건넨 전단이 기억나는 것은 왜일까? 머리 뒤에서는 광채가 빛날 정도다. 나는 배 속에 있던 모든 것들을 바닥에 쏟아낸다. 꾸엑, 꾸엑, 꾸에엑. 온몸의 힘이 배로 집중되어 있어서 근육이 저려온다. 더 이상 쏟아낼 것이 없게 되자 노란 위액이 빠져나온다.

"내 말을 안 들으니까 이렇게 되잖아요. 제가 말씀드렸죠? 절대로 지하철을 벗어나면 안 된다고. 이제 딱 열네 시간이 지났군요. 약을 먹지 않으면 얼마나 괴로운데. 당신 힘으로 어떻게 이겨낼 수 있는 게 아네요. 지금 당장 약을 줄 수도 있지만, 어린 양에게 교훈을 주기 위해 어쩔 수 없는 이 심정도 이해해주세요."

폴에게 떨리는 손을 뻗는다. 제발 내 죄를 사하여주세요. 수염 뒤에 그는 웃음을 짓고 있을까? 그는 고개를 설레설레 흔들 뿐이다. 다시 배 속이 저려오고 속이 뒤틀린다. 사지가 고압 전류에 감전된 것처럼 떨린다. 꾸엑, 꾸엑, 꾸에엑. 그 와중에도 나는 몇 번째 파란 곰에게 메일을 보냈는지 헤아려본다. 467번? 468번?

"돈이나 물건을 훔쳐 오라고 시킨 것도 아닌데, 왜 그러는지 참. 이 약을 갖기 위해 자기가 가진 모든 것을 내놔야 하는 사람들도 생각해봐요. 당신은 특별히 에이프릴의 부탁으로 이렇게 잘 지내고 있는데 말이오. 사지가 멀쩡하게 나은 것 같은데, 내일부터는 지상의 멸망을 준비하기 위한 사역에 빠지지 말고 참여하시오. 그리고 이곳에서 컴퓨터 따위는 필요 없다오. 모든 문명의 이기와 멀어지시오."

그는 내가 보는 앞에서 노트북을 바닥으로 떨어뜨린다. 부직하는 소리와 함께 어이없을 정도로 간단히 노트북이 두 동강 난다.

Rewind.

햇빛 때문이라고 생각했다. 지하철을 빠져나와 한 발자국 거리를 나섰을 때 눈부신 햇빛 때문에 앞이 새까맣게 변하는 것이라고. 오랫동안 그렇게 밝은 빛을 보지 못했기 때문에 이렇게 슬로모션으로 쓰러지고 있는 것이라고. 밖으로 나가면 안 된다는 폴의 말은 한낱 마약 중독자의 과대망상일 뿐이라고. 그러나 철퍼덕하고 거리에 쓰러지면서 어쩌면 그의 십계명이 맞는지도 모른다고 생각했다. 그는 언더그라운드에서 나를 구원한 사람이며, 새로운 세상을 만들려고 하고 있는데 나는 그를 믿지 못해 이렇게 벌을 받고 있는지도 모른다, 라고 말이다.

Fast Forward.

눈을 뜨니 에이프릴이 보인다. 나는 다시 그녀의 침대에 누워 있다.

"주사를 맞았느니 이제 괜찮아질 거예요."

말만 들어도 마음이 편해진다. 모든 고통이 사라졌다. 신의 은

총. 무슨 주사인지 알고 싶지도 않다.

"처음엔 나도 힘들었어요. 집으로 돌아가고 싶을 때도 많았으니까. 하지만 그 약을 먹은 이후로 맘이 편해졌는걸요. 오히려 밖으로 나가면 정신을 잃어버릴 정도니까. 어차피 돌아갈 곳도 없잖아요? 그렇지 않아요? 나하고 쭉 같이 있어요. 지상에서 무슨 일이 일어나도 우리는 안전할 거예요. 이제 준비를 차근차근 해야죠, 그렇죠? 나는 옷을 만들고 있어요. 이때까지 만든 것만 하더라도 200벌이 넘는걸요. 당신도 빨리 일을 해야죠? 지상에서 집을 지었다면서요? 언더그라운드에서 집을 짓는 사역을 맡았으니 제대로 일을 해야죠. 대재앙이 다가오는 날을 대비해 구원받은 자들이 숨을 곳을 마련해야죠."

나는 한숨을 쉬며 눈을 감는다.

36

폴의 십계명.

잊어버릴 것. 당신의 이름, 가족들의 얼굴, 좋았던 기억과 나빴던 기억, 그 모두를 잊어버릴 것. 머릿속을 백지장처럼 만들어버릴 것.

난쟁이가 만들었다던 방들은 가로 5미터, 세로 5미터의 정사각형 모양이다. 버려진 지하 터널을 복도라고 치면 터널 좌우로 작은 방들이 만들어져 있다. 미로같이 연결된 언더그라운드에 방이 몇 개나 있는지는 나도 모른다. 단지 내가 맡은 일이란 형태만 갖추어져 있는 벙커 같은 방에 사람이 살 수 있도록 전기 시설과 상하수도 시설을 설치하는 것이다. 폴의 십계명이 적힌 액자를 벽에 거는 것도 잊지 않는다.

만약 폴이 전지전능한 신이라면 사람 하나는 잘 골랐다. 내가 지상에서 하던 일이 바로 목수였으므로 이런 일에는 적격이다. 하느님은 인류에게 달란트를 주셨고 사람들은 제각각 다른 재능을 개발했다. 나의 경우는 컴퓨터 프로그래머에서 목수로 전환되었다. 이 모든 것에는 하느님만이 알고 있는 이유가 있을 것이다. 정말, 이유가 있긴 한 겁니까? 전력은 근처 지하철역에서 끌어온 것이 이미 설치되어 있어서 각 방마다 전선을 끌어와 설치하면 되었다. 물론 누전이나 불안정한 전력 변화에 대처하기 위해 머리를 짜내야 하지만 말이다. 근처에 지하철이 지나가면 전등의 밝기가 어두워지는 것도 그런 이유다.

내가 맡은 구역의 입구는 철창으로 닫혀 있다. 보기에도 무거운 커다란 자물쇠로 채워져 있어서 도저히 빠져나갈 수가 없다. 두 번이나 그의 말을 어긴 벌이라고나 할까. 반대쪽 출구는 공사를 하다 만 컴컴한 벽일 뿐이다. 열두 개의 정사각형의 방 빼고는 아무것도 존재하지 않는 곳에 나는 버려졌다. 이제, 아무도 나를 찾지 못하고 어디에도 갈 수 없다. 내가 있어야 하는 곳은 집이고, 이 집은 내 손으로 만들어야 한다.

Rewind.

'당신이 살 수 있을 만큼 편하게 방을 꾸미시오. 필요한 것은 여기 메모에 남겨놓을 것.'

철창 입구에는 머리가 가까스로 들어갈 만한 작은 창이 있었는데 그 사이로 첫날 아침 메모가 남겨져 있었다. 낯선 곳에서 깨어난 것도 어리둥절한데, 정말 이 사람들이 내가 방들을 꾸며주길 바랐나 하는 의심이 들었다. 나는 철창 문을 흔들어보았지만 자물쇠에 채워진 쇠줄 소리만 철렁거리며 날 뿐이었다.

"에이프릴, 프레디. 거기 아무도 없어요?"

고함을 질러보아도 터널 어디에선가 되울리는 나의 목소리밖에 들리지 않았다.

나는 일을 하기 시작했다. 아무 일도 하지 않으면 음식과 알약을 먹을 수 없을 거라는 두려움 때문이었다. 필요한 것들을 메모지에 적어놓으면 신기하게도 다음 날 아침 철창 안에 필요한 물건이 놓여 있었다. 전기 드릴, 배선용 테이프, 스패너, PVC 파이프……. 희멀건 수프에 뭔가가 둥둥 떠다니는 식사와 알약 두 알도 빠지지 않았다. 에이프릴과 폴, 프레디는 흔적도 보이지 않았다. 아마도 자고 있을 동안 오고 가겠지. 어쩌면 폴은 에이프릴에게 깨어 있을 때 절대로 나에게 접근하지 말라는 경고를 했을지도 모른다.

나무 바퀴에 돌돌 말린 전선을 깔고 콘센트를 달고 싸구려 백열등을 단다. 양철로 된 세면대를 달고 변기를 설치한다. 땅을 파내 파이프를 심어 지하의 하수도관에 연결한다. 어디선가 가로챈 수도관을 연결해 물이 나오게 만든다. 수압이 약하면 펌프를 설치한다. 철제 침대와 매트리스 하나. 티브이도 컴퓨터도 거울도 책상도 옷장도 없다.

이런 식으로 이틀이나 사흘에 하나씩 방을 완성하는 것이다. 아무도 도와주지 않았다. 땅을 파는 전기 드릴과 각종 공구 세트가 나를 도와주는 모든 것이었다. 일을 시작한 지 며칠이 지나자 폴이 한창 작업 중인 방으로 찾아왔다. 그러고는 '쓸 만하군요' '물이 잘 안 내려가요' '불빛이 좀 어두운 것 같지 않나요?' 등의 코멘트를 남기고는 간단한 식사와 알약을 놓아두고 사라졌다. 게으르게 작업을 했을 때에는 식사가 빠져 있거나, 알약이 빠져 있거나, 두 가지가 모두 빠져 있다. 그렇게 되면 열두 시간 동안 나는, 또다시 지옥에서 지내야 한다. 꾸엑, 꾸엑, 꾸에엑.

폴의 십계명.

희망을 버릴 것. 지금보다 더 잘 살 수 있다는 희망, 내일이 오

늘보다 나을 거라는 희망을 버릴 것. 내일은 오늘과 같고, 오늘은 어제와 같다는 것을 명심할 것.

나는 새로 만들어지는 방에서, 내가 설치해놓은 매트리스 위에서 잔다. 밥과 약을 위해서, 잠에서 깨어나 다시 잠이 들 때까지 오로지 방을 만드는 데만 집중한다. 그러자 훨씬 하루하루가 견디기 쉬워졌다. 눈을 뜨면 파란 약을 먹고 나머지 일을 처리한 뒤 방이 완성되면 다른 방으로 옮긴다. 덮고 있던 이불, 쓰고 있던 식기도 함께 옮긴다. 그리고 똑같이 생긴 방에서 공사를 시작한다. 변기와 세면기를 단다. 콘센트와 백열등을 단다. 땅을 파서 하수도에 연결하고 물을 끌어온다. 밥과 빨간 약을 먹고 지쳐 쓰러져 잠이 든다. 꿈 같은 것은 꾸지 않는다. 희망 따위는 갖지 않는다. 모든 것을 잊어버리려고 노력한다. 어느새 나는 벽에 걸린 폴의 십계명을 중얼중얼 외우기 시작한다.

Fast Forward.

방구석에 있는 테이블에서 에이프릴과 폴이 뭔가를 중얼거리고 있다. 테이블 위에는 약병이 몇 개 있다. 철창 안 내 방에 누군가가 있는 것을 보니 기분이 이상해진다. 아직도 머리가 어지러운 것을 보니 아침은 아닌 것 같다. 두 사람은 내가 잠에서 깨어나고 있다는 것을 알지 못하는 것 같다.

"요즘 얼마나 그가 일을 열심히 하는지 모르실 거예요. 이제 약을 주는 일은 나한테 맡기란 말이에요. 하나씩 그에게 줄 테니까. 당신은 다른 일로도 바쁘잖아요."

"에이프릴, 오, 에이프릴. 난 당신을 믿지만 당신의 동정심이 이용당하는 건 싫소. 그가 애원할 때마다 원하는 걸 줘버리겠지. 안 봐도 뻔해. 지난번 일본인 일도 그렇고. 당분간 매일 내가 아침저녁으로 이곳을 찾아와 직접 전해 주겠어요."

폴은 에이프릴의 어깨에 팔을 두른다. 내가 침대에서 일어나도 그들은 눈치채지 못한다. 그렇지, 어둠 속에서 그들의 시력은 점점 나빠졌겠지……. 나는 그의 등 뒤로 돌격한다. 온몸의 힘을 다해 스패너로 그의 머리를 찍는다. 왼쪽에서 오른쪽으로 다시 오른쪽에서 왼쪽으로 퍽, 하는 소리와 함께 피가 내 얼굴로 뿌려진다. 폴은 동물이나 낼 만한 알아듣기 힘든 비명을 지르며 쓰러진다. 스패너에서 피가 뚝뚝 떨어진다. 그는 철창에 등을 기댄 채, 자신에게 방금 무슨 일이 일어났는지 어리둥절해하고 있다.

"뭐…… 뭐야. 이러면 어떻게 될 줄 알고. 다…… 당장 저리 가지 못해. 오늘부터 약은커녕 식사도 일절 금지야."

후훗. 나는 웃는다. 하하. 좀 더 소리를 내본다. 우하하하하……. 나는 폴이 쓰고 있는 선글라스를 빼앗아 쓴다. 그리고 전등 다발을 침대에서 꺼낸다. 다른 방에 설치하기 위해 모아놓은 것이다. 코드에 연결된 레버를 올린다. 지직, 하는 소리와 함께 햇빛보다 강한 빛이 전등 다발에서 쏟아진다. 폴은, 두 손으로 빛을 가리지만 역부족이다. 전등 다발 뒤에 거울보다 더 빛나는 반사갓을 만든 건 몰랐겠지. 뱀파이어에게 마늘을 들이미는 것처럼 전등을 들이민다. 열기가 후끈거릴 정도로 뜨겁다.

"저리 가. 썩 꺼져버려."

후훗. 하하. 우하하하하…….

이제 전등은 얼굴을 가린 그의 손을 지지기 시작한다. 연기가 모락모락 솟아오른다. 살이 타는 냄새가 난다. 이어지는 비명. 출력을 더 높인다. 볼륨을 높여라. 비명은 더 커진다. 출력을 최대한 높이자 전구들이 푸드득 소리를 내며 터져버린다. 비명도 그것과 함께 사라진다. 전구의 파편들이 사방에 쏟아진다.

그중 수백 개는 폴의 손에, 얼굴에, 동공에 꽂혀 있을 것이다. 그가 지르던 비명 때문에 귀가 먹먹하다.

"무…… 무슨 짓을 했는지 당신은 알고 있어요?"

그녀의 눈동자가 흔들린다.

"꼭 가야 할 곳이 있어요. 따라오고 싶으면 함께 가요."

나는 테이블에 있는 약병들을 있는 대로 주머니에 쑤셔 넣는다. 폴의 바지 주머니와 안주머니를 샅샅이 뒤진다. 빙고, 내 지갑이 나왔다. 에이프릴은 쓰러진 폴의 머리를 쓰다듬으며 울음을 터뜨린다. 어떤 동물의 울음보다 더 처참하다.

"다…… 당신은 지옥에 갈 거야."

울먹이는 목소리로 그녀가 말한다.

"여기가 지옥보다 나은 곳이라고 생각해요?"

그녀는 대답하지 않는다.

"내일은 내 아들의 생일이에요. 꼭 만나러 가야 돼요."

37

바람이 차다. 지저분하게 길렀던 수염을 깎아서인지도 모른다. 맨들맨들한 턱과 코 밑의 피부가 털이 뽑힌 닭의 피부처럼 가련하다. 민규와 함께 코니아일랜드에 왔을 때엔 모든 사람들이 짧은 티셔츠나 반바지를 입고 있었다.

그러나 오늘은 사람이 없다. 해변의 모래가 날릴 뿐, 간혹 보이는 사람들도 외투 깃을 올리며 종종걸음으로 지나간다. 나는 선글라스를 매만진다. 전지전능하신 폴이 쓰던 선글라스. 네이던 핫도그 가게로 걸어간다. ATM에서 신용카드로 100달러를 뽑았다. 아직, 사용할 수 있구나. 볼록 튀어나오게 박힌 신용카드 주인의 이름은 KIM HA JIN. 김하진. 이것이 내 이름이었나. 핫도그, 소다, 아이스크림, 생선튀김, 감자튀김……. 배가 불러 터질 때까지 먹는다. 매년 네이던 핫도그 먹기 대회에서 1등을 하는 고바야시보다 더 많이 먹을 수 있다. 후식으로 알약 두 개. 이게 세상 사는 낙이지. 약을 많이 먹어서인지 지상으로 나와도 아무렇지도 않다. 지상으로 올라가면 죽어버린다는 폴의 말은 미치광이의 저주였을지도 모른다. 기념품 가게로 들어가 두꺼운 후드 티셔츠와 면바지를 산다.

놀이동산에는 움직이는 놀이 기구가 몇 개 없다. 손님을 기다리기 지친 듯 멈춰 있다. 그래도 흥겨운 카니발 음악이 스피커에서 흘러나온다. 그런데, 그놈의 스피커는 어디에 다 숨어 있단 말인가. 정전이 일어나도, 지진과 해일이 불어 닥쳐도 이곳엔 그 음악이 울려 퍼질 것 같다. 다행이다. 원더 휠은 천천히 원을 그리며 돌고 있다.

1시가 되려면 30분은 더 남았다. 30분 뒤에, 아들을 만나게 된다. 오늘 내 아들은 일곱 살이 된다. 일곱 살이 되는 남자아이는 아빠를 만나 멋진 하루를 보내는 것이 당연하다. 화장실에 들어가 물로 머리를 적셔본다. 킁킁거리며 혹시 몸에서 나쁜 냄새가 나지 않는지 확인해본다. 시궁창 냄새가 나지만 어쩔 수 없다. 대충 비누로 씻고 기념품 가게에서 산 티셔츠와 바지로 갈아입었다. 눈과 볼이 몰라보게 움푹 파여 들어가 있다. 면도한 피부가 아직도 따갑다. 나는 선글라스를 끼고 있지만 민규는 나를 분명 알아볼 것이다. 어떻게 인사를 해야 할까. 안녕, 오랜만이다. 나는 거울을 보며 손을 내민다. 웃어본다. 연습이 필요하다.

Rewind.

"난 밖으로 나가야 해요. 아들을 만나야 된단 말입니다. 당신이 스텔라를 찾아 그토록 헤맸던 것 기억나지 않아요? 당신이 나와 함께 간다면 스텔라를 찾는 일도, 내가 힘껏 도와줄게요."

"무슨 말이에요? 스텔라는 여기 있는데."

그녀는 인형을 꼭 가슴에 안는다. 인형이 먼지를 내며 그녀의 품 안에서 쪼그라진다.

"그건 인형일 뿐이에요."

누군가는 진실을 이야기해야 한다. 자신의 딸이 인형이라는 소리를 들은 에이프릴은 괴성을 지르며 내게 돌진한다. 나는 발을 헛디뎌 바닥에 쓰러진다. 그녀는 내 어깨에 타고 올라 목을 조른다. 목에 솟는 핏줄.

"다시 한번 말해봐. 스텔라가…… 내 스텔라가…… 인형이라고? 이렇게 착하고 말 잘 듣는 내 딸이 인형일 뿐이라고? 쌔근쌔근 숨을 쉬는 이 아이가 인형이라고 내게 거짓말을 하는 거지, 그렇지?"

테이블에 그녀가 충분히 먹을 만큼 약을 놓아두고 왔는지 걱정이 된다. 나의 강펀치에 쓰러진 그녀는, 지금쯤 깨어나 있겠지. 가만, 누가 누구를 걱정한단 말인가.

나는 목을 한번 만져본다. 아직도 뻐근한 통증이 느껴진다. 어차피 죽을 뻔한 나를 살려주었던 에이프릴이 다시 나를 죽인다고

246

하더라도 불만은 없어야 했다. 하지만 생명은 구차하다. 이왕 살아남으면 죽이려고 해도 살아남는다. 왜 영화의 주인공은 죽기 직전의 악당을 살려두는가? 결국 그 악당이 10분 뒤에 칼로 주인공의 심장을 후벼 판다고 하더라도 말이다. 그것이 생명의 구차함이자 위대함이다. 사람은 자신의 의지와는 상관없이 살아남도록 프로그래밍되어 있다. 그러므로 어차피 나는 살아야 한다. 이왕 살아야 한다면 구차하더라도 끈질기게 살아남아야 한다. 10분 남았다. 원더 휠의 매표소에서 두 장의 티켓을 산다.

폴의 십계명.

가장 실패하기 쉽다고 생각하는 일을 할 것. 생각보다 어렵지도, 위험하지도 않음. 세상 사람들을 움직이는 힘은 위험에 대한 두려움이다.

정확하게 1시다. 주위를 둘러본다. 바닷가 산책로 쪽에서 한 아이가 걸어온다. 태양이 그 아이의 뒤에서 비치고 있기 때문에 그의 그림자만 드리워질 뿐이다. 이글거리는 빛 사이로 검은 실루엣이 다가온다. 누가 뭐라고 하지 않아도 그 아이가 민규라는 것쯤은 알 수 있다. 나는 민규의 아빠니까. 민규는 내 것이다. 아무렴, 그렇고말고.

나는 손에 원더 휠 티켓을 쥔 채로 그에게 걸어간다. 지난번과는 달리 위에서 아래로 내려올 때 레일을 따라 움직이는 무서운 칸을 탈 것이다. 위험해도 재미있으니까. 이제 민규는 일곱 살이 되니까 그까짓 것은 무서워하지 않아도 된다. 우리는 이제 열 걸음이면 만나게 된다. 가슴이 두근거린다. 발걸음이 빨라진다. 맥박도 덩달아 빨라진다. 아홉 걸음, 여덟 걸음, 일곱 걸음.

어, 어디로 사라졌지?

"Freeze!(꼼짝 마!)"

나는 민규에게 뭔가 말을 건네려 했다. 그러나 그림자는 어느새 사라지고 경찰이 소리를 지른다.

"Freeze!"

나보고 얼어붙으라고? 천만의 말씀. 나는 민규를 향해 한 걸음을 더 내디딘다. 이때 총 한 방이 공중에 발사되었다. 그 소리는 코니아일랜드의 특별 이벤트처럼 들린다. 자, 이제 오늘의 특별 행사 인어 퍼레이드 시작을 알리는 총포를 울리겠습니다. 흉폭한 그 소리에 놀라 손에 쥐고 있던 티켓이 바람에 날아가버렸다. 깃털처럼 가벼운 그 표는 하늘 위로 펄럭이며 날아간다. 고개를 돌려보니 저 멀리서 민규가 달려온다. 뒤에서는 민규를 부르는 여자의 목소리가 들린다. 아내의 목소리겠지. 이젠 전 아내인가?

민규는 헉헉거리며 내 앞에 멈춘다.

"아빠가 살아 있을 줄 알았어요. 메일도 받았고요."

나는 민규의 머리를 쓰다듬는다. 그는 내 것이다. 몇 번째 푸른

248

곰이었니? 확성기에서 손을 들고 무기를 버리라는 목소리가 들린다. 무기 따위는 애초에 없었다. 나는 아무 말 하지 않고 계속 그의 머리를 쓰다듬는다.

"자, 뛰자."

그리고 민규의 손을 잡고 달리기 시작한다. 뒤에서는 경찰이 쿵쿵거리는 발소리를 내며 우리를 쫓아온다. 범퍼카를 지나고, 풍선 사격장을 지나고, 수직 낙하하는 기둥을 지나간다. 요리조리 골목으로 피하느라 속력이 늦어지기도 하고 민규의 손을 놓칠 뻔도 했다. 민규는 숨 한번 고르지 않고 나를 잘 따라온다. 역시 일곱 살이라 다르구나. 아빠는 이제 몇 살이더라…….

잠시 쉬었다 가자.

"생일 축하해."

숨을 돌리고 그제야 아들에게 말을 한다. 그러나 총성 한 방이 더 울리는 것을 듣지 못했다. 선글라스가 눈앞에서 튀어 오르더니 보도블록에 떨어진다. 후드득 펼쳐지는 새빨간 핏방울. 머리를 맞았다. 아직도 이렇게 생각할 수 있는 것을 보니 두뇌를 관통한 것은 아닌가 보다. 그러나 선글라스가 없으니 밖이 너무나 환해 눈을 제대로 뜰 수가 없다. 눈물이 나도 모르게 흘러내린다.

"아빠, 괜찮아요?"

물론, 나는 절대로 죽지 않는단다. 눈물을 훔친다. 아들의 여린 손목을 잡고 다시 뛴다. 피는 멈추지 않고 얼굴과 목을 따라 줄줄 흐른다. 골목 사이를 누비고 누벼 내가 도착한 곳은 사이드 쇼 간판이 걸린 극장. 석 달 된 태아, 인어의 진짜 모습, 세상에서 가장 힘센 사나이를 보여준다는 픗말이 보인다. 매표소는 닫혔지만 문을 열고 들어간다. 선택의 여지가 없다. 계속 추격을 당하기 전에 어디론가 숨어버리는 게 낫다. 경찰이 등장하는 영화를 볼 것. 절대로 자동차 추격전의 쫓기는 사람이 되지 말 것. 큰 거리로 도망가지 말 것.

경찰은 다행히도 다른 곳을 뒤지는 듯하다. 우리를 쫓아오지 않는다. 무대는 어두워서 눈이 더 이상 아프지 않다. 그러나 머리에서는 피가 주룩주룩 계속 흘러내린다. 머리 한가운데 총알이 박혀 있는지도 모른다. 후드 티를 벗어서 머리를 죄어보지만 흐르는 피는 금세 티셔츠를 붉게 물들인다. 원래 흰색이 아니라, 처음부터 빨간색이었던 것처럼.

38

자, 오래 기다렸다. 내가 약속하지 않았나, 이 책을 읽고 있는 당신이 등장한다고. 드디어 당신이 등장할 마지막 차례다. 참 오랫동안 기다렸다. 거의 끝까지 이 책을 읽어준 당신이 대견스럽다. 자, 이제 당신은 사이드 쇼의 관객석에 앉아 있다. 어떻게 당신이 뉴욕에 와서 코니아일랜드까지 흘러 들어왔는지는 잘 모른다. 구글 지도를 보고, 혹은 바다가 보고 싶어서, 인어 페스티벌을 구경하기 위해, 세상에서 가장 유명한 네이던 핫도그를 먹기 위해 왔을 수도 있다.

중요한 것은 내가 커튼을 젖히고 이곳에 들어왔을 때 당신은 한창 쇼를 구경하고 있었다는 것이다. 하이, 나이스 투 미츄. 웰컴 투 코니아일랜드. 아마 구글 리뷰에 꼭 이 쇼를 보라고 빨간 아이콘까지 붙여가며 당신을 유혹했을 것이다. 하지만 입장료를 내고 싸구려 의자에 앉자마자, 무대 뒤의 유치원생이 색칠한 것 같은 원색의 그림을 보자마자 당신은 실망했다. 그러나 실망은 아직 금물. 이제 내가 등장할 차례니까. 당신은 지상 최대의 묘기를 보게 될 것이다. 두고두고 친구에게 이야기할 쇼를 보게 될 것이다.

무대에 불이 켜지고 검붉은 커튼이 올라간다. 아코디언과 스탠드업 피아노의 흥겨운 음악이 연주된다. 신나는 폴카 음악이다. 당장이라도 무대에 나가 춤을 추는 사람이 생길 것 같다. 나는 당신과 불과 서너 좌석밖에 떨어져 있지 않은 곳에 민규와 함께 앉는다. 왜 자꾸 잠이 오는 것일까. 주머니 속의 약병을 꺼낸다. 어두워서 빨간 약인지 파란 약인지 분간할 수 없다. 제길 아무렴 어때. 닥치는 대로 입에 쑤셔 넣는다. 우두둑우두둑. 당신은 불쾌한 듯이 나를 쳐다본다. 하나 드릴까요? 동공이 커진다. 아드레날린이 증가한다. 혈액이 펌프질한다. 뇌가 흐물거린다. 떨리는 13그램의 눈꺼풀. 자, 이제 새로운 삶을 살아보자고요.

하이빔이 켜진다. 무대가 밝아진다. 그리고 빨간 모자를 쓴 난쟁이. 그 난쟁이가 무대 위에 나타난다. 빨간 모자를 쓴 난쟁이 이외에도 아주 추울 것 같은 반짝반짝 빛나는 비키니를 입은 여자가 서 있다. 지난번에는 못 본 여자다. 분명 인어로 변신할 여자일 것이다. 머리에는 인도풍 머리띠와 장식이 있고 비키니에는 황금 비늘이 붙어 있으니까. 그녀는 바이올린 독주에 맞춰 우아하게 춤을 추더니 허리를 숙여 인사를 한다. 나는 박수 칠 기분이 아니다. 짝짝짝. 제길, 한국 사람은 지나치게 예의 바르다.

"자, 오늘의 하이라이트 쇼, 해피니스 트랜스포터를 시작하겠습니다. 일단, 신나는 폴카 음악을 한 곡 더 연주하고요!"

챙, 하고 심벌즈를 울린다. 무대에선 배가 튀어나온 중년 남자가 유럽 중세에 있었을 법한 광대복을 입고 아코디언으로 신나는 폴카를 연주하고 있다. 흥겨운 듯하면서 슬픈 멜로디에 따라 난쟁이는 팔짝팔짝 뛰며 춤을 춘다. 챙, 하고 한 번 더 울리는 심벌즈.

"자, 그럼 지원자 한 명을 받아야겠죠. 이 텅텅 빈 관 속에 들어가 감쪽같이 사라지는 묘기를 보여드리죠. 티브이에서 나온 것과는 차원이 다른 생생한 라이브입니다. 자, 코니아일랜드를 떠나 어디든 자신이 가장 행복했던 곳으로 데려다드리죠. 중국, 영국, 아프리카, 금성, 명왕성, 안드로메다 어느 곳이든 보내드립니다."

제길, 예전에 봤던 거잖아. 조명이 나를 향해 강렬하게 비춘다.

나는 손으로 얼굴을 가린다. 머리에 총을 맞았거든요? 날 좀 놔두실래요? 그러나 여기서 나갈 수도 없으니 선택의 여지가 없다. 오히려 더 잘된 일일지도. 둥둥 울리는 작은 북소리.

"거기 머리에 티셔츠를 두른 남자분. 자자, 빨리 올라와주세요. 아니면 제가 그리로 갈까요?"

민규는 내게 윙크한다. 나는 터벅터벅 무대 위로 올라가 그녀가 권하는 의자에 앉는다. 난쟁이는 나를 이리저리 쳐다본다. 나를 보고 미소까지 짓는다. 나는 민규를 향해 손을 흔든다. 걱정할 것 없어. 무대에 앉아 있는 당신은 지목당하지 않아 안도의 한숨을 쉰다.

"오늘 모신 세계적인 마술사 윌리엄 공작님은 북유럽의 숨겨진 나라 이스메랄디 왕국의 수석 마술사로서 1965년 뉴욕에 이주한 이래로 주욱 이곳에서 일주일에 한 번 마술을 보여주고 있습니다. 아직도 영어를 한마디도 하실 수 없으니 이해해주세요. 자, 오늘의 하이라이트 마술은 상자 안에서 사람이 감쪽같이 사라지는 마술입니다. 이쪽에 올라오신 손님, 준비되셨나요? 이때까지 가장 행복했던 곳으로 감쪽같이 옮겨드립니다."

"저…… 그게."

머리를 두른 피 묻은 티셔츠도 개의치 않는 모양이다. 조수는 커다란 관을 무대 한쪽에서 끌고 나온다. 관은 사각 철제 구조 위에 얹혀 있고 철제 구조엔 바퀴가 달려 있다. 관을 열어 비스듬히 관객에게 보여준 뒤 아무 장치도 없다는 것을 확인시킨다. 당신도 고개를 내밀어 상자 안을 들여다본다.

'두르르르르르.'

구르는 드럼 소리에 심벌즈가 챙.

"자, 많이 기다렸습니다. 이제, 감쪽같이 사라지는 묘기를 여러분은 보게 될 겁니다. 무대에 나온 손님, 이제 그 안으로 편안하게 들어가주세요."

나는 상자에 들어가는 대신 난쟁이에게 다가간다. 난쟁이는 나를 뚫어지게 쳐다본다.

"당신이 그…… 센트럴 파크 아래의 언더그라운드를 만든 장본인이 맞죠? 그렇죠?"

그는 긍정도 부정도 하지 않은 채로 내 눈을 바라본다. 나는 난쟁이에게 손을 내민다. 그는 가까스로 내 손을 잡아준다. 고목 껍질처럼 딱딱한 주름이 느껴진다. 이제 와서 그게 무슨 상관이란 말인가. 몇 초 되지 않는 순간의 악수 속에 수많은 이야기가 오고 갔다. 그리고 나는 말 잘 듣는 학생처럼 관 안으로 들어간다. 겉은 오래된 보물 상자처럼 꾸며져 있고, 안은 마치 드라큘라가 낮 동안 숨어 지내던 관처럼 붉고 푹신한 천으로 덮여 있다. 그 안에 누우니 편안함마저 느껴진다.

"어디로 가고 싶은가요? 가장 행복을 느꼈던 곳이 어디인가요?"

내게 마이크를 갖다 대지만 나는 우물쭈물 대답을 하지 못한다.

"뭐, 이야기하기 힘든 곳인가 봅니다. 하. 하. 하. 이제 문을 닫겠습니다. 그리고 우리 윌리엄 공작님이 이 관에 뚫려 있는 구멍 사이로 여섯 개, 무려 여섯 개의 칼을 찔러 넣겠습니다."

아, 그런 말은 하지 않았잖아요! 하지만 머리의 부상 때문에 다시 일어날 힘도 없다. 생각해보니 지난번에도 노신사에게 여섯 개의 칼을 찔렀다. 구르는 드럼 소리에 심벌즈가 챙. 끼이익 소리를 내며 천천히 문이 닫힌다. 관 위에서 난쟁이가 나를 내려다보며 웃는다. 안심하라고, 이 친구야. 그래, 내가 맞아. 그 언더그라운드를 처음 만든 사람은. 하지만 그다음부터 그곳을 만들어나간 건 내가 아니라 당신이야. 나를 원망해도 소용없어.

관 속은 어둡다. 빛 하나 들어오지 않는 어둠이다. 그러나 관 밖에서 미모의 조수가 이야기하는 소리는 먹먹하게 들린다.

"자, 윌리엄 공작님께서 직접 왕궁에서 가져온 칼로 찌르겠습니다."

'두르르르르르르르르르르.'

이런 마술에서는 항상 손끝 하나 다치지 않고 손님이 사라져서 나중에 다시 무대 위로 올라온다. 그동안 그는 어디에 가 있는 것일까? 관 아래에 비밀 통로라도 있는 것일까? 구르는 드럼 소리에 심벌즈가 챙. 그때 관 위에서 칼 하나가 왼쪽 정강이 옆에 꽂힌다. 1센티만 벗어났더라도 정강이에 그대로 꽂혔을 것이다.

"이제 두 번째, 세 번째 차례대로 찔러 넣습니다. 저는 도저히 눈 뜨고는 못 보겠네요."

두 번째는 왼쪽 허벅지에, 세 번째는 오른쪽 팔, 그다음은 손목, 팔, 가슴…… 모두 아슬아슬할 정도로 칼이 비껴간다. 당신은 두 손으로 눈을 가리지만 볼 건 다 본다. 칼에 베일 것 같아 한치도 움직이지 못한 채 나는 땀을 흘리며 누워 있다.

"자, 이제 마지막 칼이 머리를 관통하게 됩니다."

'두르르르르.'

구르는 드럼 소리에 심벌즈가 챙. 나는 눈을 질끈 감는다. 고개를 돌렸다가는 어떻게 될지 모른다. '슈욱' 하는 소리와 함께 칼이 관을 관통해 정수리에 닿았다. 그 끝은 차갑다. 그런데 그 칼이 정수리에서 멈추지 않고 더 깊숙이 들어온다. 더 깊숙이. 슈욱, 슈욱, 슈슈슈욱. 피부를 관통하고 두개골을 관통하고 더 이상 들어오지 못할 곳까지 거침없이 들어온다.

당신은 고함을 지른다. 나는 고함을 지르지 못한다. 이건 마술이니까, 어떻게든 될 거라고 믿는다. 내가 여기서 감쪽같이 사라져서 다시 돌아올 것이라고. 내가 다시 돌아올 때쯤엔 관객석에 민규가 앉아 있을 거라고. 민규뿐만이 아니다. 나의 아내 미라, 에이프릴, 프레디, 언더그라운드의 모든 친구들, 그리고 지상에서 알고 있던 모든 사람들이 박수를 치며 나의 부활을 반겨줄 것이다. 물론 당신까지 포함해서.

이윽고 팡파르 울리는 소리가 들리고 녹음된 박수 소리가 들린다. 당신도 어정쩡하게 박수를 친다. 그런데 내가 가장 행복했던 곳이 어디란 말인가? 생각할 겨를도 없다.

"자, 여러분들 보셨죠? 이제 관을 열어볼 차례입니다."

조수는 관을 비스듬히 세운다. 그리고 관을 연다. 하이빔이 관 속을 비춘다. 그 속엔 아무것도 없다. 핏자국도 땀 냄새도 없다. 나도 없다. 커튼이 열리고 경찰이 들이닥치지만 난쟁이는 어디론가 사라져버렸고 수다쟁이 여자 조수는 이곳에서 당장 나가지 않으면 영업 방해로 고소해버리겠다고 발을 구르며 소리친다. 경찰들은 관을 뒤지고 무대 바닥에 비밀 문이 있는지, 무대 뒤에 내가 숨어 있지는 않은지 조사한다. 쇼는 끝났다. 당신은 공연장을 빠져나온다. 경찰은 일일이 신분증 검사를 한다. 한국인이라는 이유만으로 당신은 의심을 더 받는다.

나는 그곳에 없다. 이건 진짜 마술이니까. 이스메랄디 왕국에서 3500년간이나 내려온 마술이니까. 미안하다, 당신은 입장료를 환불받지도 못했고 쇼의 나머지 20분도 구경하지 못했다. 그러나 당신은 집으로 오는 길에, 비행기 안에서 내가 어디로 사라졌는지 문득 궁금해질 것이다. 경찰이 관을 헤집고 극장 전체를 샅샅이 뒤져 엉망진창이 된 쇼의 이야기를 두고두고 친구에게 해줄 것이다.

어둠이다. 나는 자고 있지도, 그렇다고 깨어나 있지도 못한다.

몸을 움직이고 싶지만 전혀 움직일 수 없다. 이 상태가 죽은 것일까? 절대적으로 어둡고, 절대적으로 조용하다. 시간의 흐름을 느낄 수 없다. 언제부터인가 희미한 소리가 들려온다. 내게 들리는 건 규칙적인 진동 소리다. 덜커덩덜커덩, 덜커덩덜커덩. 익숙한 그 소리, 지하철이 움직이는 소리. 그리고 그 소리는 내게 말을 건넨다.

'어이, 일어나.'

나는 쉽게 눈을 뜰 수 없다. 내 마음대로 눈을 뜰 수가 없다. 나는 셋을 세기로 한다. 셋을 셀 동안 일어나지 못한다면 나는, 이대로 영원히 죽지도 살지도 못한 채 어둠 속에 존재할 것만 같다. 그러나 나는, 늦잠을 자다가 이불을 박차고 일어나듯이 셋을 센 다음 일어날 것이다. 잠에서 깨어나 아주 나쁜 악몽을 꾸었다고 사람들에게 이야기할 것이다. 그리고 완전히 새로운 삶을 살아나갈 것이다. 희망도 절망도 없지만 전진, 또 전진하는 삶을 살아갈 것이다. 자, 이제 셋을 세어보자.

하나,

둘,

호흡을 가다듬고,

셋.

258

39

Rewind. 내가 가장 행복을 느꼈던 곳으로, 바로 그 순간으로.

"롤러코스터를 타지 못해서 아쉬운 거야?"

"아니…… 그냥."

미라는 종착역에서 천천히 출발하는 전철의 창문에서 눈을 떼지 못한다. '코니아일랜드와 아스토리아 사이를 왕복하는 N 트레인.' 맞은편 까만 표지판에 하얀 고딕체로 적혀 있다. 저 멀리서 원더 휠의 풍차 바퀴와 파라슈트 점프 놀이 기구가 보인다. 전철의 속도가 붙을수록 그것들은 점점 멀어진다.

"아이가 태어난 뒤엔 롤러코스터쯤이야 문제없지."

나는 미라의 배를 쓰다듬는다. 따뜻하다. 이곳에서 우리의 아이가 자라고 있다는 게 믿기지 않는다.

미라는 문득 바다가 보고 싶다고 했다. 고향이 부산인지라, 한동안 바다를 보지 못해서 우울했단다. 뉴욕에서 쉽게 볼 수 있는 항구가 아니라 해변이 있는 바다 말이다. 사람의 마음을 들뜨게 하는 하얀 백사장이 펼쳐진 바다를 보고 싶다고 했다. 그래서 우리는 처음으로, 코니아일랜드로 향했다. 지하철을 탄다면 언제든지 갈 수 있지만 마음을 먹기 전까지는 쉽게 가지 못하는 그곳, 코니아일랜드로 말이다.

Rewind.

"좀, 이상해. 광안리의 바다와는 달라. 색깔도, 냄새도 뭔가 달라."

분명 해가 내리쬐고, 백사장은 넓고, 모래는 하얗게 빛났다. 미라의 말처럼 뭐가 정확히 다른지 알 수 없다. 나는 코를 킁킁거려본다. 짭조름한 소금 냄새가 난다. 감자튀김 냄새와 핫도그 냄새도 난다. 바다로 뛰어들기에는 일렀지만 물속에서 첨벙거리는 아이들도 있다. 빛바랜 간판이 걸린 스탠드에서는 핫도그와 감자튀김을 판다. 바다의 풍경은 어디를 가나 비슷한 것이다.

Fast Forward. 전차가 코니아일랜드를 출발한 뒤.

"이름이 생각났어."

기댔던 머리를 일으키고 미라가 문득 말한다. 철수, 민수, 태원……. 앞으로 태어날 아이의 이름은 어떤 것을 짓더라도 어색해서 짓기가 힘들었다. 나의 이름은 어떻게 지었는지 국제전화를 걸어 어머니에게 물어보고 싶을 지경이었으니까.

"어떤 이름?"

"민, 민규 어때?"

나는 '민규'라고 입에서 중얼거린다. 손을 배에 대어본다. 하이, 민규. 네 이름이 맘에 드니? 대답이라도 하듯 배가 꾸물거린다. 과연. 입으로 불러보아도 어색하지 않다. 게다가 아이도 맘에 든단다.

"좋아. 아주 좋아. 어떻게 생각했어?"

"졸다가 문득 생각이 났어."

미라는 살짝 웃었다. 나도 웃었다. 순식간에 직장을 잃고, 캘리포니아에서 뉴욕으로 이사를 하고 새로운 집에, 새로운 일거리를 찾아야 하는 정신없는 나날들이었다. 하지만 배 속에서 하루하루 자라고 있는 아이 덕분에 견딜 수 있었다. 이제 아이는 자신만의 이름을 갖게 되었다. 몇 달만 더 있으면 세상으로 나와 멋진 삶을 살 수 있을 것이다. 아무렴.

"우리, 앞으로 어떤 힘든 일이 있더라도 민규를 위해서 잘 이겨내자."

미라는 내 눈을 보며 말한다. 눈엔 물기가 고여 있다.

"그럼, 당연하지."

나는 미라의 어깨를 감싼다. 이마에 살짝 입을 갖다 댄다. 바다 냄새가 머리에서 향긋하게 난다. 앞으로 내 인생에 어떤 일이 일어날지는 모르겠지만, 그 사실이 미치도록 불안하지만 지금 이 순간만큼은 행복하다. 우리의 희망 때문에 행복하다.

"왜 이렇게 잠이 오지……."

나는 하품을 한다. 해가 점점 기울어 전차 안은 붉은 오렌지 빛이다. 빛바랜 붉은 벽돌로 지은 허름한 아파트들과 그라피티가 휘갈겨진 빈 공장들이 지나간다. Prove Yourself.

"내 어깨에 기대서 좀 쉬어."

미라가 내 머리를 쓰다듬으며 말한다.

"그럼, 잠깐만 실례할게."

나는 눈을 감는다. 덜컹덜컹. 전철이 움직이는 소리가 자장가처럼 들린다. 아내의 어깨에는 아직도 코니아일랜드의 바다 냄새가 아련히 남아 있다. 그리고 아내의 어깨는 따뜻하다. 눈을 감고 있는데도 주위가 점점 어두워지는 것을 느낄 수 있다. 해가 지고 있다. 어둠이 다가온다. 머릿속이 전철 소리와 함께 멍해진다. 마치 내가 가진 모든 기억이 사라져버리는 것만 같다. 덜컹거리는 전철 소리와 함께 세상 모든 것이 어둠 속으로 천천히 사라지고 있다. 이제 그만 눈을 떠야 할 것 같은데도 이상하게 눈꺼풀이 무거워져서 뜰 수가 없다.

Rewind,

Rewind,

Rewind……

Fade Out.

작가의 말

    뉴욕 할렘의 119번가에는 내가 글을 쓰는 3층 사무실이 있다. 사무실(JK's Writing Office)이라고 부르기는 하지만 작은 침대와 뚜껑이 달린 30년도 더 된 책상에 노트북 하나가 전부다. 뒤뜰로 난 창가에는 커다란 나무가 있고 뒷집 사내가 비상계단으로 나와 가끔 담배를 피운다. 맞은편 건물의 할머니는 아마존닷컴에서 매번 날아오는 내가 주문한 책을 대신 받아주곤 한다. 나는 8시에 일어나 커피를 마시며 《웰컴 투 더 언더그라운드》를 쓰고 11시에는 무료로 개방되는 야외 수영장에서 배가 고플 때까지 수영을 한다. 사무실로 돌아와 점심을 만들어 먹고 메트로 카드 한 장과 지하철 노선도를 들고 거리로 나선다. 우리 블록에 동양인은 나뿐이다. 계단에 앉아 있는 흑인들이 가끔씩 내게 인사를 한다(헤이 맨!).

그리고 지하철을 탄다. 때론 갈 곳이 없어도 지하철을 탄다. 덜컹거리는 지하철에서 문득 잠이 들어 깨어날 때면 내가 누구인지 깜빡하고 잊어버릴 때가 있다. '나는 누구인가?' 철학적인 질문이 아니다. 정말 내 이름은 무엇이고 나는 어디로 가고 있으며 무슨 일을 하는 인간인가 하는 아주 기본적이고 구체적인 질문이다. 순간이라도 이런 질문에 답을 하지 못한다면, 어쩌면 영영 지하철을 빠져나오지 못할 수도 있다.

2006년 가을, 스티븐 킹이 낭독회를 하러 뉴욕 유니언 스퀘어의 반스 앤 노블 서점을 찾았다. 나는 그의 최근 단편집 《Everything's Eventual》을 들고 지하철을 탔다. 생각보다 그는 늙고 힘이 없어 보였다. 한국에서 당신을 보러 여기까지 왔다고 하니 정말로 고맙다고 말했다. 나도 언젠가 당신처럼 이곳에서 낭독회를 하는 게 꿈이라고 말하니 그는 알 수 없는 웃음으로 대답했다. 그리고 내게 물었다. "당신 이름이 뭡니까?"

뉴욕에서 가끔 픽션 워크숍에 참석했다. 글쓰기를 배우기 위해서가 아니고, 다른 사람들이 어떤 글을 쓰는지가 궁금했다. 워크숍이 끝나고 커피를 마시면서 각자 어떤 소설을 쓰고 있는지 이야기를 나누곤 했다. 머리가 부스스한 마이크는 엠파이어 스테이트 빌딩에서 번지점프를 하는 남자의 이야기를 쓰고 있다고 했다. 그 소설은 거의 다 완성되어가고 있고 아버지의 연줄을 통해 몇몇 출판사에 찾아가볼 생각이라고 했다. 새침한 케이티는 시를 쓴다고 했다. 비영리 환경단체에서 일하는데 시로써 사회 비판을 할 거라고 말했다.

그리고 둘 다 내가 어떤 소설을 쓰고 있느냐고 물었다. 나는 목소리를 가다듬고 20분 동안 꽤나 복잡한 《웰컴 투 더 언더그라운드》의 줄거리를 한숨도 쉬지 않고 말해주었다.

소원을 이루는 나만의 비밀이 있다. (최근에 하도 여기저기 말하고 다녀서 더 이상 비밀은 아니다.) 간단하다. 잠자기 전에 공상을 하면 소원이 이루어진다. 정말 갖고 싶은 것, 하고 싶은 것을 수십 번 수백 번이고 반복해서 생각하다 보면 결국에는 공상이 현실로 이루어진다. 그런데 절대로, 절대로 남에게 소원을 발설하면 안 된다. 반복과 비밀 유지, 두 가지를 꼭 지켜야 한다. 이런 방법으로 학창 시절 컴퓨터 음악을 위한 장비를 갖게 되었다. 그다음부터 MP3 플레이어나 노트북 따위를 갖는 것은 식은 죽 먹기였다. 최근 3년간 나는, 한겨레문학상을 받고 싶다고 매일 자기 전에 생각했다. 작가 프로필을 어떻게 쓸 것이고, 책의 말미에 나오는 작가 후기는 어떻게 적을까 하는 즐거운 상상을 수백 번 반복했다.

'뉴욕 할렘의 119번가에는 내가 글을 쓰는 3층 사무실이 있다.'
이것이 작가 후기의 첫 문장이 될 것이라는 것은 확실했다.

　휴버트 셀비 주니어의 《레퀴엠Requiem for a Dream》을 읽고 몸이
후들거렸다. 따옴표도 하나 없고 마침표도 없는 브루클린 방언
으로 이루어진 이 소설은 중독에 관한 이야기이자, 절망적인 희
망에 관한 이야기다. 언어로 만들어진 소설이 신체적으로 타격을
줄 수 있다는 것을 처음 알았다. 그리고 나는 미치도록 그런 소설
을 쓰고 싶어졌다. 2004년부터 《웰컴 투 더 언더그라운드》 3부작
을 쓰기 시작했다. 1부는 부산의 지하철 분실물 보관소에서, 2부
는 서울의 지하철에서 일어난다. 마지막 3부는 뉴욕에서 일어나
는 이야기다. 당연히 뉴욕에서 써야 할 것 같았다. 그래서 3년간
세 번 뉴욕을 찾았다. 이것이 뉴욕에 JK's Writing Office가 생기
게 된 이유다.

　2004년 4월 휴버트 셀비 주니어는 세상을 떠났다.
　119번가의 3층 사무실은 텅 빈 채로 나를 기다리고 있다.
　스티븐 킹이 내 이름을 물었을 때, 나는 대답하지 못했다. 그는
이름을 넣지 않고 사인을 해주었다.
　마이크의 새 소설은 내년 여름에 출판될 예정이다. 케이티는
직장을 그만두고 고향으로 돌아갔다.

내가 한겨레문학상에 투고한 것은 나를 빼고 단 한 명도 알지 못했다. 이제 나는 매일 밤 잠들기 전 다른 소원을 빈다. 물론 어떤 것인지는 아무에게도 이야기하지 않을 것이다.

에리카(Erica)와 칼(Carl)에게 감사드린다. 내게 처음으로 글쓰기를 지도했던 분들이고, 뉴욕에 사무실을 열어주신 분들이다. 지하철에서 일어난 기이한 경험담을 들려준 뉴요커들, 인터뷰에 응해주신 한국 이민자분들에게 감사드린다. 문화잡지 〈보일라 VoiLa〉 식구들에게도 감사드린다. '한페이지 단편소설'에서 함께 글을 쓰는 작가분들에게 감사드린다. 글쓰기를 진정으로 즐기는 그분들의 후원으로 소설을 완성할 수 있었다. 아홉 분의 심사위원과 한겨레출판사 분들에게도 감사드린다.

그리고 매년 여름 뉴욕에 있을 때마다 부쩍 커버린 조카 세미와 누나와 매형, 오늘도 중학교에서 야간 수위를 서고 계실 아버지와 몸이 불편하신 어머니에게 깊이 감사드린다. 가족들의 믿음이 없었으면 내가 할 수 있는 것은 별로 없었을 것이다. 마지막으로 〈보일라〉 발행인 강선제에게 감사하다. 그녀는 악처 역할을 도맡아 인생이 결코 평탄할 수 없다는 것을 깨닫게 해주었다.

2007년 7월

서진

　수정을 하는 동안 마치 소설 속의 해피니스 트랜스포터에 들어
간 것 같은 기분이 들었다. 주인공 김하진은 경찰들에게 쫓기다가
코니아일랜드의 사이드 쇼에서 해피니스 트랜스포터에 들어간다.
자신이 가장 행복했던 시절로 돌아가는 마술인데, 그는 임신한
아내와 함께 지하철 안에서 희망을 품고 있던 때로 돌아간다.

　이 소설을 어떻게 쓰게 되었는지 까마득하게 잊어버렸다. 매일
아침 일어나 이 소설을 쓰던 때가 떠올랐다. 뭔가 되기라도 하겠
지라는 희망 약간, 뭐가 될 리가 없어라는 절망도 약간, 시간은
많으니까 매일매일 조금씩 써나갔던 것 같다. 그때가 내 인생의
가장 행복한 시간은 아니었을까? 그때만큼 아무 걱정 없이 이 소

설 하나만을 쓰기 위해 살았던 적이 없었으니까.

2007년에 이 책이 나왔으니까 지금까지 나는 무얼 했나 살펴보면…… 결혼을 했고 다섯 마리의 고양이를 키웠고, 네 마리의 개도 키웠다. 부산에서 살다가 제주도로 이주를 했고, 전 세계 많은 곳을 여행했다. 열 권 남짓한 책도 쓰고 글쓰기 사이트도 운영했다. 이렇게 보면 많은 일을 한 것 같은데 또 한편으로는 아무 일도 하지 않은 것 같은 기분이 든다.

뉴욕에 마지막으로 다녀온 지가 10여 년은 훌쩍 넘은 것 같다. 다시 한번 가보고 싶다. 처음 방문할 곳은 할렘의 119번가에 있는 나의 사무실이겠지. 먼지로 조금 뒤덮여 있을 것이다. 책상에 뚜껑이 달려 있어서 그리 심하지 않을지도 모른다. 먼지를 닦고 심호흡을 한 후, 한 자 한 자 새로운 이야기를 타이핑해보고 싶다.

2023년 11월
제주에서
서진

시간과 기억의 본질을 입체적으로 조감하고 있다. 상실된 기억의 공간에 들어차는 것은 선조적 합리성을 거부하는 무정형의 편린들뿐이다. 되감기와 빨리감기를 통해 추적하는 과거의 원형들은 우리가 사실이라고 호명하는 것들의 불완전함을 보여주기 충분하다. 서진은 과감한 스타일리스트이자 근본적 회의주의자이다.

— 강유정(문학평론가)

《웰컴 투 더 언더그라운드》의 미덕은 작가가 분명한 자기 목소리를 가지고 있다는 점이다. 그 목소리가 도발적이고 발칙한 점이 더욱 매혹적이다. 그런 목소리로 가장 원초적인 인간애를 이야기하다니, 그 불협화음적인 충돌에서 기이한 감동이 증폭된다.

— 김형경(소설가)

합리성의 명분에 따른 정교하고 잔인한 세계 구조로부터 밀려 난 사람들의 이야기를 새로운 세대의 글쓰기 방식으로 형상화한 작품이다. 소설의 배경인 뉴욕은 단순한 지명이 아니라 기계론 적 현대 문명의 게임판과 같다. 그래서 '언더그라운드'는 공소하고 쓸쓸한 현대인의 이면이며 동시에 잃어버린 꿈의 무덤이라 할 수 있다. 언뜻 보면 낯설지만 지상의 세계보다 오히려 인간적이다.

— 박범신(소설가)

언젠가 '구락부의 문학사'를 쓸 수 있을지도 모른다. 멀게는 최 인훈의 '그레이 구락부'가 있었고, 가깝게는 윤대녕의 '은어낚시 통신'이 있었으며, 더 가깝게는 박민규의 '삼미 슈퍼스타즈의 마 지막 팬클럽'이 있었다. 서진은 다국적 자본이 지배하는 총체적 불확실성의 시대에 절묘하게 조응하는 다인종 구락부 '언더그라 운드'를 문학사에 새로이 등재한다. 좋은 의미에서건 나쁜 의미에 서건 이 소설은 파퓰러하다. 앞의 것은 너무 많아서 일일이 말하 기 어렵고 뒤의 것은 아주 적어서 굳이 말할 필요가 없다. 야심만 만한 이야기꾼의 출사표가 얼얼하다. — 신형철(문학평론가)

이 소설에서 우리는 위험사회로부터 배제되는 동시에 도주하는 인물들을 만나게 된다. 그런 세계에서 작가는 희망도 없고 절망도 없는, 연옥 같은 삶의 생존 방식을 제시한다. 끝없는 이동과 전진만이 가능한 세계. 그것이 언더그라운드다. 빠른 속도로 기억과 사건들을 배치하는 작가의 기교가 능란하다.

— 이명원(문학평론가)

한국 소설의 무대가 확장되어 뉴욕에 이르렀다. 뉴욕은 발견된 공간이라기보다는 상징과 해석의 공간이다. 작가는 이 시대를 재구성하고 우리의 존재 조건을 탐색하기 위해 일극체제 자본주의의 '메카' 뉴욕을 세트장으로 삼고, 그 무대에 '글로벌 시대의 난민들'을 불러 세웠다. 근래에 우리 시대의 비극을 이렇듯 통 크게 보여준 소설도 드물 것이다.

— 전성태(소설가)

때론 삶이 악몽보다 잔인하다는 것을 새삼 일깨우는 작품. 영화보다 더 영화적인 구성, 탄탄하고 날렵한 문장을 가진 이 소설을 읽는 동안 당신은 슬프고 낯선 환상의 늪에 서서히 빠져들 것이다. 자, 서진식으로 카운트다운해보자. 하나, 둘, 호흡을 가다듬고, 셋!

— 정이현(소설가)

아마 이 작가는 지하철 차창 너머의 음산한 어둠을 유심히 바라보았던 것 같다. 악몽과 생시를 간결하게 넘나드는 이 지하 세계 이야기에는 덜컹거리는 객차 같은 속도감과 리듬이 있다. 자신의 방식을 밀고 나가는 힘이 느껴진다.   —한강(소설가)

《웰컴 투 더 언더그라운드》는 박진감 있는 서사의 전개와 정교한 구성에서 발군의 실력을 보여주는 소설이다. 지상의 빛 밝은 세계와 대비되는 지하의 어두운 세계는 다양하고 중층적인 해석의 가능성을 끌어안고 있다. 그것은 일차적으로 범속한 삶에서 낙오한 사람들의 세계이지만, 어떻게 살아도 희망 없는 이 삶의 비밀을 일찌감치 알아버린 사람들의 세계이기도 하다. 이 소설은 깊은 심연의 허방다리 위에서 영위되는 모든 삶의 뛰어난 알레고리가 된다.   —황현산(문학평론가)

웰컴 투 더 언더그라운드

제12회 한겨레문학상 수상작
ⓒ 서진 2023

초판 1쇄 발행 2007년 7월 20일
초판 2쇄 발행 2007년 9월 11일
개정 1판 1쇄 인쇄 2023년 11월 15일
개정 1판 1쇄 발행 2023년 11월 20일

지은이 서진
펴낸이 이상훈
문학팀 최해경 김다인 하상민
마케팅 김한성 조재성 박신영 김효진 김애린 오민정

펴낸곳 (주)한겨레엔 www.hanibook.co.kr
등록 2006년 1월 4일 제313-2006-00003호
주소 서울시 마포구 창전로 70(신수동) 화수목빌딩 5층
전화 02)6383-1602~3   팩스 02)6383-1610
대표메일 munhak@hanien.co.kr

ISBN 979-11-6040-708-2 03810